魔豆

玫瑰色鬼室友

My Dear Ghost Roommate

vol. 8 上

禍潮湧現

林賾流——著

哈尼正太郎——插畫

玫瑰色鬼室友

vol. 8 上

禍潮湧現

目錄

楔子

我於此眾中，乃不識一人。今此之大會，本末之因緣。

——法華經

我叫許洛薇，從小就喜歡灰姑娘故事，跨越階級乃至種族的配對令人興奮！無產階級革命打臉貴族財閥規矩的跌宕起伏眞是太刺激了！庶民生活和食物也超級讚！

「不好意思，妳這個貴族財閥總裁獨生女練啥肖話？妳根本只是喜歡看灰姑娘升級過程還有本該強強聯合複製階級血統的王子被庶民洗牌的劇情吧？」小艾管家無情地吐槽。

「爽度不夠的作品本小姐可不予認同喔！看那些腰纏萬貫的菁英帥哥被優點只剩善良的平凡女主拿下交配權，往後只對一個女人死心塌地的劇情就是紓壓啦怎樣？反正現實裡的富二代大多是雜魚臉，到死都不缺女人，高學歷的傢伙也會選有錢有勢同樣高學歷的富家女結婚，眞沒勁！」我大概在國小五年級時看破言小世界的紅塵，畢竟現實中的王子和總裁實在太令人絕望了。

用小艾管家的話比喻，我有把言情當奇幻看，奇幻當言情看的怪異傾向。

「妳不覺得偶像劇裡男主角愛上女主角的情況很像中邪嗎？」我只好用天師的角度解毒。

「我也這麼覺得。」小艾管家果然是我的知音，但她從來不會放過吐槽我的任何機會。

「但妳爸媽偏偏就是比偶像劇更像偶像劇，這妳敢否認？」

「那是人設像而已，兩邊都有錢世家子弟不是偶像劇受眾的菜好唄！要說也是宮廷劇。所以我從小到大眞人版早就看膩萌不起來，差點都要失去夢想了。」我癱在沙發上解釋。

「也有配角控和路人控的，妳不孤單。」小艾管家露出死魚眼毫無誠意地安慰我。

可惜這一點她看錯了，我還是喜歡主角，喜歡一直注視著主角的感覺。

有一句老話是這麼說的，每個人在自己的故事中都是主角，但那樣還是無法滿足我的幻想，畢竟不是每個故事都很有趣。曾經我以爲找到一個標準灰姑娘主角，結果是黑天鵝魔女，那次太大意眞的吃了點苦頭。灰姑娘啊！我生來不愁吃穿，無憂無慮，冒險者的篝火再怎麼美麗，對擁有中央空調的我已喪失取暖意義，我卻想把王子和灰姑娘都抓到自己的篝火邊，期待他們演繹精彩的故事。

「灰姑娘家根本就是大咖貴族才能收到請帖去皇家舞會上打BOSS，不然妳家再有錢是能隨便和英國王子跳舞膩？」小艾管家很懂解構童話的醍醐味。「現實中灰姑娘只能是『砲灰』的灰。」

貴族平民果然很難走到一塊，光是棲息地就不一樣，好不容易找到我的庶民樣本，一年兩年三年過去了，別說跟王子談戀愛，就連一個普通騎士都沒來對我的管家走套路，不可思議的邂逅到底在哪裡？眞想替小艾綁一個王子來！

以上個人私慾絕對不能被小艾管家發現，萬一她生氣辭職就不好玩了。

「如果能在現實中發掘俊美年輕天才總裁愛上不化妝不穿裙貧窮女生的實例，根本比哥倫布發現新大陸還要刺激欸！咕嘿嘿～」

「等妳先戒掉腹肌和顏控的雙重標準我們再來討論奇蹟。」小艾管家說俊美年輕天才總裁是連續把四個矛盾詞放在一起，然後去借了一堆財經雜誌來殘害我的眼睛。

「我爸就是啊！雖然沒有很帥，至少算耐看啦！其他都有達標說！可是他比較像老媽的灰姑娘，也是帶槍投靠一起搞政變……」爸媽故事雖然精采，卻和我追求的口味不符。

「不只是王子不會去愛堆滿灰塵的普通姑娘，絕大多數男人也不會好嗎？妳是不是想找口味奇特的變態王子？珍禽異獸還是和同類繁殖比較好。」我還來不及表示媽咪眞的認識可稱爲俊美年輕天才總裁的眞實人物，小艾管家就一臉嫌棄地說。回想該人物也眞的是個花心變態，早婚之後不斷出軌讓一堆女人替他生孩子，我默默把反駁吞下去。八爪章魚手腳太多忙著抱女人，沒辦法將女主角捧在掌心讓她閃閃發亮的渣王子，不配當男主角！

希望現實中眞的存在英姿颯爽的隱藏版單身王子和我的小管家上演戀愛物語，我再順便撈個帥哥將軍也不枉此生啦！可惜就連帥哥將軍都有女朋友了！現充的人生眞討厭！

在像樣的男主角出現前，只好由我保護小艾了，彷彿無限延長的第一章，讓人開心又安穩的日常生活。

「不像小說也不是散文，說是劇本又太累贅了……應該說是備忘錄吧？還有那些對白很多都是原音重現。希望之後可以當腳本，我想改成漫畫表現，但目前還畫不出來。」我把寫了好幾天才不到兩張Ａ４紙的文章遞給戴姊姊過目，用許洛薇的角度記錄她的感情觀。

我對許媽媽承諾過要寫一篇紀念許洛薇的文章，後來想想一篇遠遠不夠，對我來說用圖像表達似乎更自然，奈何製作短篇漫畫卻非一蹴可幾。

擔心隨著時間流逝，那些鮮明細節與我對許洛薇的想法會變得模糊，至少漫畫需要的對白先記下來可以避免臨時要用才硬想的困擾，我開始使勁記錄回憶。

「妳眞的很了解薇薇呢！」戴姊姊專注地讀完後說。

「還好啦！我問過她缺錢也好相處的女生那麼多，爲啥挑我當室友？我們甚至不是同一個系。那時許洛薇就說過眞的會做出媲美電影行爲的女生，她在大學裡只遇見我這一個，是指我加入柔道社幫她臥底的事。學校宿舍天天住在一起，反而比同班同學還熟，確定合得來才問我要不要一起搬出來住。」

其實我那時候爲了省醫藥費決定要練好身體絕不輕易生病浪費錢，本來就打算找個運動社團，聽說母校柔道社充滿風雲人物俊男美女感覺相處壓力會很大，若非許洛薇欽點柔道社，其實我本來想選登山社或羽球社。

「其他人都知道她喜歡腹肌，不過除了我沒人理解那是何種程度的喜歡，無論如何已經走火入魔到不適合公開嚷嚷了，她當初還包裝成開玩笑，說迷上主將學長的腹肌要我去調查他有無女朋友。」

找人打聽就可以解決的簡單情報，但我當時不知哪來的靈感明白許洛薇對主將學長的在意不一般，許洛薇眞正的意思是，她想深入追蹤主將學長的人品還有感情狀況。若是高中時期安逸怕事的我肯定不沾這鍋，如今一無所有，對她的投餵無以爲報，我就加入柔道社了，才有之後的緣分牽扯。

一心想當最佳女配角的玫瑰公主，最後輾轉圓夢歡樂退場，卻把我留在不知何時才會落幕的舞台上。我耐心等著名爲「人生」的劇本日日夜夜翻頁，期盼她的名字有朝一日再度出現在字裡行間。

Chapter 01 / 勇者的作業

高三快畢業時，賭癮入骨的父母臥軌自殺，在這之前已經被雙親遺棄一段時間，走投無路的我鼓起勇氣打電話求救卻被爺爺斷絕關係，打擊過大，感覺都麻木了，怎麼想也不記得當時的情緒了，大概很傷心吧？

從小到大，我對學校和家裡以外的世界一無所知，沒興趣探索冒險，辛勞的父母給我足夠物質照顧，奇妙的是我也夠乖巧聽話。

外面世界並未有趣到讓我嫌棄家人的管教兼搞叛逆，從小看著父母辛苦買房養兒的我可不想太早踏入社會，乖乖讀書還是比較輕鬆又能讓父母放心，由於沒有特別聰明，應付功課和校園人際關係就把精力用光了，蘇晴艾是個很普通的小孩，但認眞去做還是能及格的——曾幾何時這個印象已根深蒂固，我不想給家人添麻煩。

父母去世時我快十八歲了，還可以叫孤兒嗎？比我年紀更小、獨力養活自己甚至家人的男生女生到處都有，我並不認爲自己可憐，正如主將學長說過的，好手好腳身體健康已經算抽到好牌，沒必要特別憐憫我。家中驟變時我年紀也大到可以合法打工賺錢，從小就是孤僻內向的獨生女，我早就習慣獨來獨往，除了擔心餓死和沒地方住以外，我沒有太深沉的煩惱，正如沒有不切實際的夢想。

打從進入大學讀設計系起，我煩惱的是達到畢業門檻而非流星花園，畢業後想的是如何還清學貸和賺生活費，被冤親債主纏上時變成活下來就好，蘇晴艾的生存之道一直都是有吃有住有時間滿足興趣的三原色，我的興趣不難打發，唯柔道與網路小說而已。

如今冤親債主已經下地獄，女鬼好友也去外地發展前途，又拐回大學畢業之後必須面對的難題：找個工作賺錢養活自己。

說難不難，說簡單也不簡單，成千上萬凡人面對的考驗，如今有著各種金手指和外掛的蘇小艾也要插一腳，是愛面子矯情不接受大牌親友的贊助嗎？那我為何會如此羨慕過起平凡日子的戴姊姊？

在許家深山莊園和玫瑰公主分手，許洛薇居然提前一天放我鴿子，下輩子有機會遇見我一定要打她屁股，總之我也摸摸鼻子打算把日子繼續過下去。說服許媽媽放我離開不是件易事，但我居然辦到了。

面對貴婦人的邀約我這樣說：「如果真的愛面子我就不會被薇薇養這麼多年，因為和她在一起不會無聊。努力找工作養自己，就像我認識的大家一樣，我覺得那樣活著才有意思，賺一點花一點的生活比較適合我。」

說到底我就是個小氣的人。

「小艾也和薇薇喜歡一樣的東西，我早就知道，只是失去那孩子後我變得膽小吝嗇了。」

許媽媽握著我的手嘆息。

我想一個人闖闖的想法，大概和許洛薇來到私立鄉下大學混文憑交朋友的堅持是相同的執著，衣食無缺的單純生活，往來之人都是親戚好友，幾個不太花錢的興趣，這樣的好日子光是想像就能誘發強烈渴望，蹲在朋友屋簷下太久了，現在的我已經有了外出拚搏的勇氣。

「薇薇嚮往的庶民生活，一定是許阿姨你們也喜歡的，週休二日下班以後就不問世事之類，雖然有辛苦的地方，現在我認識這麼多厲害角色，估計也苦不到哪裡去。」畢竟不是眞的凡夫俗子，我的超能力和前世因緣相當麻煩，爲了低調混水摸魚，本人蘇晴艾豁出去了。

庶民也分三六九等，我這人要的不多，基本工資加上業外收入，不出大意外的話，省吃儉用幾年就能在不過度艱苦的前提下還清學貸，過得太苦長輩們也不會容許，我本來就不打算虐待自己，無名小卒有專屬的樂趣。

「小艾……」

「我希望像大家一樣爲衣食打拚，才能和他們平起平坐，見面時話題在同一個頻率上，也想給結拜弟弟一個腳踏實地的好榜樣，能做到的話我會很開心，另外我不想輸給薇薇，她都去考神明公務員了。」

「這些的確是我們幫不上忙的目標，可是，讓人更想之後聽妳分享戰果。」許媽媽溫柔地握著我的雙手。

「我一定會打電話來抱怨工作壓力的。」當時的我還未理解這句話有多天眞，單純認爲致命危機都撐過來了，何況是無聊平淡的工作賺錢。

我給自己設了個目標，原有的存款不能動，從現在開始，賺到一年外宿需要的房租金額就搬出老房子。戴姊姊知道我的計畫後也很支持，她目前中醫診所櫃檯的工作不打算長久做下去，等考上國考變身公務員後她就不會留在這裡了，我們約好盡量爭取日後還能當室友，再說我每個月還要陪她回戴家一趟收房租兼插旗鞏固家主地位，已經是不會輕易說再見的關係。

戴姊姊看來不想一直受制於人，哪怕是暗戀對象安排給她的輕鬆工作，眞不愧是讓我和許洛薇都如沐春風的好女人。戴姊姊一直很能激起我的保護慾，她還是討厭男人，擔心一個人生活又遇到跟蹤狂，我也擔心戴佳琬這個半魙怪物瞄準她孤立無援時伸出毒手，和戴姊姊約好若是沒得到固定職位，且戰且走時就在她落腳的地區找工作，她也能幫忙接送和收留我一陣子。

嶄新未來藍圖濃墨重彩地浮現眼前，有點令人不知所措，更多的是興奮。

魔王暗示的二十九歲死期像一片烏雲罩在頭上，依舊沒能攔阻我出門冒險的衝動，我毫無和他人商量這道暗示的慾望。邪，我是信的，只是現在的我就算明天就會死也不害怕，新的線索出現前不想自己嚇自己。

「過年前幫自己賺個大紅包吧——還要種很多根莖類蔬菜！白蘿蔔！紅蘿蔔！甜菜根！台農六十六號地瓜紅肉最讚～」我站在菜圃邊舉起雙手仰天大叫給自己打氣。

結果大家都跨完年了我還沒拿到半個打工，期間連聖誕節洗盤子短期工都沒應徵上，肯定有鬼！我像是沉在水裡憋著一口氣，吞也不是，吐也不是。

農曆新年步步逼近，還有一個月就是除夕了，刑玉陽忙得不可開交，「虛幻燈螢」翻桌率經過努力補救後剛恢復過往水平，我欠他實在太多，只能義務幫忙，就算常被他趕上樓或趕回老房子，我到底不想眞的走人偷懶，現在的我已經能抬頭挺胸將「虛幻燈螢」說是自己家了，就是還不好意思叫刑玉陽哥哥。

誰能想到，我和刑玉陽正式相識第一天的兄妹劇本居然成眞了！用演的多自然，來眞的方知需要恥度，刑玉陽說過我只要啓用正式稱呼就會出現符合的表現，製造麻煩這一點我已經達成高標，但要怎麼跟沒血緣的哥哥撒嬌我還在研究中，兄妹之道眞是博大精深。

姊弟關係我就沒什麼懸念，畢竟葉世蔓太配合了，半路認來的弟弟這麼乖巧能幹，害我實在沒自信當好別人的結拜妹妹。順帶一提，葉世蔓對刑玉陽從學長改口稱哥叫得又順又甜，不只是因爲我的關係，刑玉陽撐著一口氣揹著他扛過山神考驗的魄力讓葉世蔓心悅誠服，刑玉陽對於收了個潛在的魔王小弟似乎也挺受用的樣子。

不必再為冤親債主製造的殺機煩惱後，我沒再去過土地公廟後的淨水溝，又恢復到替雜貨店老奶奶定期供奉土地公的往日步調。這一天，我照例帶著供品和打掃用具造訪土地公廟，嫻熟地整理環境，順便用念力攻擊土地爺爺請祂幫我介紹好工作，坐吃山空比撞邪還恐怖。

冷不防地，一道陌生男人聲音從背後叫住我。「妹妹，妳還有在做類似工作嗎？」逆光中，一輛小貨卡停在土地公廟外的馬路邊上，穿著運動衫配夾克外套的男人探頭往內張望。我不禁朝慈眉善目的神像望去一眼，蘇小艾的運氣終於上門了嗎？

□

「對不起，伯伯，我今年除夕就不過去了，不過初二我一定到！真的很抱歉……」我在電話裡拚命對堂伯道歉，並狠下心拒絕雙胞胎堂弟們的撒嬌呼喚。

「小艾，如果缺錢的話可以先向我借，別太累了。」電話裡傳來蘇家族長的擔憂聲音。

「工作內容很簡單啦！是我想趁現在旺季多撈一點，之後就會很閒了，而且上次伯伯你給我的錢想盡量存起來不亂花。」

結束日常電話聊天後，我癱在沙發上，望著正眼神痴呆地看電視邊往嘴裡塞餅乾的同居人，代替許洛薇繼續在老房子陪伴我的戴姊姊。下班後的戴姊姊和許洛薇的客廳日常如出一轍，果然女人頹廢起來都大同小異嗎？

好不容易有個比較固定的打工，又是過年前的超級旺季，老闆希望我做到除夕當天無可厚非，加上我打算進行更佳的B計畫，除夕和孤家寡人的刑玉陽與戴姊姊一起過，初二再找他們回老家度假。

主將學長平常再怎麼愛和我們廝混，除夕也是陪父母去了，雖說派出所警察大年夜還要值勤，但他折衷將雙親請來租屋處過節，團圓飯直接訂高級餐廳，這一天國民消費力是很驚人的，所以我加入圈錢行列他倒是沒說什麼。

事不宜遲，我立刻預約戴姊姊的年假計畫。

「呃，我替妳或玉陽看家就好，你們不趁機去玩嗎？」戴姊姊同意除夕夜作伴圍爐，明顯不想答應陪我回崁底村老家的提案。

「為什麼？妳擔心又要住堂伯家嗎？」我用無辜表情掩飾蠢蠢欲動的八卦之心。

「我一個外人真的不好意思……」戴姊姊不諱言。

戴姊姊的感情其實很好懂，曾被跟蹤狂傷害威脅許多年的她，蘇靜池的「純觀賞性」反而帶來最大的安全感，我自己就討厭被強迫談戀愛，也不會胡亂作媒，堂伯更是心如止水的強人，但我認爲戴姊姊若能和正派異性多多相處，應該能起到一定的心理復健效果，堂伯是資深紳士，總是能很好地引導戴姊姊。

「刑玉陽也會去，頂多我堅持住葉伯家，我們一定是住同一間房間，妳別有壓力。」我熱情地鼓吹戴姊姊同行。

「再看看……妳怎麼還不叫玉陽哥哥？你們不是正式結拜了嗎？」戴姊姊直接過彎甩尾轉開話題。

「還在調適中，人家這輩子沒對誰喊過哥哥嘛。」我搔搔臉頰。頂多就是暫時不叫學長。

「爲何妳叫我姊姊就很自然呢？」戴姊姊打趣道。

「這哪能一樣？我明天清晨四點半就要起床了，這次地點有點遠，先睡了。」我使出床遁大法，卻被戴姊姊拉住袖子。

「小艾，這份工作對妳來說眞的不會太勉強嗎？」

「只是普通的清潔工作，可是負責接案的大哥特別照顧我，果然土地公有保佑有差。」我笑嘻嘻地說。

「但妳不是說忙到連吃便當的時間都不夠了嗎？」戴姊姊不肯放開我。

「我的優點也只剩體力啦！戴姊姊妳平常也會抱怨在診所遇到的鳥事，我就打打嘴砲而已，而且便當很好吃。」

「上次妳跟我說你們都用氫氧化鈉兌熱水洗廚房，有個阿婆擦天花板時被強鹼水滴到眼睛還想繼續做，我都嚇死了。」戴姊姊複述我的職場見聞。

沒錯，我的同事基本上都是出來賺外快的家庭主婦或者二度就業的中老年人外加已婚女性，相處起來沒壓力，屬於低學歷的勞力工作者，因此也發生過讓我捏把冷汗的工安問題。

那一天我在土地公廟遇見的男人姓徐，年約四十歲，自稱開清潔公司，偶然經過見我打掃起來手腳麻利很有經驗，看上去又能吃苦，邀請我成為他的工作夥伴。工作本身當然是沒有任何保障，典型的３Ｋ（骯髒、危險、辛苦）工作，薪水當天現拿這點倒是讓我很滿意。

「大家當然是勸她馬上去掛急診了，還好有用冷水立即沖洗沒釀成大患。」我連忙補充。

「小艾能不能換個比較安全的工作？」戴姊姊問。

「那也要我找得到咩！累歸累，不用煩惱勾心鬥角也是好事，而且同事都把我當女兒看，我力氣又大，常常被她們誇獎肯做事，怎麼說，至少人際關係很輕鬆。」我坦白說。「可能是迷信吧？但這是我第一次遇到這麼順的打工，光是兩個月已經賺了三萬多，快到搬出去住的目標金額的一半。土地公介紹的工作不能輕易放棄，神明知道我肯蹲下去，下次的工作一定更好。比起要面對很多客人賣笑的服務業，好像這種體力活還比較適合我哈哈！」

「我懂妳的意思，答應我，遇到委屈一定要說出來，好嗎？」戴姊姊也是過來人，知道得賺且賺的道理。

「反正只是有機會就做看看的打工，有更好的工作當然要換啦！」我趕緊安撫戴姊姊。

我將工作遇到的不平事當成趣聞和戴姊姊分享，大家都是出來混口飯吃，不可能每天都開開心心，我只是懶得計較細節。溜回二樓時不經意朝客廳投去最後一眼，戴姊姊若有所思地拿起手機。

□

當清潔工並不會讓我羞於見人，反而想起童年時媽媽經常到外面幫人打掃賺鐘點費，省吃儉用把我養大了，刑玉陽的媽媽也是如此，對我來說這是非常親切的職業。

刑玉陽聽說我打算當清潔工時，特別確認我是否會一個人去陌生人家打掃，我回答說不會，這份打工並非只做一兩個小時的定期鐘點工，比較像是大掃除的那種，都是團體作業。他聽完之後也覺得還好，只是吩咐我避免單獨留在男屋主家，以前刑媽媽好幾次遇到居心不良的雇主，還是夠機警才沒出事。

光明正大進到陌生人家裡看遍最隱私的角落，這種滋味實在很微妙，短短一個多月裡，我不用超能力也閱覽了許多份人生。

我很佩服這些比年輕人還操還敬業的中年勞動者，在他們面前不敢稍有懈怠，後來才看懂這個社會的運作方式，不是人人都沉默又勤勞，但能這麼做的人更容易得到工作機會，也更常被安排到和我這個新人一起工作充當榜樣罷了。

當我迅速表現得和這群騾子般能幹的同事一模一樣後，徐大哥對我相當看好，還要我別稱呼他老闆，開始把更多私人住家的活兒排給我，有時候連新人都交給我帶，我也開始面對替人補破網擦屁股的困擾。

不敢告訴戴姊姊，其實我清潔工幹完一個月就感覺有點勉強了，或許是菜鳥有待加強，只是我太嬌生慣養罷了，誰爲了生活不是委屈吞下去？當時我就是這樣安慰自己。

通常一間公寓分配兩人，一棟別墅三至四人打掃是勉強能達成目標的安排，但你一定沒看過二十年沒打掃過的公寓，恐怖頑垢和塞爆雜物垃圾的各種狹縫，以及各種一言難盡的景象。

沒經驗半路落跑的新人，說好做一天結果來了上午下午消失的老油條，還有從頭到尾都沒出現的神奇傢伙，運氣好時徐大哥還能緊急調人來，但那些沒趕上的進度只能由準時到的工人消化，運氣不好時，當天清潔團隊就是少了個人。工頭永遠都只安排剛好的人力，現實常態卻是連剛好的人力都無法完成最低限度工作量，這表示我和搭檔幾乎永遠都在草草了事的狀態下對業主賠不是後離開。

當然也有客氣親切的明理屋主，見我們實在盡力了便未刁難，次些的也就是結帳時抱怨兩句，肇因安排的人手過少，我只能緊張又無奈地死命幹活，一邊祈禱徐大哥別又要我們順便幫忙收錢，遇上屋主當場挑剔時實在很尷尬。

——啊，今天是排骨便當，好幸福。不知不覺間我開始這樣自我安慰了。起碼幾乎天天都能大口吃肉的生活是過去的我辦不到的，便當配菜也很好吃。

我和徐大哥要了今天打掃地點的地址，他前一天已經將工具載過去了，就等我們一早上工，預定四人打掃一間小農舍，又是一場硬仗。

一抵達現場，不好的預感果然實現了，徐大哥口中的小農舍是一間三層樓透天別墅，旁邊還擴建第二棟建築，兩棟房子連在一起，一臉精明的女屋主等在門口。

「請問右邊那棟也是我們今天的打掃範圍嗎？」

「當然啊！」女屋主一臉不耐煩地說。

我和陳姊面面相覷，連經驗老到的陳姊也一臉茫然。雪上加霜的是剩下兩名同事一個聯絡不上一個有急事，徐大哥請我們先打掃，他立刻找人支援。

我惴惴不安地扛著打掃用具先進主屋，看著一路在地面蔓延的雜物、牆上的蠟筆塗鴉，當機立斷開始拆窗戶刷洗，先做眼睛容易看見的大範圍，至少最後比較能交代過去。

不幸的是，女屋主卻開始指揮東指揮西打亂我和陳姊的工作節奏，還不停說她付了錢今天一定得做完，有長眼睛的人都看得出這是一場註定失敗的家事戰爭。

八點上工，支援人手在將近十一點時終於姍姍來遲，少了將近三個小時的兩人戰力，進度之可悲不言而喻。來的還是我和陳姊都不希望看見的某個人，說是同事也不太對，聽說是徐大哥的朋友，叫作阿彬，平常無所事事也會過來賺外快，明明是男人，粗重活卻能推就推，躲閃飄技能一流。

「還有一個呢？」我抱著死馬當活馬醫的心情問。

「徐仔說今天大家都排到不同地點工作，真的找不到人了，叫我們下班時間一到就走人，他會善後。」陳姊無奈地說。

我知道陳姊爲何沒有笑容了，這種臨時工第一個月就讓我窒息，接著只是苦撐，但許多人卻是一兩年乃至一、二十年地幹著，不讓自己麻木就太痛苦了。何時會踩中地雷的恐懼徘徊不去，而今我已經明白，天天走雷區，爆炸是遲早的事。

老闆也是好人……之前傷到眼睛的阿婆，以她的年紀是真的不該出來工作，社會上有難言之隱的人很多，徐大哥並未斤斤計較，甚至還幫忙接送上下班。這也是我剛認識徐大哥卻認爲可以信賴他的原因，他願意給底層邊緣人機會。

我想起土地公笑咪咪的神像，果然抄經跑步只是養生，靠勞力賺錢才叫修行。這是上蒼給我的考驗對吧？

反正這份打工又沒簽約，想走隨時都能走，哪天待不下就辭職，現階段還能湊合著省便當錢。比上不足比下有餘的心態使我陷入了某個看不見的怪圈裡，但我實在不想繼續失業，勞力能換成金錢的狀態讓我在某種意義上舒服許多，某個空洞終於塡進一點東西，俗稱用工作來逃避現實。

「陳姊，我可能就再做一陣子而已。」今天的case和零落出工情況眞的讓我受不了了，忍不住吐露眞心話。

「小艾，我年紀大了，像阿彬那種人，眞的沒辦法和他單獨一起做事，該他的工作量有一半都推給我，我們兩個反而好配合又有效率。小艾妳就是太老實，徐仔才會一直排給妳這種刁鑽的工作，我會向他反應，以後這家活我不接了，今天這種例子眞的是意外，留下來好嗎？」陳姊第一次說這麼多話。

「我再想想看。」由於現場太忙碌，我這樣敷衍陳姊後，這個話題就結束了。

到了下班時間，女屋主果然大發雷霆，我們僅僅勉強完成一半的工作量，來不及清潔的地方太多，女屋主說了個四位數數字，說她花這些錢請人來，結果是這副德性。

被業主當面盯著下指導棋，根本沒辦法進行徐大哥叮囑過的「只做重點」的業界守則，下場就是地雷全爆了。其實按照女屋主的清潔標準打掃也不是不行，但要花費五天工作時間，我敢說今天自己和陳姊已經做出遠遠超標的工作量。

阿彬頻頻遭挑剔非常不爽，距離下班時間還有半小時就抹布一扔揚長而去，到頭來我和陳姊只能不停道歉。

「妳們出來收錢也是專業的，工作都沒做完，這樣就想走了嗎？」女屋主竟攔著不讓我們離開。

「今天一整天我們都盡力了，看要怎麼處理妳和我們老闆談吧！」我好聲好氣不想起衝突。

都到這種程度再看不出女屋主想扣錢就是白痴了，但我們也的確離說好的完工程度有段距離。真搞不懂她為難兩個兼職有何樂趣？陳姊和我都沒辦法代替徐大哥談補償方案。

陳姊還得趕回家照顧婆婆，徐大哥偏偏失聯，女屋主嚷嚷著說要報警告我們詐欺，我不想變成毀掉徐大哥商譽的凶手，想了想說：「不然我再幫妳打掃兩小時，其他我們無法決定。」

陳姊把我拉到一邊道：「小艾，我們已經幫這家義務多掃半小時了，她就是故意要佔便宜，房子這麼大的有錢人還這樣。」

「算了啦！我們這邊也沒做好才會被抓到把柄，我也僅此一次幫忙善後而已，徐大哥應該會給我加班費啦！」這樣想後倒也還好了。

「我一定會要他給足薪水的。」陳姊對我謝了又謝匆匆離開。

女屋主見我主動奉獻，臉色稍霽，明明工作不可能在兩個小時內完成，這種佔上風的感覺還是讓業主很受用。

「年輕人就是要肯做才有出路，不像那些沒讀書又沒見過世面的，只能一輩子做工。我去泡杯檸檬茶招待妳。」女屋主露出愉快的笑容轉身前往廚房，後續也沒繼續監工，想必看穿我就是臉皮薄的勞碌命，加上她盯梢一整天也累了，乾脆放我自由勞動。

經歷多次生死危機後，我對這種賞兩巴掌再給一顆糖的粗糙手段也能平心靜氣了，唯一的想法是眞想讓陳姊看看眞正頂級的有錢人，那才叫異世界。

天色暗得很快，我淡定地在偏屋補進度，周遭終於安靜下來，單人作業反而開心，兩個小時馬上就過了，下班還可以去逛夜市，女屋主給的那杯檸檬茶我覷了個空子倒進流理台水槽，在陌生環境獨處時不碰陌生人給的飲食，我還是留了個心眼，反正自己有帶水。

「小艾，妳怎麼還在這裡？」徐大哥驚訝的聲音在我背後響起。

「今天太缺人手，雇主很不滿意，我怕耽誤到陳姊家裡，才說多做兩個小時讓陳姊先走。還有半小時。」我看了看手錶。

「小艾，不好意思，我會付妳加班費。」徐大哥愧疚地說。

有錢拿一切好說。

徐大哥挽起袖子準備加入打掃，最後意外多出幫手讓我有點高興，一整天的惡劣心情得到修復。

說時遲那時快，偏屋闖入一道頎長身影，冰冷視線直直射來。

「蘇小艾，給我放下妳手裡的拖把！」「虛幻燈螢」的店長雖然只有一個人，背後卻像跟著千軍萬馬，氣勢驚人。

徐大哥盯著俊美馬尾青年目瞪口呆，我懂，第一次遇見刑玉陽的人往往都會經歷一場視覺衝擊。

「你怎麼知道我今天在這邊工作？」我被刑玉陽的奇幻登場嚇呆了，不是因爲他知道我的上班地點，而是現在正值「虛幻燈螢」的營業時間欸！

「妳每天行程都會告訴戴佳茵，問她就行了。她不放心妳今天臨時加班的事。」刑玉陽還穿著襯衫西裝褲的店長制服，像是直接從咖啡店飛車過來這處郊區別墅，那可是騎車要一小時的路程！

雖說遇見色狼和殺人魔的機率很低，但凶宅加地縛靈就說不準了，目前沒有紅衣女鬼當靈異保鑣的我很怕死，安全回報非常到位。

「我有打電話報備過了，又不是小朋友！偶爾加班很正常。」我彆扭地說。魂魄依然未成年的囧事就先跳過吧！

刑玉陽瞇了瞇眼睛，見我不肯鬆手，索性強硬抽走拖把，隨意扔在一旁。

「我答應加班兩小時，還有半個鐘頭。」我剛想彎腰去撿拖把又被刑玉陽單手拉正。

「五點下班，扣除中午休息時間，現在七點二十，妳今天實際工時有滿十小時嗎？」刑玉陽問得很犀利，把我額外多做的時間也算進去，那些行業裡大家私空見慣卻沒有報酬的零碎工時。

「有……」

「那好，徐先生，請結清她今天的工資，我現在就要帶她離開。」

「你是誰？」徐大哥終於回過神。

「我是她哥哥。舍妹接下來要專心準備國考，不方便在你這邊繼續打工，謝謝你這段時間的照顧。」

獨裁暴君刑玉陽說完，我像溺水者抓到稻草般下意識地點頭，徐大哥只好掏出皮夾，抽起一張藍色千元大鈔，正要配上紅色百元鈔，想了想又換成一張五百元。「既然是最後一天，我就多給一點加班費。小艾，妳工作很認眞，以後要是有空還想做這個工作，隨時歡迎妳。」

我接過工資又說了兩次謝謝，刑玉陽嘲諷地看著我手裡的現金，我感覺出他其實很怒，結果居然客客氣氣和徐大哥話別。離開別墅時女屋主剛好聽見動靜下樓，刑玉陽頭也不回，我只來得及聽見女屋主瞬間嬌嫩十倍的聲音，在心中暗嘆一句：妳都能當刑玉陽的嬸嬸了，帥哥眞辛苦！

「欸，你要把我拉去哪？我機車就停在大門對面的路邊而已。」刑玉陽將我往外拖了快兩百公尺才停下來。

「蘇小艾，這點錢就能讓妳大腦退化，被欺負了連吱聲都不會？」西伯利亞冷氣團籠罩中。

「才不是『這點錢』，是血汗錢！」我立刻反駁。

「我先說結論，他們沒犯法，所以我也不能怎樣。」言下之意，他老哥不爽的責任怪我囉？

「比起結論，你能先說忽然替我辭職的原因嗎？」面對職場人際關係時我就是個俗辣，理性上覺得刑玉陽霸道干預我的工作這樣不好，換成任何一個熟人出手我都會很生氣，這回被刑玉陽代表時我卻沒有任何牴觸，事實是他強硬幫我辭職時我眞眞切切鬆了口氣。

「今天早上戴佳茵打電話來問我清潔工日薪，領現金的那種，我說一千三到一千八吧？看地區。」

「那麼高？我一天才一千。」

刑玉陽解釋說價格波段跟現場工作男女領薪有差，過去習慣上粗活會優先分配給男生，女生負擔相對較不吃力的工作，因此薪水較少，照理說會事先約定清楚，但我待的這間清潔公司並沒有這種分工，就算有，錢也不該那麼少。

「戴佳茵說她昨天已經問過蘇靜池，以防萬一想多問幾個懂行情的人，她說偶然聽到妳的月收入，訝異怎會那麼少？戴佳茵掛電話後不久就換蘇靜池打來關切妳這次的打工細節。」

刑玉陽連我和同事把故障冰箱從三樓扛下來的事蹟都知道，他和戴姊姊唯獨沒聽我說過日薪多少，我沒抱怨錢少，大家也沒主動問，畢竟我們都懂收入也是隱私的一種。

「我聽說還有的例子不到一千，既然事先說好是這個數，我接受了，對方也按時給錢，如果別家價格更高肯收我，我當然就跳槽啦！」我抱胸表示無奈。

其實我偷偷估算過徐大哥的獲利，所謂的清潔公司其實只是一人工作室，他身兼多職包含工頭司機承包商緊急人手，細估一件case的實際工作量恐怕不到我的一半，拆分的錢卻將近兩倍，當然接案得有人脈，談錢收費出狀況善後也都是我不想碰的麻煩事，人家有這本領我也沒想太多。

「我本來等下班後才要找妳談談，結果戴佳茵說妳來電通知臨時加班，聲音聽起來不對勁，要哭不哭的。」刑玉陽才會草草結束營業收店來找我。

「那也不用直接殺過來吧？」

「我想親眼看看妳到底在什麼環境下工作，話又說回來，這種價格可以辭了。那個姓徐的就靠張嘴接案，不合理的低價也敢開，沒有賺頭就故意減少人力開銷，指望有傻子替他賣命。」刑玉陽斬釘截鐵道，他可是揣著算盤睡覺的小老闆。

「可是我眞的很難找到工作嘛！就算是屎缺也比沒有好。」我以前找過的打工也許薪水更難看，一樣累得像狗，如此委屈還是第一次。

刑玉陽久久地凝視著我，目光柔軟而感傷。

「蘇小艾，妳找不到工作這件事，或許不是妳的錯。」

「你難得會安慰我欸！」一整天憋著的氣都被刑玉陽這句熨燙人心的暖句撫平了。

「不是安慰妳，我只是忽然想起某個可能性。因爲妳的大學時代有借學貸和許洛薇支援住宿，聽鎮邦說妳對設計系功課也很認眞，打工時間有限，賺得不多很正常。」刑玉陽若有所思地說。

不不不，即使被許洛薇餵養的大學時代，我那時反而更想賺錢搬出去早點結束寄人籬下的害羞生活，各種能賺錢的活兒都想接，奈何校內工讀機會競爭太凶殘，加上我社會化程度比現在還差勁，各種不得要領，只能靠運氣做些流動性高的短期工，或者託學長姊之福幫忙打下手，才會有那麼多時間混柔道社。

不擅交際的致命弱點在大學畢業必須償還學貸以及不再受學生身分保護後充分暴露，不知是下意識散發負面能量，抑或太過僵硬青澀的應對進退，每次找固定工作總是滑鐵盧，反而是臨時工或像這次徐大哥這種非正規的延攬成功機率較高，只要展現我的體力。

「妳畢業後失業情況和我媽生病最後幾年很像，不是找不到工作，就是因爲各種狀況很快離職，在職期間也常遇到麻煩，態度不夠積極和大環境不景氣的因素不能說沒有，但妳都沒懷疑過『被作祟』的可能嗎？」從刑玉陽線條優美的嘴唇裡吐出某個奇妙字眼。

「沒有，發現許洛薇變女鬼前我都是鐵齒麻瓜，以前就有點逃避現實，提醒我父母死亡可能是冤親債主下毒手的人，你是第一個。」我皺起眉頭，的確一般人老是走楣運早就求神拜佛了，可惜當時的我有著根深蒂固的偏見——去宮廟＝花錢，我連去早餐店買蛋餅都只能點最便宜的原味，想換口味還得考慮再三，要我布施新台幣比割肉還痛。

「你怎麼確定刑阿姨在工作上被作祟？」我問。

「有太多髒東西跟著她從工作場所找到我們家。那些髒東西無法附身我媽時，就會附身或教唆周遭的人欺負她，也許只是閒言閒語或下點絆子之類的小事，瘋狂一點就是人身攻擊了。經年累月，要慢慢殺死一個人也不難。」刑玉陽冷冷答道。

路燈下，俊美馬尾青年和我宛若被籠罩在一處被世界遺忘的古老結界裡。

「總之，有家神或祖先保佑的地方都不歡迎容易被髒東西纏著的外人，或者像妳這種危險又複雜的存在，一開始就擋掉最安全。即便是公司行號，也可能已經屬於某個非人的地盤，只要對方認為妳會造成妨礙，當然要想辦法掇弄人類趕走妳。心眼沒那麼壞的，只要略施小計讓妳的競爭者表現更好即可，收誰都比收妳好。」

「我哪裡危險又複雜了？」原來刑玉陽就是從媽媽的不幸遭遇學到教訓，才會小小年紀就去找生父敲詐一塊地堅持自己開店打造庇護所，認識他愈久，我愈覺得高傲的他當初會忍住羞怒去找神海集團總裁討積欠的扶養費這點很不可思議，但另一方面，刑玉陽涉及生存問題絕不會客氣，他比誰都清楚日曬雨淋餓著肚子時更不可能保有自尊。

「以前是冤親債主，現在應該算人脈吧？說說妳認識了多少牛鬼蛇神？」刑玉陽直接往臉上拍我一盤奶油，他一針見血的答案讓我只能跪了。

大哥你何苦把自己也罵進去？我很識時務地將這句話放在肚子裡。

「那大學時代呢？那時我的超能力又沒覺醒，冤親債主也還沒找上門，但我還是不容易找到打工。」平心而論，在設計系裡我不是特別敏捷的藝術天才，上課認眞外加紮實完成功課，還要滿足主將學長那變態的社團訓練和替許洛薇把屎把尿，基本上也沒時間搞校外活動了，無法開源只好節流。

大學四年，請叫我與貨幣經濟絕緣的蘇省長，我幾乎都是靠各種物資撿漏活下來，不浪費就不匱乏。

「這就是我想說的，妳怎能確定『冤親債主沒找上門』？蘇福全不是不想弄死妳，可惜妳的生活圈屏障太多，柔道社姑且不論，許家給許洛薇的暗中保護必定有順便罩著妳，如今我們知道，這一帶土地公也不弱。換句話說，蘇福全當時頂多就是作祟妳的應徵目標，讓妳不容易找到打工而已。」

「普通人生難道就這麼難嗎？我又不是故意想失業。」我嘟囔著。按照漫畫小說套路，我應該從此和大妖化的許洛薇過上成立神祕萬事屋降妖除魔接案賺錢等等非主流生活，偶爾揍揍來踢館的對手屁股，視天上地下政府規範和生態平衡爲無物，現實最好這麼簡單。

哦，忘了說明，妖怪界裡公認的出人頭地也是當神明相關類公務員，君不見附近土地廟虎爺爲了後代小花死後發展操碎了心，殺手學弟的寵物蛇乾脆放棄低迷錄取率跑去當山神手下，許洛薇現在正在準備的，就是這麼坑爹的天界地方公務員妖怪特考。

「妳不適合吃人頭路，乾脆借筆錢當啓動資金去搞小生意，擺路邊攤賠不死妳。」刑玉陽鐵口直斷說。

「學長別鬧了，我還有學貸耶。」我不要聽到任何跟「賠錢」有關的恐怖訊息。

「那是葉世蔓的問題。妳要他賠錢償還前世債，現場很多證人，他不賠也不行，靠他給妳養老就好，只不過我們覺得妳想工作是好事，但不是用這種蠢模樣賺這點不像話的數字。」刑玉陽冷不防將我們後來演變的複雜糾葛攤開來算帳，總之現在大家都是沒有血緣的兄弟姊妹了。

「我怎麼可能靠他養啊！我是他姊！面子要往哪裡擺？頂多就讓葉世蔓賺自己的零用錢，幫他存點老婆本。」我氣極敗壞說。

從學弟升格的結拜弟弟一副對未來不抱希望的吊兒郎當態度，從小辛苦存的錢全砸在買重機上，面對危險的墮落山神也是一伸手就許下年年寒暑假聚會的諾言，當初我會希望葉世蔓賠錢只是打算替他訂定較爲健康的生活目標，至少比這孩子老是想以身相許要實用一萬倍。

刑玉陽倒沒爲此評論什麼，只是丟來令人起雞皮疙瘩的冰冷眼神。

我趕緊轉移話題：「你要是像徐大哥那樣用人，早就能請兩個服務生還有剩了。」也不用一有事外出就關店，這是我愈來愈擔心「虛幻燈螢」前景的地方。

豈料這句話卻像把一桶汽油倒在火苗上。「妳對我的稱呼遲遲不肯改口，卻叫那種人『大哥』？」

他搭在我肩膀上的手內力暴漲，要瘀青了！刑玉陽從小暴揍主將學長和各種妖魔鬼怪練出來的怪力，憑我這小身板怎承受得起？

「只是口頭稱呼，既然拿到薪水也辭職了，對我來說就是個無意義的陌生人，也沒嚴重到要口出惡言。」我老實說出感想。

「妳廢話多就算了，別在我面前說謊。『前學妹』。」

我汗流浹背地想起剛剛不小心又叫出習慣的學長稱呼，明明這陣子已經很小心了。

「你說過我的家教很好，用什麼稱呼就會有相應的態度，當初還強迫我叫學長咧！刑玉陽。」抓著他放在我肩膀上的那隻手，我有點委屈。「可是，是許洛薇逼你認我當妹妹的，說到底我也沒同意，我不想強人所難。」

沒否認的原因是，我已經實質上吃人夠夠，世界上還眞的找不到比刑玉陽更理想的哥哥，說我不想要就太假了，但就這樣裝沒事認下來，我始終過意不去，至少暫時保持朋友的距離，其實也已經很親近啦！

刑玉陽低頭湊近我，忽然揚起一個沒有溫度的燦爛笑容，直接把我按矮三十公分。

「從明天開始，早上六點半準時來店裡報到，我會讓妳看看想與妳成為一家人的決心。現在，去把機車牽過來一起回家。」刑玉陽說完又將我拉直。

為啥聽完那句感人宣言後，我有種強烈衝動將油門催到底逃到天涯海角？

結果我還是乖乖跟著刑玉陽的老野狼屁股回去了。

將我護送回老房子後，刑玉陽安靜地離開，我手裡提著刑玉陽結帳的宵夜，充滿山雨欲來的不安。

Chapter 02 / 戰鬥不停歇

宵夜是戴姊姊喜歡的烤肉串和餛飩湯，還有我們兩個都喜歡的水果啤酒，今晚我迫切需要一點酒精，也想謝謝戴姊姊及時替我求救，這回她又扮演了類似催化劑的角色。

「姊姊，妳怎麼知道我做那份打工不開心呢？」我對戴姊姊的初次印象很深刻，她一直都保持整齊大方的ＯＬ姿態，讓人看著舒服卻不會有太深的印象，可說是相當牢固的保護色。

「小艾，我也是過來人，不敢提離職，一味死撐到超過某個界線後，人會變得很糟，差點再也站不起來。」

我沒看過戴姊姊糟糕的模樣，很難想像，當她爲妹妹的住院費用焦頭爛額時，看起來疲倦卻很理智。但我相信戴姊姊有過無論如何都不想讓人看見的難堪姿態，因爲我也一樣。

「如果小艾連在這間屋子裡都要對我逞強的話，我只能搬出去了。」戴姊姊蹙眉憂慮道。

「這次超級謝謝姊姊阻止我耍笨，但我不懂刑玉陽和妳爲何那麼擔心，我是不開心，但也沒有很難過。」

「這就是問題所在，薇薇不在，妳必須靠工作麻痺，沒有人可以代替她，這些我們都明白，就當是我太雞婆了，我可不能白白放妳助長慣老闆剝削員工！」戴姊姊末了語氣輕快地說，咬了一口烤雞皮細細嚼著。

「有那麼明顯嗎？」許洛薇上進奮鬥拚前程去了，我若無其事地繼續生活。也只能這樣，比起她的離開，我更擔心她優柔寡斷走不了，只剩自己一個人是整個過程中最不重要的環節。

「很明顯。」戴姊姊點頭。

「我堂伯怎麼說？」

「他只說妳的薪水和工作內容的確不合理，還有謝謝我提醒他。」

「許洛薇說過我堂伯是霸道總裁，聽妳這樣轉述我開始感覺有點像了。」蘇家就算表面上斷絕關係，實際從來沒停止暗中觀察我。

「蘇先生沒回答行情價到底是多少，我隔天才又打電話問玉陽，畢竟當時太晚了不好意思。小艾妳怎就被虧了那麼多錢？」說到落空的鈔票，戴姊姊義憤填膺。

「戴姊姊妳睡前打給我堂伯就不會不好意思？」我不懷好意地問。

「那個人經常辦公到深夜，好像很多朋友都是有時差的，昨天我打過去時間還早，不過玉陽就真的需要休息了。」戴姊姊實事求是說完端詳我的表情。「小艾妳對那份打工還有哪裡放不下的地方？」

我答說想起陳姊和那群婆婆媽媽，不希望徐先生或曾給我臉色看的人因我倒楣，那樣肯定又會牽連無辜，刑玉陽的維護已讓我受的委屈煙消霧散。不知為何，總覺得要是有任何強人出手教訓欺負我的傢伙，肯定是像捻死一隻螞蟻般輕鬆，卻會讓我對像陳姊那樣的同事非常愧疚，這表示無法反抗生活的底層老百姓比螞蟻還不如，而我不過就是去打醬油體驗庶民生活的瑪麗蘇，馬上又溜回不知人間疾苦的雲端。

靠，我還真的姓蘇。

「小艾妳擔心的話就和蘇先生說清楚不行嗎？」戴姊姊問。

「這不就表示我對堂伯未審先判了？又沒有證據。」我這邊也是難以啓齒。

其實我更擔心某惡劣術士悶聲不吭幹掉目標，當面應付蘇亭山我還是有幾分信心，畢竟對象是破廉恥的復活祖先，面子可以放在家裡爽快戰嘴皮子，尊敬的堂伯反而難對付。

我趴在沙發上模仿小花仰頭乞求戴姊姊，她被我看得渾身發毛，一口悶完手上啤酒又開了一罐放在唇邊吹泡泡。

「不如姊姊妳幫我稍微轉告一下？好嗎好啦～」

「我是外人，這不合適……」

「我相信姊姊妳一定能委婉地用大人的方式暗示堂伯別管這樁小事，拜託嘛！」

戴姊姊終究頂不住我的撒嬌攻勢，勉強答應她會試試。

至於我，又要搭上刑玉陽開動的新一輪雲霄飛車。

□

結果我並沒有更改除夕夜行程，直到農曆新年前都過著比之前收入更少、加倍受奴役的生活，唯一的差別是，窩在「虛幻燈螢」裡我再累都心甘情願。

刑玉陽表示他意外被大山神開眼，能力一旦提升明顯後患無窮，得認眞考慮往靈異方面修煉更多保命助人的技巧，拜師學藝方面有神明客人和過去的風水師人脈介紹不缺門道，但讓他收了咖啡館又捨不得，最現實的是，七位數貸款還不到一半，他想走也走不了。

他留守「虛幻燈螢」倒不完全是爲了賺錢避災，每次踏進這間精心布置維護的溫馨咖啡館，我就明白他還在等待母親芳魂某天驀然出現，我和許洛薇死後重逢相聚過一段時間的事說不定也助長了刑玉陽的期待。

「有幾位『客人』很久以前就勸我去學些降妖伏魔的眞本事，但我就是不想。」天色未亮，一樓店面只點了一盞燈權充照明，站在落地窗邊迎接我的青年被暗影與寒冷浸透，更顯得一雙透明發亮的白眼霜氣逼人。

我忍不住在心裡吐槽，就憑刑玉陽的元神眞面目還用得著學人類起壇畫符求神問卜的小伎倆嗎？聽起來也太像叫人自願留營表簽下去的口吻。

「那就別勉強！『虛幻燈螢』不能沒有你！」一聽到「虛幻燈螢」有可能收掉，我立刻陷入嚴重恐慌。

「不行，認識妳之後有太多失控意外，現在連鎖邦都開始接觸靈異世界了，萬一未來出現相關麻煩，我討厭無能爲力的感覺，既然我當初可以爲了保護自己練合氣道，現在也能以同樣的理由繼續新挑戰，妳也應當跟我一樣。」刑玉陽深思熟慮後已有決斷。

「你現在一個人經營咖啡館就是極限了，哪有可能再擠時間修煉本事？合氣道不練了嗎？」我比較希望他和主將學長繼續精進武術，目前我認識的法系夠多了。「再說法術部分有都鬼主師徒罩，溫千歲也懂不少啊？」

「這就是重點，身邊就有能輕易對我避長攻短的存在，還不只一個，我起碼也要學些反制辦法。就算我相信某個友方不會刻意害我，但不表示他不會對我造成危險，比如葉伯上次在滿是妖怪的深山裡迷暈我那件事，何況蘇亭山那術士混蛋毫無可信之處。」

的確，我的祖先和長輩一個比一個暴衝，拉都拉不住。

「咖啡館怎麼辦？租給別人嗎？」那就不會是我依戀的「虛幻燈螢」了。

「走一步算一步吧，還有貸款，也沒辦法說放就放，所以我想培養一個儲備幹部，就是妳，蘇小艾。」

我足足花了一分鐘才反應過來，天下紅雨——刑玉陽終於首肯我在他的店裡工作了！

「別歡呼得太早，給我聽清楚，是儲、備、幹、部，我不在的時候要能維持咖啡館整體運作，只想敲鐘領錢的打工仔就算了！」

我高舉的雙手僵在半空中，回想刑玉陽平常工作時的繁雜程度，再看看牆上掛鐘，清晨六點三十，我習慣提早到，現在才是我和刑玉陽約定的時間，莫非我剛剛推開地獄大門？

「以後每天早上我先給妳特訓廚藝和咖啡技術，然後妳再和我一起備料開店。」

「求之不得！」

隨之而來的是不堪回首的鬼畜特訓，由於面向國高中生族群的低價咖啡可用咖啡機沖泡，烤餅乾相對也不難，我按照刑玉陽的配方按表操課就好，刑玉陽便讓我從負責部分低端餐飲開始學習。

上班時間幫忙有零用錢，按照基本時薪計算，但沒有加班費，一家人嘛！偶爾支援家庭事業是應該的，他也沒收我材料費和教學費。

下班回家後我繼續自主練習製作麵團，揉成長條狀放冷藏，第二天就能直接帶到「虛幻燈螢」烤出成品給刑玉陽評分，不至於佔用過多店內時間。戴姊姊興致盎然地加入我的餅乾工廠，我們還加碼巧克力布朗尼和司康餅，果然女生天生容易投入夢幻午茶的製作。

想要吃現烤餅乾配奶茶的強烈動力讓我一天睡不到五小時也無所謂，吃不完的練習餅乾還能拿去柔道社做公關，彌補我沒時間練柔道只好辭退義務助教的心虛，大家都誇我烤的餅乾好吃，有職業水準。

直到有一次我送了特製口味餅乾後沒問到感想，這才知道他們吃的都是葉世蔓託人去「虛幻燈螢」買的正牌店主手工餅乾，當然專業，至於我贈送的練習品全被現任柔道社長強制徵收。葉世蔓被我罵了一頓後才肯意思意思釋出少量練習品給大家品嚐提供意見，那陣子他因為高熱量西點吃太多還胖了兩公斤。

結果親朋好友已經迫不及待下訂單，我本打算自掏腰包買材料，在刑玉陽同意我的餅乾能上架販賣之前，我不想對熟人收錢，只肯讓他們當我的試吃員，主將學長則用他要送同儕和朋友需求量大的理由包了我的材料費，叫我出人工就好，他也真的不客氣地訂了很多包餅乾送孤兒院和轄區低收入戶。

高強度練習和充分心理滿足感加持下，我在短短時間內就通過刑玉陽的審查標準，可以負責他店裡的餅乾銷售了！相對於小西點部分的進展順利，我在「虛幻燈螢」主力的咖啡領域上卻一敗塗地。

刑玉陽磨了老半天，我只有他的招牌美式和拿鐵兩款銅板價咖啡勉強及格，全都是機器替我泡，我只是負責按按鈕，中高價咖啡怎麼泡都不對味，我會在家練習烤餅乾的原因之一，就是在刑玉陽店裡光是學泡咖啡時間就永遠都不夠用。

在我大概浪費了超過一布袋的高級豆子後，刑玉陽決定認賠殺出，改變經營方針，賣些適合我製作天分的餐點飲料，首先是……

「蘇小艾，我怕再這樣下去會忍不住殺人，過年先暫停，年後妳給我開始準備中西餐丙級證照！」身心俱疲的刑玉陽發現讓我繼承衣缽不是好主意，連去探望我的戴姊姊在旁邊欣賞帥哥店長手沖咖啡都學得有模有樣了，我依舊不得要領，刑玉陽還叫原本只是打醬油的戴姊姊示範給我看，實在好丟臉。

「喔。西餐就算了，考中餐要幹啥？難不成我可以在店裡賣排骨飯和珍珠奶茶？」

「對。」刑玉陽深吸一口氣，彷彿在菩提樹下悟道一般，露出平靜的微笑。

「不好笑。」我用力搖頭。

「我開店就是爲了賺錢，只要是好吃又可以賣錢的品項，隨便了！反正我媽也喜歡吃排骨飯和珍珠奶茶。」

能讓龜毛的刑玉陽說出「隨便了」三個字，足見他對我的包容有多深。

「現在放棄，比賽就結束了！」這點骨氣我不缺，繼續磨練，我可以的！

「妳以為我想放棄嗎?妳就是個bug!我也要生活的!」刑玉陽說出血淋淋的實話。

整場悲劇唯一的收穫是,刑玉陽這次被我煩到不行也想徹底休息,沒出現太多抵抗就答應跟我回老家過年,動身之前他還陪我和戴姊姊回戴家淨化祖宅,用升級版靈眼確認戴家沒有髒東西闖入,戴佳琬也不在附近蠢蠢欲動。

葉伯和葉世蔓從山上回來了,白峰主額外體貼地把春節還給葉世蔓,於是寒假還沒過完,他也算按時履行與山神的約定了,之後我們集體留宿葉伯家,間或陪葉伯忙些王爺廟的交接工作,總之是一段非常愉快充實的假期。

葉伯不顧眾人挽留,決心辭去王爺廟桌頭之位,原因我們心知肚明,神明預言過他時日無多,葉伯決定走訪故舊把許多事情做個了結,崁底村是他的第一站。

「阿公說,不用辦葬禮,最後的時間他想直接在山裡結束一切。」葉世蔓莫可奈何道。

「還會再見面,葉伯要繼續修行嘛!」我嘴上這麼說,心底卻毫無把握,山是另一種異界,比起陰間也不遑多讓,人世間緣分告一段落後,他們還能像祖孫一樣相處嗎?至少葉世蔓這樣深深期盼。

我就是從那時開始,強烈意識到大家開始走上不同的嶄新道路。

過完年,「虛幻燈螢」正式開工,我卯起來準備中餐丙級證照,戴姊姊覺得這份證照挺實用，再度跟我一起洗洗切切，於是食材費又不由我做主了。這份細膩又柔軟的支持讓我發誓無論過程再苦再難也要通過考驗。

「呃，玉陽說丙級只要用心還算好考，有準備就會過。」戴姊姊覺得我如臨大敵的態勢有點好笑。

「可是我老是被他罵到臭頭。」

「小艾妳刀工不是還不錯？」戴姊姊羨慕地說。

「設計系和美工刀是好朋友嘛！」通常別人最需要練習的刀工，切絲雕花擺盤等我倒是適應良好，其他卻總是不得要領，不是味道跑偏就是下手太豪放不小心浪費食材。

「妳本來就會煮家常菜，照理說不用太緊張。」

「薇薇愛吃的菜色我是有練過，基本上只是炒青菜加肉絲，簡單幾種湯和滷味，太複雜的我也做不來，喔對，我還會三杯雞耶！薇薇不在的那兩年我爲了省錢都是一次煮好幾天的分量、有啥就吃啥。」我老實交代被刑玉陽罵過好幾次的壞習慣，我在料理上的針對性太強，比如說玫瑰公主想吃的菜和要放在店裡賣的餅乾就能激發我的熱情，除此之外我根本不會費心動鍋鏟，以前一鍋蔬菜冬粉雜煮湯就能讓我撐兩天，加幾顆餛飩或麵條就是新口味，雞蛋怎麼吃都不膩，有肉就是天堂。

料理是門科學，按表操課總不會難吃到哪去，過去的我就是這樣想，但同樣一份指定考題菜色，同一批食材，刑玉陽煮的菜就是能讓我忍不住當場吃光，自己的作品只想打包眼不見爲淨，就連戴姊姊煮的菜也讓我意猶未盡。

刑玉陽說我不用心，我有點委屈，明明我很認眞聽他的話練習。

「小艾妳是不是對料理沒興趣？」戴姊姊觀察我的瓶頸一段時間了。

我點頭。「可是大家爲了生活都要學一堆沒興趣的技能，我至少不討厭煮東西，爲什麼還是難吃呢？」

「也不是難吃，就是沒特別好吃，就是某樣菜印象中的味道，而不是某個人煮出來的口味……」戴姊姊沉吟。「感覺小艾在妳不想做的事情上會事倍功半，偏偏又硬逼自己去做，好像可以吃出那種勉強的感覺。可是小艾的炒青菜很好吃喔！」

我恍然大悟，「就像那種爲開店才去臨時抱佛腳的人泡的咖啡，連鎖加盟店不特別好喝也不特別難喝的奶茶，還有一點都不想再買第二次的乾麵？」

戴姊姊同情地摸摸我的頭，這下我知道刑玉陽罵我的重點了，他認爲我煮出來的東西沒人會掏錢買，要在台灣競爭激烈的餐飲業殺出一條血路，光店不倒就是某種成就了。

「妳才剛開始學習，千萬不能拿自己和玉陽那種老手比較，他是專科出身要求一定很嚴格，但每個人口味不一樣。」戴姊姊趕緊灌我心靈雞湯。

「他說得對，我自己都會挑剔火候不夠的小吃攤，花錢當然要有CP值。」我垂頭喪氣說。「我只是不想爲了考試去煮菜，這種想法很任性我知道，只是想想而已啦！主將學長說練基本功時都很無聊，撐過去就會突破了。」

「小艾眞的煮得不難吃，鎭邦也說好吃。」她手忙腳亂安慰我。

「主將學長和我一樣都不挑食，刑玉陽也罵過他不要太給我面子。」我把花貓放在肚子上一陣狂擼，兩眼無神。

「要不然先考西餐丙級怎樣？小艾妳不是更喜歡西餐考題嗎？看到內容還流口水了。西式輕食類也更符合『虛幻燈螢』的風格。」

「刑玉陽說如果我要在店裡賣自己的料理就不要和他的西餐強碰，否則客人吃過他的手路再吃我的……」我不敢再想下去了。總之西餐丙級也是要考，畢竟「虛幻燈螢」可不是快炒店，但爲了方便我推出小艾專屬菜單出奇制勝，中餐先考過再說，刑玉陽說這是讓我在最短時間內適應廚師角色的考驗，我得具備這方面的料理意識和基本技巧，他才能放心把廚房交給我代理。

我繼續埋頭努力。

刑玉陽的修行計畫一拖再拖，卻堅持按部就班教我，他本來就不是個好脾氣的人，看在我態度認眞反而不太責備了，我不時看見某種「哀莫大於心死」的眼神。

事到如今我也能有模有樣不靠提示和筆記把所有考題菜色做出來，味道勉強合格，龜毛主廚刑玉陽的so so評價跟親朋好友所謂的「好吃」可不是同一個檔次，我高興得都快哭了。

第一次參加中餐丙級考試時已經快要夏天了，我特地買了一套廚師服，付出貴參參報名費。戴姊姊問要不要她請假陪我去台北，我不好意思麻煩她，立刻說不用。

刑玉陽本來要去督戰，被我只差沒下跪痛哭勸退，我已經夠緊張了別來增加壓力好嗎？被熟人盯著我只會更怕犯錯。

學科部分有驚無險通過，術科卻發生致命意外——開始還挺順利的，清洗配切整理工作區的部分我駕輕就熟，進入烹調流程時ＡＲＲ超能力忽然發動，意識漸漸模糊，由於手上拿刀實在太危險，我立刻將刀子收起來，四周和水底世界重疊，耳畔滿是水聲。

我用盡全力留住部分意識，期間聽見自己呆呆對來關心的評審說沒事，只是精神不好需要想一想的麻木託詞，好不容易壓下那股解離衝動，等精神穩定到可以繼續做菜時，已經足足浪費三十分鐘，結果當然是沒戲。我躲進廁所哭了一場，把臉洗乾淨了才敢面對來考場接我的主將學長。

不是因爲考不過才哭，而是我對浪費刑玉陽的好意感到非常傷心。

大家都覺得是沒辦法的事，畢竟我有個動不動神遊天外的超能力，只有自己知道眞相，其實我當時太煩躁了，忍不住逃避現實，以至於哪怕只是一陣風吹來我就乘了上去。

眾人商量後，決定第二次挑戰由戴姊姊同場陪考，對我來說她是超強的精神安定劑。結果我太在意壓制ＡＲＲ超能力以及注意戴姊姊舉動，搞錯清洗順序又忘了消毒抹布，再度滑鐵盧。

兩次加起來的報考費用和交通雜支已經超過一萬塊，刑玉陽嚴肅思考起我下意識發動超能力一頭栽進湯鍋的機率，廚房對我來說太危險了，而我對「虛幻燈螢」的用火安全顯然也造成威脅。

幸好我們不是一無所獲，戴姊姊順利考到中餐丙級證照了，原來不是我的錯覺，她眞的適合吃這行飯。

「你讓戴姊姊當儲備幹部好嗎？她全職，我看情況支援。」我找了個四下無人的機會鼓起勇氣問「虛幻燈螢」店長。

「我不叫『你』。」刑玉陽語氣冷淡。

某人還在記恨我不喊他哥哥的事！事實是他對我愈好我就愈叫不出口，覺得自己不配，也怕日後蘇晴艾麻煩太多將他拖下水。

「妳在想什麼我很清楚，都是些沒營養的煩惱！難道我不配當妳哥？」

我瘋狂搖頭。

「前世如果不是我欠妳，肯定就是妳欠我，這輩子好好相處說不定就兩清了。」他又說。

刑玉陽魂魄本尊鐵定是大神等級，不管誰欠誰，目前村民狀態的我聽起來都很恐怖，希望前世我沒對他騙財騙色！關於前世之我的少數情報都很糟糕，總覺得不太樂觀。

「不管前世，妳捫心自問眞正想要的到底是什麼？說出來。」

「我擔心自己不能一直陪在你身邊，我希望你可以擁有眞正的家人，可是我也害怕讓你又失去重要的家人，對我自己來說也一樣。」刑玉陽那母子相依爲命的小家庭很早就破裂，他其實是個孤獨的人。而我呢？毫無把握還能活多久，以疑似魔王死亡預告的二十九歲來算只剩三、四年了。

「我不怕。」刑玉陽說。

我定定看著他，白眼彷彿宇宙深淵盡頭燃起的不滅火焰，確實是雙屬於神明的眼眸，超越生老病死，卻充滿人類溫情以及非常小鼻子小眼睛的輕蔑，嘲笑我的怯懦。

我上前一步，用額頭頂住他的手臂。

「你贏了，哥～我想吃炸薯條。」

「能不能有點出息？」

「焗烤鮭魚？」

「想得美！」

□

刑玉陽也同意若有戴姊姊那樣的人才當儲備幹部，他完全不考慮我，然後冷不防指出關鍵：「戴佳茵不是要考地方特考當公務員嗎？蘇靜池目前給她的工作收入也還可以，妳跟我推薦一個有其他規劃的人？」

回頭想想也挺玄，我居然沒問過戴姊姊的意思就越俎代庖。

她總是用報恩當理由，在刑玉陽缺席時主動幫忙打理「虛幻燈螢」的種種雜事，除了證明戴姊姊是可靠之人以外，有長眼睛的都看得出她有多愛「虛幻燈螢」。

「我想戴姊姊只是想親手打造一處安心的窩，因爲從來沒人給過她庇護所。」我說。

刑玉陽沒說話，只是靜靜看著我，他恐怕比我還理解戴姊姊的渴盼。

勸戴姊姊答應接「虛幻燈螢」工作又是一大困難工程，她總覺得自己搶了我的工作機會，堅持不答應，我勸到口乾舌燥，足足灌了三杯奶茶才說服她相信儲備幹部超乎我的能力，刑玉陽眼光太毒辣了，我就是個打工仔的料。

讓我放棄爭取的不是美麗友情，而是現實的身心需求啊！再怎麼樣都不能讓「虛幻燈螢」砸在我手裡，這點覺悟咱還是有的！

戴姊姊也不完全是熱血笨蛋，她和刑玉陽約法三章，如果三年內不能讓改頭換面的「虛幻燈螢」順暢運作，她就要專心考公務員。刑玉陽同意後，戴姊姊爽快辭去中醫診所櫃檯工作。

總覺得戴姊姊看著我的溫柔眼神是想用時間換取空間讓我接班，可惜我開咖啡店的妄想已經在考中餐丙級證照的負面經驗中灰飛煙滅了。沒通過刑玉陽的考驗，讓我認清一件事實，蘇晴艾寧可累得像條狗爬進「虛幻燈螢」享受舒緩空氣和過期餅乾，也不要下班後還忙著打掃營業場所外加檢討業績和盤點收入。

為了付戴姊姊儲備幹部薪水，刑玉陽直接砍掉我在店裡的零用錢收入，戴姊姊看不下去，竟然自掏腰包給我鐘點費，我只敢在店裡生意高峰時段意思拿一點，沒那麼必要時就乖乖抄經讀書鍛鍊精神去。

「小艾，這樣下去沒關係嗎？」戴姊姊為我擔憂，其實我才擔心，她的儲備幹部薪水比起在中醫診所的收入足足少了三分之一。

「經驗也很重要嘛，至少以後我去應徵餐飲業，履歷上可以說在『虛幻燈螢』工作過，等能力更穩定後我還是想把丙級證照考起來，應該就滿好找廚房工作了。」釐清自己並不想管理「虛幻燈螢」的癥結點後，我將這樣的考量告訴刑玉陽，他也認可了，目前「虛幻燈螢」裡的員工餐由我和戴姊姊輪流製作，脫離考試壓力後，我做起菜來反而有模有樣。

「妳本科系不是設計嗎？」

「這年頭學設計當完海龜游回台灣都要失業了，而且我好像也沒喜歡到非以此維生不可的程度，當時只是考上就去念了。」興趣和職業是兩回事，我喜歡畫畫和做些小東西，但四年專業訓練後反而讓我對以設計謀生這事死心了，沒天分也沒熱情，硬要進這行不就死路一條？

戴姊姊理解地拍拍我。

「小艾覺得廚房工作做得下去嗎？沒興趣也不打緊？」

「這一年多來看著刑玉陽忙東忙西我也習慣了，應該是可以吧？能夠賺到生活費還有時間玩興趣就夠啦！」我的人生目標就和普羅大眾一樣要求不高，反正不結婚生小孩，努力還完學貸後空暇時間愛怎麼過就怎麼過。

「我也是這麼想～」戴姊姊其實不愛當公務員。

刑玉陽和戴姊姊說，我現在的想法至少比無頭蒼蠅找爛工作要健康，沒人逼我非得去找個正職，從前逼得最多的就是我自己，某方面來說，應該算是有所成長了吧？

□

有件事讓我寢食不安。

刑玉陽遲遲沒問起主將學長的前世，就像他從未對自己的白眼表現出得意或好奇，而我如同看見刑玉陽的元神後只想乖乖閉嘴，對主將學長前世疑似危險人物的事也是核彈沒爆前就拖進倉庫放著的消極心態。

——不然還能怎樣？

從主將學長後來的反應判斷，刑玉陽應該沒把我們對他前世疑似是我大弟子的猜測告訴本人，首先主將學長不是事事都會往超自然方面想的人，警察都比較現實，當時山裡那場風波中他沒得到任何直接線索，就連我知道的也僅是無名氏魔王給的暗示和情境證據，儘管刑玉陽非常可能從主將學長和魔王對打時後者不尋常的反應興起懷疑。

主將學長倒是清楚我和葉世蔓的前世人設，我曾藉此套過他的話，不出所料，主將學長對自己的前世來生絲毫不感興趣，話說回來我也是，要不是有個危及生命健康和職場安全的超能力，我才懶得管自己前世是誰，多看幾本小說更實在。

今天的修行是完成滑炒三椒雞柳的員工餐，我哼著歌備料，在腦海中幻想著不久之後考證成功找到新工作的美好畫面。

「小艾，妳很開心？」主將學長的聲音冷不防響起。

「嚇死我了，學長你走路不能大聲一點嗎？」

「是妳太喜歡在廚房發呆。」

「我是專心切菜好嗎？」

主將學長看起來剛下班，換了套便服就搭火車南下，警察值班時間不固定，但他自從把話說開來後，無論夜班或日班，只要隔天放假下班後必定直接過來，簡直把「虛幻燈螢」當自己家，刑玉陽當然歡迎，多了個免費壯丁就是開心。

刑玉陽對我多少有些客氣，該給的就會給，主將學長那才叫任勞任怨，由此可見我還是比不上主將學長在刑玉陽心中的地位，善哉善哉！

我眼睛一眨就知道他昨天上大夜班。「學長你不去補眠嗎？」讓我擔心的是，就算他沒放假，有時也會出現在「虛幻燈螢」，幾乎只是坐個一小時就走。

並非台灣警察太猛，做十二小時休不到十二小時就得上工的爆肝鴿子比比皆是，誇張點的還休不到八小時，主將學長本來就是用超規格戰力混派出所的怪胎，把休假一口氣放光後也是摸摸鼻子開始幫同事坦班表。

「我在車上睡過了，想休息隨時都能去客房。反正租屋處也只有我一個人，明天放假又能待一整天。」主將學長說，他就是來找好友還有看看我圖個開心。

「那你先去洗澡吧！等你洗完午餐就煮好了。」我昂著臉說。

當主將學長站得很近時，我總是得抬起頭看他，矮子的悲哀。

「什麼時候才能每天都聽妳說這句話呢？」他用溫柔又有些促狹的笑容問。

「呵呵呵……」我發出無意義的乾笑拖延時間，他這樣笑對我的心臟健康不好，「等學長你失業被刑玉陽收容就有機會了，不過到時候我應該找到新工作了。」

主將學長嘆一口氣，眼睛仍是像猛禽一樣明亮懾人。

幸好鍋子還沒熱，正等主將學長放我去炒菜，他似乎想繼續說下去，真奇怪，主將學長很少這樣不看場合行動。

「店裡來了一團觀光客，阿刑和戴佳茵正忙著，妳太早煮好菜會涼掉。」

「真稀奇，我們的店在田中央居然會有團客來，啊，如果是拍照片那很有可能。」大概是被哪個部落客美食心得加店長帥照安利，順便借廁所？普通人不會在中午時段灌咖啡，店裡又沒提供正餐，假使團客眞的要消費，應該會爲了趕行程點外帶。我洗手脫了圍裙，打算出去支援，卻被主將學長拉住。

「他們應付沒問題，阿刑叫我來提醒妳別去添亂。」

「我聽阿刑說妳的新規劃了，妳打算找廚房工作？」

眞的不是幫主將學長做球嗎？我一直以爲刑玉陽是站在我這邊的，現在我有點不確定了。

「初期恐怕只能繼續打工，要是遇到很好的老闆希望能定下來做久一點，總之有收入可以租房子和還學貸就好。」都特意去學煮菜了，我不想浪費這段時間的努力。

「朋友在我租屋處通勤範圍內開巴西柔術和拳擊的道館，學生很少收入困難，他有意開放閒置時段找人分攤道館租金，我想找妳一起去。」主將學長單刀直入。

「學長，公務員可以打工嗎？」

「我不支薪，收入妳跟我朋友分。」

我完全懵了。「我白帶而已耶！學長你在想啥？警察還嫌不夠忙喔！」

「以道館色帶來說，小艾妳也有咖啡帶水準了。還有就是因爲派出所忙，我才想做點開心的事當消遣兼運動，週間固定兩堂一個半小時的課程，我可以請所長多排我夜班和大夜，反正對我來說沒差，如果還是強碰到上課時間就由妳單獨帶班。我預定學生會是初學者和小孩子，妳來教綽綽有餘，如果有妳教不來的學生，我可以安排朋友來教。」主將學長都規劃好了。

「學長你會不會太異想天開了？交通和住宿怎麼辦？」雖然我知道主將學長一定會說他包辦，而且他有充分的私心樂意包辦，我還是覺得很荒唐。

「妳現在也沒去社團當助教了，難道就這樣放棄柔道了嗎？」主將學長嚴肅地問。

他的語氣聽起來放棄柔道比拒絕他的告白還要罪該萬死，因為是主將學長嘛！我懂的。

其實我還是很愛柔道社，但是社員一代代更替，初代柔道社風雲已是上古傳說，即便有殺手學弟銜接，我這個非在校生和社員的代溝隔閡還是愈來愈大，並不表示社員不喜歡我，只是我終究是個「校外人士」了，加上現在主將學長又回到我的生活中，還是和同期練習過的學長姊聊柔道社話題最有滋味。

「不會放棄啦！就是個興趣。我偶爾還是會回社團運動嘛，只是不當助教就沒有鑰匙了，只好找葉世蔓幫我開門，我也有教戴姊姊柔道防身，雖然她很忙，練習時間不多。」

主將學長眸光一閃。「所以妳不排斥教學對嗎？」

「重點是我沒那資格當老師啦！社團玩玩還可以，收學費那種我幹不來。」我還要臉的。

「學妹，妳知道現在全國民間學柔道的主要是哪些人嗎？」

「學生和小孩子?算是防身術才藝課，那種也比較便宜。」雖然我只混過社團，還是有在觀察道館生態。

「明白就好，妳覺得小孩子或女性學員會比較喜歡我還是妳來教?」主將學長問了個犀利問題。

我當然清楚女生不會討厭主將學長，但柔道都在抓抓摸摸又是另一回事了，尤其敏感的青春期女生，搞不好遇上凶猛霸氣的主將學長還會整堂課都不敢動，保持距離當木頭，調皮不想上課的小孩子不用說在他的興趣範圍外。主將學長基本上還是喜歡多少能用到技術的教學場合，想都不用想需要有人幫他帶小孩，好讓他因材施教。

他都說要開心消遣了，怎麼可能委屈自己哄臭小鬼?上班時盧洨民眾還遇不夠多嗎?主將學長對開心的定義是，學生認眞學，大家爽爽摔，如果都是新生摔不得，還有我當靶子示範護身倒法，或者讓我以小摔大給新生看也相當唬人。

「大概……是我?」我搔搔臉頰說。有選擇的話，當初我也是更喜歡和學姊一起練，雖說練沒幾次就知道敏君學姊其實比主將學長更凶暴，同性之間還是比較不容易緊張。

「小艾，我觀察過妳對新生非常有耐心，再者，比起成爲廚師，我認爲妳更適合當個兒童柔道教練。」

「可能就像學長你說的，小朋友的話我應該也能教，不過我去麥當勞打工一定賺比較多。」別說以柔道來說資歷還很輕的主將學長了，這年頭一堆高段教練收不到學生，連去夜市擺地攤的都有，在台灣開道館的大多苦哈哈，除非道館就是自家房產或另有主業收入，刑玉陽的合氣道老師就是個不幸案例，最後也是把道館收了跑去日本流浪做武者修行。

「既然妳暫時不確定正職下落，何不將我的提議當成一份領鐘點費的打工？這也是妳做得來的工作不是嗎？」主將學長問。「我之前就去升二段也有教練資格了，妳只要當我的助教就好了。」

「學長你的名字搞不好會吸引來一票黑帶，我不就更尷尬了？資格也不夠嘛！」

「妳早就該升初段，大學那時應該去比賽的，敏君和我都很看好妳，但妳堅持不要，結果大家都寵著妳。現在也不嫌遲，該換帶子了，妳都這個程度了繫白帶不會不好意思？」

「等等！」貌似我還沒答應？

「大專盃來不及了，那就全國柔道錦標賽或中正盃吧？最遲操個半年夠了。車錢我出，妳有空就過來我那兒，休息時間我幫妳特訓。」

我滿頭冷汗靠著流理台。柔道要考初段得搭配全國性比賽前三名或一定的勝場數當積分，但我很討厭比賽考試之類的玩意，對黑帶沒啥執著。

主將學長說得沒錯，我的確是做好和柔道漸行漸遠的心理準備，柔道本來就是我陷入黑暗時的溺水稻草，現在我有很多須努力的目標，也不像學生時代能一頭熱玩柔道了。

「可是……」

「學妹，我不希望妳放棄柔道，我認識的人裡有太多已經是這樣了，不只是喜歡妳才希望妳跟我做一樣的事，而是妳在最糟糕的時候也沒有放棄柔道，更沒有離開我創建的社團，我希望能幫妳在柔道上開花結果。」主將學長低頭輕聲說。「不要煩惱錢的問題，住宿也不會讓妳尷尬，我可以另外找地方過夜，這點投資就能讓自己開心是很划算的。」

柔道是很辛苦的運動，即便只是要維持原本水準都需要一定強度的練習，一出社會有固定工作的人往往就吃不消了，另一方面也很容易受傷留下隱患，成人會持續練柔道，除非職業需要，否則真的罕見，有愛還得有時間才行。我對自己的選擇並沒有很意外。

「至少不要怕比賽，一年內在段外組累積勝場數攢到黑帶，我就放過妳了。」

主將學長說我的黑帶就是他的夢想，哪有這樣的？

「我會好好考慮，你給我一點時間。」我只好使出拖延大法。

「阿刑說他的店現在不缺人了。」主將學長秒接。

刑玉陽還在記恨他那袋高級咖啡豆被我浪費掉的事，一定是這樣！

Chapter 03 /

最強資格

受了主將學長許多恩惠，給他添了一堆麻煩，柔道比跑步還操，修行效果肯定不錯，無論如何我都沒理由拒絕他的提議，只好機動性搭火車北上，利用主將學長休息時間在他朋友的道館裡接受特訓，晚上也睡在他的租屋處。

這事沒我以為的尷尬，主將學長本來就自律甚嚴，我又無條件地相信他，再者我們也不是每次都同進同出，常常特訓完換他上工値勤，我回他的租屋處休息，連面都沒碰著就回去了，不過離開前我會做點菜飯讓他下班可以熱來吃。若一起過夜就是我睡房間他睡客廳，主將學長已經夠忙碌了，我不希望他在不習慣的過夜處影響休息品質，再說我們都知道我的超能力還不夠穩定，萬一夢遊亂跑或被雜靈附身就糟了，得有個人在旁邊顧著以防萬一。

主將學長說會等我的魂魄長大，目前我還是把他當好朋友仰仗，似乎有點理解許洛薇當初的渴望，能夠跟這麼優秀的人變得親密，得到他的信任與依賴，對他的生活瑣事瞭若指掌，實在是件讓人愉快又得意的事。

曖昧嗎？或許吧，但我和許洛薇都好到被傳成蕾絲邊了，彼此卻清楚那不是戀愛，沒有那種患得患失的焦慮、誤會和刺探，許洛薇形容為言情小說醍醐味的東西，主將學長彷彿把我當成小號的刑玉陽一樣對待，讓我備感榮幸。

這樣的特訓一週約兩次，耗掉我大半精力，談不上進步神速，被他手把手全神貫注地訓練，習慣了主將學長的威壓倒是真的。葉世蔓知道我打算挑戰黑帶，課餘時間就拉著我半玩半練，讓我習慣跟強者纏鬥。短時間看不出賺錢的指望，生活的確變得相當忙碌，我對許洛薇的思念並未消失，但在努力上我也不想輸給她。

認了葉世蔓當弟弟，親友包括刑玉陽認證過的牛鬼蛇神，將來免不了跟非人打交道，變強絕對有必要，總不能連葉伯都打不過吧？再說我的術士祖先蘇亭山某種程度上也是相當欠扁的武術高手，總有一天我要把他壓在地上這樣那樣。

入夏時主將學長就把我拎去全國柔道錦標賽練手，我才贏了一場就遇到那屆的同量級分組冠軍，不幸中箭落馬，還扭到腳連敗部復活賽都飲恨放棄，果然不可能奇蹟地變強，蘇晴艾的得意技如小內刈和朽木倒都被封印了，我習慣性的抱腿動作屬於犯規，還因為對女生下意識囚不起來被主將學長罵得灰頭土臉。

主將學長決定調整訓練方針，放棄一招定生死，改成磨光對手的體力再用寢技鎖死對方，適合心軟又粗勇的我，這意味著我被虐得更慘了，沒想到我居然有懷念刑玉陽十公里地獄長跑的時候。隱隱約約感覺主將學長正往實戰方向磨練我，就算比賽中無法獲勝，不考慮規則時我有信心能擊敗對手。

六月中，當我正琢磨再去考一次中餐丙級證照時，刑玉陽忽然宣告他一星期後就要把「虛幻燈螢」交給戴姊姊，暫離去修行學藝，以後我們見面就是以月當單位計算，我少不得向主將學長請假來支援戴姊姊，心裡偷偷樂著終於能喘口氣了。

本以爲公告貼出後少了帥哥店長，生意肯定會一落千丈，沒想到戴姊姊神祕的療癒魅力發揮效果，刑玉陽的死忠客戶群並未大幅轉移，還多了一些男性顧客，我猜和葉世蔓動員社團與在校人脈大力支持「虛幻燈螢」有關，都鬼主也常來店裡喝咖啡，無論活人死人，總之幫捲了一批人氣進來。

「蘇小艾，明天八點來店裡。」這時還沒離家的刑玉陽對我說。

「不用那麼客氣，更早也行啊！」我以爲他要傳授料理祕訣，立刻感到開心。

「我還有其他事要忙，不到時間別過來。」

可能是要加固結界之類，刑玉陽對他的店有許多保護措施，我乖乖聽話不打擾他，第二天如期赴約，「虛幻燈螢」裡卻坐著兩個我預料之外的客人。

許洛薇的父母。

我戰戰兢兢入座，西裝革履的撲克臉中年菁英與微笑貴婦人是我對許洛薇父母的直觀印象，他們一直想收我當養女，我則努力婉拒，許洛薇離開前卻附在我身上簽了該死的收養同意書，雖說許洛薇僞造文書，卻是我的親筆簽名，我不好意思向愛女心切的富豪夫婦強行索取文件銷毀，只好弱弱地當沒這回事。

「難道是許洛薇回來了嗎？」我急切地問。

許洛薇爲了參加神明考試，前往不知名處接受特訓已經超過半年了，不知進展如何？但她現在回家肯定不算好事。

貴婦人搖搖頭道：「我和阿哲是專程來找妳，小艾，這段時間我們很擔心妳。」

「我過得很好，沒有說謊啦！」我眞心這麼認爲。

「打工被人欺負了也不說。」貴婦人眉心一陷，周遭立刻瀰漫肅殺之氣。

「那不算什麼大事，別人遇過的比我誇張多了。」別說那些恐怖社會新聞，光是戴姊姊當初會來和我及許洛薇住，就是遇到老闆性騷擾不得不離職。

「對關心妳的人來說就是大事，幸好蘇靜池處理得不錯，我們就不多事了。」

堂伯出手就像漣漪般悄然無聲，我後來才由戴姊姊的提示得知，堂伯派有意創業的家族小輩在附近成立一間人力資源公司，故意針對當初找我當清潔工的徐先生，用兩倍日薪將他口袋名單中堪用的打工者都挖過去，和我最要好的陳姊還得到一份全職薪水，擔任調度小組長和面試新人，當初我那群互動還不錯、做事又認眞的同事能成功跳槽就是多虧陳姊推薦，聽說新公司很快上軌道做出口碑。

陳姊後來還熱心邀約我加入她的新公司，拍胸脯保證她一定能爲我安排最輕鬆安全的工作，我回說要考國考婉拒，暗暗咋舌蘇靜池如此輕易就改變了一些窮苦人的人生。

徐先生手中無人，等著他發工作的只剩下好吃懶做之徒，地方生意更是被搶光了，只好摸摸鼻子轉行，說穿只是個貪小便宜的人，打回原形也就夠了。

「後來妳說想幫管刑玉陽的店，廚師證照考不上後又說想去外面找廚房工作，然後告訴我們妳也可能去教柔道打工，要先拿到黑帶，說來說去沒有一個完整規劃，就是在窮忙。」貴婦人一針見血。

「嗚！」我毫無辯解餘地。

戴姊姊適時送上玫瑰奶茶給我和許媽媽，給許爸爸的是一杯香氣濃郁的黑咖啡，對我眨了眨眼睛，刑玉陽則在吧檯後慢條斯理地清潔咖啡機，看也不看我。

「擁有『阿克夏記錄開閱者』的超能力，妳怎能繼續做那些不安全的打工委屈受罪？」貴婦人一臉不認同。

我最害怕的事終於發生了，厲害的大人們認爲我應該住在玻璃水族箱裡以免撞裂指甲。

「我沒想過要變成偉大特別的人物，平凡的生活讓我比較快樂。」

「定義平凡爲何？」許爸爸冷不防開口問。

「不用為很多人負責，拯救世界之類。」我垂下視線說。

「就算是被說冷漠自私？」

「對。」我咬牙說出眞心話。

許家夫妻彼此對望，無聲地交流訊息，須臾，許爸爸從公事包中拿出一份文件和鋼筆，許媽媽接過文件，連筆一起放在我面前。

「既然如此，簽了它，作為代價，我們就暫時不公開妳是我們女兒的事情，妳可以繼續當平凡的蘇晴艾，否則就是變成平凡的千金小姐。」貴婦人說。

「千金小姐哪裡平凡了？」我傻眼。

「非但數量眾多，能力容貌和智商也平庸到超乎妳的想像，因此才能不用『為很多人負責和拯救世界』囉！」貴婦人搖著手指，我從她身上看見了玫瑰公主的影子，不愧是王后啊！

我無言以對，同時被那份文件吸引注意。

「酒莊讓渡書？還是兩間!?」我飛快掃過內容，許爸許媽最近數年才建造的家族式作坊，一間專攻葡萄酒，另一間則是釀造各種穀物酒，屬於許家自給自足的莊園產業鏈一環。

「小艾，我們希望妳能安全健康地工作，再說，這也只是我們希望留給薇薇的九牛一毛，妳就當作代表她收下也好。」貴婦人說。

薇薇死後跟著我的確吃了不少苦，家當遺物能賣就賣，連賣萌表演賺貓罐頭的事都幹出來了，雖然玫瑰公主表現得樂在其中，不能說沒有安慰我的成分。許媽媽在這個節骨眼提起她，我毫無招架之力。許洛薇甚至是為了我的雙胞胎堂弟的短命問題和我死後的安穩歸處才去挑戰神明考試，貌似我目前唯一能為玫瑰公主做點貢獻的地方，就是用自己法定自然人的資格替許洛薇保留原本應該屬於她的資源。

「這兩間酒莊每個月支出成本多少？叔叔阿姨是純興趣經營又不對外開放，應該不太可能賺錢吧？」我沒忘記許洛薇說過她家的保全人員身兼多職待遇很好，簡單講就是很貴。

貴婦人挑了下眉，轉對丈夫道：「小艾的素質比想像中好，說不定真的可以給你接班？」

我聽到這句話嚇得趕緊連說不要。

「小艾別怕，沒有虧太多啦……我們釀的酒很好喝，光是送人都不夠哩！就是今年台灣製造的酒桶價格上升了，還有阿哲又想擴建新倉庫，自己釀不夠還買了一堆紅酒期貨。」貴婦人嘆氣。

「這兩間酒莊——」我的手啪一聲按在文件上，「完全坐落在私人土地上，當然也不會隨便容許別人參觀。外人持有的話，只要你們一句話不給進然後封路，就得搭直升機過來，換句話說不可能脫手吧？」

「是這樣沒錯。」許爸爸點頭。

「我連自己都養不活了要怎麼養兩間酒莊?NO!」看刑玉陽就知道了，連一家小小咖啡館都能讓大神轉世忙得死去活來。

「放心，員工們知道該怎麼維持運作，只要妳努力生產出不低於目前品質的酒，阿哲願意定量收購到讓酒莊收支平衡的程度，小艾再加把勁的話就能賺筆小錢了，需要額外資金的話可以跟我借喔!怎樣?穩賺不賠吧?」貴婦人對我豎起大拇指。

許媽媽剛剛直白地教育我錢不好賺的眞理了。

「阿姨，我就算沒學過經濟學也知道機會成本和風險概念，要是酒莊出狀況導致我沒辦法交出產品，那我還是做白工又負債了。」話說回來，的確是只有自己人才有的超級福利。

「給錢妳肯定不收，怕賠錢就會常常回家裡來顧生產作業了吧?還是要我們現在就公證收養同意書?」貴婦人威脅。

我雙肘撐在桌上，按著太陽穴非常苦惱。

「有了事業，心才容易定下來，底下有等著領薪水吃飯的人，就不會老想著做那些扮家家酒式的打工，妳和薇薇不一樣，可以做點實事沒問題。」許爸爸沉沉地說，順便吐槽親生女兒。

「其實我們的目標只是要小艾妳回家一起生活而已，妳想跳過酒莊經營直接住進家裡不工作更好！」許媽媽燦笑。

我望向刑玉陽求助，他直接冷笑吃起堅果看戲。

「小艾，把話說開更好，我迫不及待要妳當我公開合法的女兒了！來！拒絕這紙讓渡書嘛～」貴婦人指尖相抵，漂亮的眼睛緊緊鎖著我的臉，期待我如何接招。

不答應的話，我的人生天翻地覆，狗仔和綁匪如影隨形；答應的話我就要豁出去幫許洛薇的父母養兩間附帶菁英保全兼釀酒工人的非商業營利資產，我沒想過這輩子居然要發薪水給別人，這太困難了！

這對富豪夫妻深深地端詳我後，許媽媽使出會心一擊：「薇薇臨走前說，她當上神明以後想喝妳親手釀的酒，要我們從現在開始訓練妳，我們給過妳時間找不同工作了，大環境也不容易，妳明白這是薇薇的主意吧？」

我就知道許洛薇怎麼可能只陷害刑玉陽答應認我當妹妹，把我抓進她家才是這頭連山神酒都要偷喝的賊貓主要目的！

「我簽，我同意收下叔叔阿姨的好意，而且我本來就應該代替薇薇陪伴你們，是我太任性了。不過要是酒莊真的一直賠錢，你們無償收回產權好嗎？我還有學貸要還。」我艱難地簽下自己的名字，感到心和荷包都好痛，守成不易，創業維艱，覺得我白賺兩間酒莊的人一定沒想到世界上有種叫「現金流」的魔王，動不動就讓你game over。

「年輕人怎能如此沒志氣，多賠幾次膽子就大了！看看刑玉陽！這孩子多有定力！」

許媽媽叫我參考刑玉陽，我更抖了，他從高職畢業後準備開業，到現在還是負債中，風雨飄搖的十年，唯有大神才能吃苦當吃補，我眞心只想當個享受小確幸的凡人。

遂償所願的許家夫婦滿意離開，留下一天之內由失業青年轉職酒莊負責人、大腦陷入混亂的我。

「恭喜，不用再失業了，小老闆。」刑玉陽把吃剩的堅果放在我手邊的空盤子上，又不是餵鸚鵡！「還有，戴佳茵是我的人了，先雇先贏。」

「想想而已又不會眞的跟你搶，小氣！」我絕不承認自己剛剛認眞考慮過卑鄙手段。

小花冷不防人立而起，毛茸茸的貓掌做出類似抱拳的動作。

「虎爺大人？」附近土地公廟的虎爺經常會附在我們收養的花貓身上來家裡拿約好的供品，畢竟小花是祂後代，算是妖怪版的乩童練習生。

「刑玉陽和我都看得見您，不用這麼麻煩吧？」

「規矩還是要顧的，我們盡量不在人前現身。」虎爺解釋。

「那您今日過來有什麼特殊事情嗎？」

「其實只是巡田水發現白眼的店氣場不太尋常過來看看，貌似現在又好了。」

今天的確是有大人物來過，但我不知道許爸許媽居然這麼厲害，話說回來畢竟是差點變成赤虎鬼王的凶獸許洛薇投胎的生身父母，運勢肯定不一般。

「不是啥大事，否則就不會只有老夫一個過來望望而已，不必多慮，倒是兩位不久後都要離開老夫的轄區了？何時辦個告別酒會？」虎爺對著我虛抓貓爪揉捏空氣。

自從許洛薇的前世老底被揭破，刑玉陽兩眼都能靈視，我也惹出足夠麻煩後，附近地祇不再遮遮掩掩形跡，有時外出便會瞥見奇妙身影，好幾次，讓我忍不住行注目禮的人影就這樣走進「虛幻燈螢」消費。

虎爺的意思我明白，用了那麼久的免費淨水，就這樣跑掉不夠意思，再怎麼說，至少也得請一ㄊㄨㄚ。

「一定一定，我再和哥哥商量怎麼辦告別酒會最好，以後如果我釀酒成功也會拿回來請大家試喝。」與其說相熟信徒，更像已經是同一掛的熟人了，唉。

「不錯不錯，老夫引頸盼之。」虎爺閒聊完就要退駕。

我連忙叫住祂：「等等，有件事想請問，當初在土地公廟前面得到打工機會，不是神明給我的歷練嗎？」

「是歷練沒錯，但不是給妳的，是給遇見妳的那些人啦！妳只是幫我們去『歷練』他們，哈哈～」虎爺發出喵星人才能完美表現的「汝等愚蠢眾生」式笑聲。「不要自以爲知道神明的想法，諸惡莫作，諸善奉行，這樣就夠了。」

我在心中又一次ORZ，搞半天是我自作多情？真心關懷我同時腳踏實地的人，事後生活的確獲得改善了，看來蘇小艾這顆試金石還是幹得不錯。

目前爲止找工作的過程很不順，刑玉陽覺得我可以當廚師，主將學長認爲我適合當兒童柔道教練，總歸是在他們的監督保護之下，說穿了我眞的不適合獨自在外吃人頭路領固定工薪，許爸許媽直接塞來兩間酒莊讓我自給自足，還是卡死在許家莊園之內的封閉作坊，也是基於相同考量。

就這樣了嗎？基於人情和現實需要，重點是不會對任何人造成麻煩，還能讓恩人開心，最佳選擇貌似就是繼續依附許家羽翼。

正當我下定決心從圖書館借來一堆酒類知識書籍，求職勇者之路中最奇妙的轉折按響了老房子的門鈴。

□

穿過前院去開門，西裝筆挺甚至還戴著硬圓帽的中年灰髮紳士噙著一絲微笑看著我，堂伯眞該改改這個不事先通知直接登門拜訪的壞習慣。

將蘇靜池迎進客廳，我按著好奇心泡紅茶招待親愛的堂伯，身為留學倫敦的高知識分子，堂伯的紳士禮儀無懈可擊，就算是用廉價茶葉和笨拙技術泡出的紅茶他也會誇獎好喝。

「無事不登三寶殿，伯伯，你有話就直說了吧！」我也正好要為兩座酒莊的麻煩挑戰諮詢堂伯意見。

「昨天許羽哲夫妻來找妳，他倆行動一向迅速，我不能再坐視下去了。」堂伯說。

「呃，所以伯伯是要聊許洛薇的事嗎？她已經去該去的地方了。」我以為堂伯終於要檢討這段時間我和許洛薇鬼混的莽撞行為。

「不，是談許家企圖收妳當養女以及硬逼妳收下兩座酒莊綁住妳生活工作的事情。」蘇靜池的發言一箭穿心。

「你何時在『虛幻燈螢』放竊聽器？」我脫口問。

「刑玉陽告訴我的，那年輕人認為妳一個人鬥不過許洛薇的父母，事實也的確如此，他大概已經看見妳會走向哪條路了，也得感謝他的及時提醒讓我下定決心。」

堂伯的話讓我一頭霧水，聽起來好像刑玉陽認爲我不會靠那兩座酒莊混飯吃，但這已經是我目前最好的出路，實務上許家只是提供我一小部分不認眞做就可能虧本的私人產業，確定無法以此發大財，我就當替許洛薇看守她的財產，順便釀她愛喝的酒。

「伯伯，我不懂你的意思。」

「小艾，妳形容得很好，名義上我雖然只是管理族產的派下員，事實上蘇家一直有個掌控陰陽兩道的族長，我決定由妳繼承這個位子。」堂伯啜了口紅茶說。

我拍拍耳朵，好像有點幻聽。「四月一號早就過了。」

「妳沒聽錯，希望妳從現在起成爲我的接班人。」堂伯字正腔圓地強調。

「爲什麼？」

「多年不見，妳第一次返鄉時，我就說過自己恨不得早日擺脫族長的位子，我想帶孩子遠行去嘗試更多續命辦法，時間不多，妳明白我的心情嗎？」

我點點頭。堂伯的雙胞胎註定早夭，弟弟蘇星波得到父親折的十年壽命，勉強到二十歲前算是安全，哥哥蘇星潮何時斷氣都不意外，堂伯每天都如坐針氈。

「但怎會是被趕出家族的我？」

「二叔傳位給我其實也不是很滿意，苦於沒有更適合的人選，而我一開始就只想照顧孩子，當然是強烈拒絕，二叔用陳鈺老師留下的三個陶人替身和族長能動用的龐大資源說服我暫時接下族長之位，此外還有一項使命『鑑別並選出蘇家最強的族長』，當時他推薦的人選就是妳，小艾。」

那個狠心掛我求救電話的爺爺？

「二叔說小艾還太小，如果妳被逐出家族後再也沒回到蘇家，就當他看走眼，讓妳趁機遠離蘇家冤親債主的麻煩，從此當個普通人，也不用揹負我和二叔的責任與風險，我則在妳日子真的過不下去時再暗中相助即可。倘若妳返回蘇家調查冤親債主的眞相，就讓我審查妳的能力品格，並在適當時機將位子交給妳，這是二叔臨終前讓我重獲自由的條件。」堂伯俊秀臉龐浮起懷念的苦笑。

「要是我依舊不合格呢？」

「自然是看著辦，再從家族裡找個繼承人。但這項假設一開始就不存在，小艾妳的表現太驚人了，返鄉短短幾天內就找到二叔的隱藏家書，看見族長才有資格知道的冤親債主祕密，甚至夢到歷代族長都不知道的完整過去，當下我就確信也把賭注押在妳身上了。不過，早在妳和許家獨生女當室友，甚至許洛薇死後也沒離開這間房子時，我就有預感妳不可能是泛泛之輩，蘇晴艾。」蘇靜池十指交叉放在茶几上，如臨大敵的姿態完全不是在開玩笑，我是需要他那麼緊張的對手嗎？

「後來發生的種種事件與超能力，只是大幅提前我決定交班的時間，即便蘇湘水也比不上現在的妳，我想，是時候了。」

智商超高的怪物菁英堂伯這樣說眞的讓我很惶恐。

「蘇湘水怎會比不上我？」我決定把夢見蘇湘水和溫千歲那段前世關係對答爛在肚子裡，事實是我半項法術都不會用，蘇湘水法力高超，石大人、溫千歲還有蘇亭山，大家都甩我不只十條街。

「人，鬼，神，妖，妳短短時間內就累積如此巨大有力的人脈，這種匪夷所思的累積恐怕還會繼續下去，不選妳選誰？」堂伯起手式就將我打趴在地上。

靈光一現，我趕緊說：「蘇福全已經下地獄了，可以解除警報啦！以後蘇家選普通的派下員管理族產就行了吧？伯伯你可以找個信得過的副手留在崁底村，不必辭職。」

「我的任務是選出最強之人守護蘇家，那個人可以不必是妳，小艾，前提是必須比妳還強，能讓我擇優汰劣的對象。至於之後要將蘇家帶往何方，那是繼任者才有權決定的事。就我私人看法，目前族規保護機制至少要持續三代都沒出事才能考慮自然淡化。」蘇靜池立場巍然不動。

「三代？不就得等到小潮小波有孫子？可是蘇福全眞的無法再回來找我們復仇了，不只一位神明包括媽祖娘娘在場親自見證，我跟都鬼主確認過，下地獄的魂魄刑期都是天文數字。」

「我換個方式問，小艾，妳覺得『大苦因緣』解開了嗎？蘇福全下地獄後，確定事情已了清？沒有任何當前還未發現的隱藏風險？」

溫千歲是在蘇福全被拖入地獄門時才透過法術特性發現和蘇湘水前世是師兄弟，進而在大榕樹前說出啓動蘇湘水遺言的關鍵字，恐怕在溫千歲喊出蘇湘水的正確排行與師弟身分之前，無論他到過山上小屋的蘇湘水埋骨之處再多次，那抹幻影都不會出現。

遺言內容的確是針對回想起前世的溫千歲，蘇湘水卻對溫千歲說我是「應劫而來」，彷彿蘇福全下地獄還不算數一樣？眞正的「劫」到底是什麼？既然我生在蘇家，表示這道劫難主要會落在蘇家？

一切果眞塵埃落定，魔王當初就不會暗示我可能活不到三十歲。我完全說不出沒問題保證安全了之類的大話，堂伯顯然發現我的心虛。

「蘇福全下地獄前誇口勝利的事也讓我有些在意，看來再警戒一陣子不會有錯，待妳獨當一面，何時解放蘇家就由妳來決定。」

「伯伯……我沒答應要接你的大位，讓我好好想想。」我本能反應是先找刑玉陽拿主意。

中年紳士卻在這時掏出金質懷錶，我則低頭猛灌茶水逃避現實。

手機音樂響起，我恨不得有事情轉移話題，連忙接起，原來是多年不聯絡的阿姨們打來的電話，對於母方親戚我總是抱持許多愧疚，父母被冤親債主控制濫賭時向阿姨們借了不少錢，她們仁至義盡當我不存在，但我拋棄繼承後也從未想要彌補這份虧欠，自顧都不暇了。

阿姨們接二連三打來問候的電話傳達一個重點，我家欠的債已經連本帶利還清了，我再次致歉也得到她們原諒和重修舊好的邀約，我對母方親戚原本就不熟，只能客套幾句後掛斷，目不轉睛盯著微笑的堂伯。

「當我蘇家的族長候選人，可不能留著這些不光彩的債務污點，再說這也是先人冤孽間接造成的債，我有責任替火根和弟妹結清。」中年紳士說。

蘇靜池連ＫＯ我的時間都算好了，有沒有這麼過分？

「我想和刑玉陽商量看看……」我小聲地說。已經習慣事無巨細都找他了，我也想知道這段時間刑玉陽對蘇家的觀察分析。

「這次妳必須自己做決定，我不希望妳太過依賴旁人。」堂伯第一次用嚴厲口氣對我說話。「在妳考慮清楚的這段期間，小艾，能幫伯伯一個忙嗎？」

我被震住了，下意識點點頭。「什麼事？」

「調查並告訴我爲何二叔會推薦妳，甚至狠下心斷絕關係讓妳在沒有家族庇護的情況下面對冤親債主？」堂伯說完交給我一把眼熟的鑰匙。

六歲以前我和爺爺奶奶同住的鄉下老家，我回崁底村後一次也沒有接近過的地方，在冤親債主下地獄之前，我一直認爲爺爺拋棄我的理由是怕我連累大家。

我忽然懂了堂伯的弦外之音，也許當時麻瓜的蘇靜池還不確定我父母真正死因，但幹了一輩子族長又有法術通陳鈺當好友的爺爺怎麼可能不懷疑自家兒子媳婦濫賭自殺的理由？更別說直系後代本來就是高風險族群，儘管如此他還是放我在外歷練，頂多是在我的活動範圍內安插一些耳目，從未干涉我的困難生活。

在夢裡，如今的眞城隍・石大人陳鈺曾說過很想收我當學生，他是否給過堂伯關於我的建議，例如阻止堂伯帶我回家鄉之類？如果爺爺從來沒有厭棄我，那他對我的期望一定是高到超乎想像或有極爲特殊的理由才會如此狠心，堂伯要的就是那個攸關蘇家未來的理由。

「好。」

□

小時候，每回外出回來，爺爺奶奶總是將鑰匙交給我，讓我去開門，這個宣告主權的動作讓我感到快樂。後來搬離崁底村和父母住進都市公寓，每年只有清明和除夕返鄉時會借住爺爺家的空房間，爺爺家和許洛薇的老房子很像，直到現在我才赫然意識到這一點。

回崁底村那麼多次，卻從來沒踏進自從爺爺去世後就被堂伯封藏的舊家，連在外面望望都沒有，舊家一方面連接了我無憂無慮的早期童年，一方面卻會讓我想起最後一根稻草被人從手心抽走的窒息痛苦。

爺爺去世後，我甚至不敢想像舊家荒廢成什麼樣子，寧可讓它保留在回憶中井井有條的模樣，以至於明明有過那麼多機會，卻連看都不敢接近看一眼。

我遵照和堂伯的約定，只和大家說要回崁底村，沒提我要去解決和爺爺之間的心結，誠如堂伯所說，這是我必須獨自面對的功課，爲了了解歷代蘇家族長的眞實面貌，包括被推薦有可能繼任族長的我，蘇晴艾自身的過去。

我的童年記錄裡眞的太多被塗黑的問題點了。

屋外原本是菜圃的空地處處可見直徑超過一尺被刈割過的芒草頭部，應該是堂伯前幾天才派工人略加整理，之前野草恐怕瘋長到連房子都被遮住的程度。爺爺奶奶在我印象中永遠都是嚴謹的化身，舊家今昔對比讓我有些心痛。

堂伯爲何沒好好打理爺爺的住宅？那也是族產的一部分不是嗎？還好屋內沒有預期的髒亂，窗戶完好，除了灰塵有點多外不見垃圾或死掉的小動物，貌似堂伯還是有定期過來追思，維持屋內正常水電供應。

蘇家族長之間的祕密傳承，從我接過鑰匙……不，接過堂伯給我的毛線團時就開始了，堂伯和爺爺大約也是在這裡討論傳授不能公開的資料與經驗吧？

客廳擺了一組嶄新打掃用具，很好，我之前的清潔工經驗派上用場了，沒有感傷的時間，我立刻展開與灰塵的激烈戰鬥。

時間有限，我優先打掃客廳、廁所和以前住的小房間，堂伯很貼心地準備好未開封的新被枕給我使用，看到印著注音符號和九九乘法表的小摺疊桌，我仍不可抑止地感傷了一會兒，奶奶在我還那麼小的時候就讓我拿毛筆字練《禮運大同篇》，那時我把寫大字當成畫畫，只覺得有趣。

仔細回想，奶奶正是精通琴棋書畫的正港千金小姐，難怪我對許洛薇毫無期待，她想要有我奶奶的十分之一，投胎眞的比較快。

瓦斯爐火焰發出呼呼聲響，水冒泡沸騰，我熟練地煮好泡麵，一邊想著明天要去補充哪些食材，捧著碗公，獨自坐在客廳吃泡麵，四周安靜得連掉根針都聽得到，曾幾何時人去樓空，我也長大了。

回到舊家的第一晚就在輾轉難眠中過去，黎明前我站在屋外仰望滿天星斗，空氣清新得能洗掉所有睡意，不遠處野草堆裡飄來令人寒毛直豎的視線，細小古怪又執拗的氣息，我立刻想起溫千歲大清洗地方妖怪時倖存的母蛤蟆，那隻蛤蟆一度想誘拐幼小的我。

或許是現在我身邊沒有強人與神明陪伴，牠竟挨到如此近的位置。

說也奇怪，我並不害怕這隻精怪，溫千歲並非不分青紅皀白凡是妖怪都殺，他設局篩選出主動襲擊人類的精怪清洗，顯然無論願不願意，母蛤蟆懂得遊戲規則，甚至比我更像在地住民。太陽出來後，監視我的妖怪氣息立刻消失無蹤。

一連幾天超能力都沒有發動跡象，我徹底打掃舊屋，同時做地毯式搜索，爺爺去世後，爲了研究冤親債主，蘇靜池肯定搜遍上任族長私宅以防爺爺留一手，我不覺得自己能撿漏，屋裡內內外外都掃乾淨了，終於只剩爺爺奶奶的臥房。

長年不見天日的臥房裡充滿灰塵與霉味，很久沒人踏進來了，看來堂伯還是很守禮，也許他檢視過臥室，卻沒破壞房裡的任何擺設習慣，至少在我看來，爺爺奶奶的房間和小時候記憶中一模一樣。

奶奶的梳妝台是清朝骨董，應該是蘇湘水妻子留下來的，造型古樸，在爺爺奶奶新婚時換了新鏡面。小時候我很怕那面鏡子，除了奶奶重病那一次，我幾乎沒踏進過爺爺奶奶的臥室，站在門口往內望，昏暗室內，梳妝鏡反射的詭異銀光便足以讓我退避三舍。

「拜託……給我一個答案吧！」我坐在床沿喃喃自語，木板床只剩下光禿禿的竹蓆，整潔卻也清冷。過了一會兒，我幼稚地掀起竹蓆，底下當然沒壓著任何神祕文件，倒是靠近床邊有條年代久遠的直線凹痕。

「這啥？」我用指尖描繪那處凹陷，像是刀痕，痕跡不深，爺爺的手勁絕對不只如此，難道是奶奶私下馴夫砍出來的嗎？坦白說，我半點都不意外，溫柔嫻雅的奶奶其實超會劈柴，小時候舊家不是用瓦斯爐而是柴火灶，我常常在灶前玩耍並看著奶奶做家事，廚房是後來改建才現代化。

當晚睡意來得很早，我有預感這是超能力發動徵兆，按照修行要點放鬆屏除雜念，專心想著爺爺的事。

咚的一聲，我翻身從床上掉下來，正要爬回去繼續睡，卻發現被子花樣變了，我的手也變了，六歲的我正用小小的手抱著只存在回憶裡的舊被子，嘴巴開開恍神站著。

鄉下人家的小孩子通常都是跟著老人睡，但爺爺奶奶不是普通人，我從一開始就擁有自己的房間，爺爺在外過夜或很晚才回家時，奶奶會過來陪我睡覺。

我喜歡奶奶躺在身邊的安心感覺，也喜歡一個人偷偷熬夜胡思亂想的刺激，基本上，我就是很能自得其樂的小孩子，不會抱怨沒有同齡玩伴或父母不在身邊的日子，反而視爲理所當然。想起來了，從來不怕黑也不在乎一個人過夜的我，有陣子非纏著奶奶陪睡不可，後來被爺爺強硬制止，說我半夜會踢被子亂動，害奶奶睡不好精神不濟。

爲何那時忽然行爲反常？是生病還是爸媽太久沒回來害我鬧彆扭？我毫無這方面的記憶，只是內心深處湧起一股不適，繼續深入回憶搜索時，身體開始變得沉重，又要被大宇宙意志控制了。

樓上傳來一陣碰撞聲，雙腿自動跑起來，到廚房抽了柴刀往樓上走。有強盜！幫爺爺打壞人！當時的我好像是這麼想的，還模仿電視裡的大俠單刀赴會。

每踏上一階樓梯，身體就變得更緊張，整個人彷彿要縮成一團鍋巴，差點提不起柴刀。快要走上二樓時，我忽然想起自己怕什麼了。

幾天前，又一次偷看臥室，卻在梳妝鏡裡看見一抹搖搖晃晃的黑影，嚇得我立刻逃到奶奶身邊，擔心做錯事被處罰的我面對奶奶的詢問只推說被蜘蛛嚇到。記得嗎？我是個擅長察言觀色配合大人的小孩，當時我本能明白，鏡子裡的怪東西是不合理的現象和大人討厭的話題，我被爺爺奶奶帶著串門子時，從大人們的八卦閒談裡接觸到「瘋子」的概念。

人們的嫌惡眼神讓我當下決定，絕對不要被當成瘋子，對我來說，失去好孩子評價意味著不開心和麻煩，瘋子顯然不是好孩子。

接下來的每一天，我在不同時間從二樓的臥室門口快閃而過，不是每次都會看見怪影，但至少會有一次疑似在鏡子裡看見陰暗扭曲的人影反射。有怪東西在家裡！我嚇得不行，非得要奶奶陪睡不可。接著換奶奶精疲力竭得在白天補眠，她出了一大堆功課給我，自己則安靜坐在一旁，眼神有些空洞。

只要奶奶待在我身邊，我就不害怕了，就算要一直抄寫毛筆字也無所謂。爺爺卻不這麼想，他把工作帶回家處理，無微不至地照顧妻子，同時要我別再任性讓奶奶過度勞累。

接著到了樓上發出怪異聲響的那一夜，我用痠軟顫抖的手拖著柴刀來到爺爺奶奶的臥室前，房門關著，幸好沒上鎖，我轉開門把，奶奶騎在爺爺身上用雙手死命掐著他脖子的可怕畫面映入眼底。

那不是奶奶，更像一頭瘋狂野獸，纖細手臂竟能按住邁入初老但仍然強壯的柔道高手，即使折斷骨頭都無法使她鬆手。爺爺漲紅著臉，一手遲疑地撫著奶奶的脖子，一手握著她的手腕，他不是無法掙脫，而是擔心反抗時傷害到妻子，以及不知該如何讓她恢復正常的挫敗心痛，才會僵在原地。

一股無名火竄上腦海，我箭步衝上前高舉柴刀用力劈在床板上，大吼：「壞人！走開——」

奶奶翻著白眼發出刺耳尖叫，手指鬆開，爺爺連忙翻身擒抱住她。年幼的我氣不過，爬上床不斷拍打奶奶的後背，想要打跑那個操控奶奶的怪東西。

黑影不住扭動，最後居然眞的脫落了，隨即像隻缺腳螳螂歪斜地逃出窗外。奶奶重新睜開眼，汗如雨下不停喘氣，爺爺則驚訝地望著我。

雙手像泡在冰水裡又冷又痛，眼前發黑，我靠著床頭發抖，接下來幾天我都在高燒昏沉中度過，半夢半醒時，房間裡常常出現爺爺和另一個人的嚴肅談話聲，然後爺爺離開，那個人留下來，我用盡全力眼皮卻只能睜開一條小縫偷看，白衫與白髮在燈光下是近乎透明發亮的銀，猶如石頭般屹立不搖，我感到很安全，那個存在會擋住怪物和邪惡的影子。

眼鏡爺爺說過他來看我時，我都在睡覺，原來是這麼回事，陳鈺被爺爺拜託在他不得已必須外出盡蘇家族長責任時充當我的保護者。

等我好不容易清醒，床畔已經換成先一步恢復的奶奶在照顧我，胸口則掛著先前沒有的艾草香包。

我居然把如此驚心動魄的童年夢魘忘得一乾二淨，是了，很多怪事對小孩子來說都會覺得沒什麼，隨著回憶褪色漸漸不確定某件事到底有無發生過，之後奶奶去世，還沒上國中前這段回憶就被我徹底忘卻，我只想記得奶奶美好的一面。

當時爺爺和陳鈺到底在談什麼？我以為自己在睡覺，卻無意識聽進幾句破碎對話。太模糊了，只知爺爺和陳鈺在爭論，中間穿插著奶奶的名字，我已經退出幻象了，仍然一頭霧水。

該死，快點想起來，那是我聽過的內容，即便忘記也有重新想起的可能性。

忽然間，房間裡平空響起清晰無比的對話聲。

「清仔，下一代災難將無人能擋，趁我還有一點時間，把她交給我訓練，或許……」陳鈺的聲音。

「不，我不想讓孫女活得像你我一樣。」爺爺這麼回答。

「呵，那麼就讓老天來決定吧！或許這樣更好，太過刻意反而容易釀成弱點。」陳鈺嘆息。

「如果她不能超越我，我寧可她什麼都不知道也不用做。」

若非眼前空空如也，我差點忍不住追問幻聲，爺爺為何要我超越他？下一代的災難又是啥，爺爺沒能阻止冤親債主祟殺完兒子媳婦又來殺我的確是災難沒錯，可是陳鈺口中的災難似乎還有其他意思。

不讓陳鈺從小訓練我，我要怎麼超越年輕時代就開外掛一路勢如破竹的爺爺？陳鈺居然也覺得天擇更有效果？

就結論而言，還眞的不能說他們錯，據說是抖S變態轉世兼超能力者蘇小艾卻是五味雜陳。

□

「我想起小時候曾經拿著柴刀趕跑附在奶奶身上的蘇福全，爺爺可能認爲我有趕鬼天分。」儘管童年驚悚附身夜還有些不明之處，我將思考很久的答案小心翼翼告訴堂伯。

「原來如此，的確非常具有說服力。」蘇靜池說完起身走進內室，沒多久又出來，手裡捧著用紅布包裹的一樣物品。

堂伯在我面前打開紅布包，果不其然是那把鋒口依然雪亮的柴刀。

「小潮小波剛從醫院回來時天天夜啼到喝不下奶，二叔將這把柴刀送給我，囑附我放在雙胞胎床下辟邪，我覺得很有效。」

太多人情了，堂伯根本逃不出爺爺的魔掌，結果他依樣畫葫蘆用同樣的手段對付我。

「可是長大後我根本連陰陽眼都沒了，差點就被蘇福全操控跳樓。現在的我如果要處理鬼附身只能靠物理。」捽到來附身的髒東西和早餐一起吐出來那種。

「事實證明，小艾妳的能力一直都在，只是暫時沉睡。」堂伯說。

「伯伯，你明知我不可能對小潮小波見死不救，大概我生來也是要幫蘇家做事，打鬼啦和神明溝通啦是可以試試，但我不認爲自己能服眾，族長處理活人的問題比較多吧？」蘇家族長就是個勞動與付出不成比例的過勞死位子，私人財產死後全捐給家族，完全沒有私人規劃自由。

「用實力證明就好，妳只要願意做事，不用擔心能否服眾的問題。」

「誰的實力？」我冒汗了。

堂伯但笑不語。

「做不好可以辭職嗎？」

「找到信得過的接班人後妳想辭就辭，只要良心過得去，沒有人能阻止妳。」

「伯伯，這句話好像情緒勒索。」

「我會盡力輔佐妳到能獨當一面爲止，實務上當然不可能讓妳馬上就取代我，只是爲了預防我猝死或喪失自由意志造成爭議，小艾妳必須馬上先繼任爲族長，剩下可以慢慢學。」

「也就是說伯伯還是會在幕後掌權對嗎？」歡迎！大歡迎！

「我眞的很想早點退休。」蘇靜池說。

「說啥話，伯伯你離領退休金的年紀還很久呢！」我用力搖頭。「若我要回蘇家幫忙，許家送我的兩座酒莊怎麼辦？」

「給妳就是妳的了，有自己的產業學著經營管理更好，順帶一提，如果能賺錢的話，記得給自己人優先合作機會。」

堂伯好現實！

「我得先回許家一趟，和那邊解釋清楚，畢竟那兩位待我不薄，具體時間聽任伯伯安排。」

「可以，但我希望愈快愈好。此外，若妳有私人財務管理需要，可以和伯伯說，我以個人名義幫忙，就當是強迫妳接班的補償，千萬別客氣，好好估算妳的人生價値，我們將要使用妳的時間與精力，不會容許妳任意抽身，上一代族長也支付過我留學生活和結婚成家的費用。」蘇靜池認眞地說。

堂伯說我的情況比較特別，歷代族長都是死後才交接，新族長靠影響力與族產支配權營利有太多選擇，但我兩手空空拋棄繼承，名下沒有蘇家人留給我的任何遺產，也未接受過上一代昂貴的英才教育，因此他會以任務形式給我津貼，把那些蘇晴艾應該要佔用的栽培成本還給我。

美中不足的是，歷代蘇家族長私底下撒出去的錢只會多不會少，並非樣樣都能報公帳，族長財務狀況更會被公審，蘇靜池建議我向他借一筆錢，先置辦屬於自己的產業，比如說既然有酒莊，就再成立個銷售門市或觀光農場之類，自己賺錢自己花可以減少很多麻煩，對外交際自我介紹也拿得出手。

我再度被大人的金錢遊戲碾壓得頭昏腦脹。

不想當蘇家族長，但堂伯的辭職理由讓我無法拒絕。如果命中註定活不過三十，管管許洛薇父母給的酒莊，配合堂伯指導扛幾年族長之位，讓他有機會親手拚搏挽救兒子的命，我反而能接受不尋常的華麗身分，至少這樣能讓親友們得到最大的安慰，我也算把餘生充分利用了。

若是過了時限啥事都沒發生，小潮和小波的問題順利解決，屆時讓堂伯回鍋也不遲，沒人說我不能指定蘇靜池當接班人！嘿嘿！

抓到規則漏洞的我總算安心許多。

Chapter 04 / 蘇家族長

離開崁底村前，我和堂伯談妥交易內容，寫下遺書請堂伯幫我保管，表明蘇晴艾死後願將排除兩座酒莊的一切剩餘資產成立特定信託基金捐回蘇家。其實捐私產倒不是規定，比較像是約定俗成，藉由給出巨大奉獻，換取下任族長對自家親友的特殊保護，保護對象也可能是外姓或沒有血緣的人。

有過血淋淋親身經歷，我必須說錢能解決的都是小事，一旦有個萬一，我也希望下任族長將保護網撒到對我而言重要的人們身上，提早表態拿個同情票也好。堂伯雖然沒說，但我有自知之明，蘇靜池的接班人是這款貨色，看來要做好被很多族親討厭找碴的心理準備了。

蘇小艾註定沒後代，如果還清欠款前就去世，留給蘇家的只會是債務，若有餘就當維持歷代族長的氣魄囉！反正這年頭生前轉移財產和修改遺囑方便得很！

回許家轉了一圈，對玫瑰公主雙親報告我的新計畫，他們一點都不覺得我當蘇家族長有何不對，總歸也是被保護的身分了，超能力部分別出啥壞事就好，蘇家在照顧我的特殊能力上畢竟比較專業。許爸許媽只是很遺憾我被蘇家搶回去做牛做馬，真不愧是外星王族。

我在許家的收穫除了一旅行箱的自釀酒，還有我用堂伯借款換來的老房子地契，許爸只對我收取當初購入的價格，沒錯，玫瑰公主的老房子正式屬於我了！蘇家族長的紅利不用白不用，接下來是如何將這張地契的價值發揮到最大。

另一件讓我震驚的事，主將學長前陣子悶聲不吭去考過三等特考，打算改當刑警，將來長達十個月要到警大受訓，然後分發到不同地方實習，之前他會密集來看我，大概和適應新身分前有段時間不自由這點脫不了關係。

「學長你不是很喜歡當派出所警員嗎？」原來他一直有在準備警官考試，到底哪來的時間精力？

「有些工作不是那麼喜歡，比如被派去管制首都遊行抗議或選舉勤務。」主將學長和許多員警一樣喜歡固守轄區歲月靜好。「當初一當上基層警察就有挑戰三等特考的念頭，加上陸續認識很多學長長官都鼓勵我去考，備勤或搭車也會加減看書，收入加給的確是比較好，工作相對更自由，而且和妳之間也能有更多共同興趣話題。」

「刑警時間是比較自由，但沒有比較輕鬆吧？還有共同興趣話題是啥意思？」我問完以後別開臉，好像無法昧著良心說我和主將學長之間很有話聊。

「平常多做也沒有比較多錢，所裡人力有限不能老是有假就放，我希望給妳更多保障，妳好像喜歡刺激驚險的犯罪推理，雖然聽前輩說刑警工作也很枯燥，但能聽到的江湖故事應該更多。」

不不不，主將學長你是不是有啥誤會，派出所都被你玩成這樣了，當上刑警後還得了？

刑玉陽說過主將學長從警最主要的優勢不是柔道，是他擅長公文作業。主將學長其實是很會讀書的類型，家裡本來希望他當律師或會計，他會和我念同一間鄉下大學，除了我們母校的休閒運動管理系發展得不錯，對確定不當職業運動員的他出路更活以外，就是鄉下地方生活費便宜，他可以減少打工時間專心玩社團。

主將學長如果進演藝圈或當金牌健身教練保證賺更多，但後來他果然還是選擇國中時啓蒙教練的建議，用警察專業維持柔道能量。坦白說，我覺得他不是刑警才奇怪。

「學長你好像對我變成蘇家族長一點都不意外？哪來的情報？」

「阿刑說的，要我先做好心理準備。」

「什麼!?」

「蘇靜池有計畫地栽培妳這件事很明顯，如果只是要照顧流落在外的親人遺孤，比照他自己的例子送出國就好，怎會支持妳一個年輕女孩和冤親債主對抗？此外，蘇靜池若有其他繼位人選應該就不會和妳有這麼多互動，別的不提，光是人脈和超能力就必須留住妳。」

原來他們早就看在眼底了，就我一個人很遲鈍。

「小艾，妳又是怎麼想？就算蘇福全下地獄了，蘇靜池讓妳答應的理由肯定任何人來勸說都沒用。」

「那是堂伯的隱私，他有想做的事，爲了等我長大已經忍很久了。反正我現在也沒工作，就當替堂伯看守蘇家，我沒打算做到老，頂多就幹個三、四年吧？畢竟我欠堂伯太多了。學長呢？打算警察幹到領退休金？」我聳聳肩說。

「不一定，萬一阿刑的老師回台灣，答應收我當弟子，屆時再看著辦。」

主將學長還沒死心，眞是可怕的執念，不過我的執念恐怕比他更深。

我將老房子的地契和交易證明遞給主將學長，他嚴肅地檢閱。

「學長要是你有置產需求，可以考慮把老房子買下來嗎？這邊離『虛幻燈螢』很近，一樓打通後可以當道館，路邊停車也很方便，房子先過戶，錢你分期付款給我就好，花多久還都無所謂，不用利息。」

「爲什麼？」

「我一直覺得學長一定要有一間道館，可是現在房地產那麼貴，地段適合的老房子不好找了。我已經寫好遺書，當上族長後萬一死掉要把財產都捐給蘇家，唯獨薇薇的房子我不放心交給別人，雖說還給許家也可以，但房錢是我向堂伯借的，又不是免費，還錢也是很辛苦。」我不小心流露哀怨情緒。「許家又不缺這塊地，要是能順便幫學長實現夢想不是很划算嗎？至少刑玉陽的老師哪天回台想找地方開道館不用再被租金剝削，學長你可以做個順水人情借他場地，保證評價up up，不過要學長現在就開始揹房貸是滿有壓力，我就順便問問。」

他深深地凝視我，四周空氣有如被烤箱加熱，主將學長忽然傾向我，我連忙按住他胸膛，卻意外摸到他心跳好急，目光像煮融的糖漿，熾熱而黏稠，我立刻亮起紅色警戒燈。

大手毫無預警放到我後腰一按，我被繃成微微上仰的姿勢，嚇得大叫：「學長你幹嘛？」

「妳邀請我一起供養妳的房子，妳說我會怎麼想？」他的聲音低柔到有些危險。

我火速將剛才的對話過一次，驚覺的確不妙。

「誤會！我只是單純地想找你金錢交易而已！」

「……」

他的手繼續放在我的腰上，不但沒鬆開反而更大力了，我不得不使出九牛二虎之力死命撐住才沒撲進他懷裡。

「對不起，是我不好，學長你不要這樣。」聲音慌到我自己都覺得丟臉。

主將學長總算大發慈悲鬆手，下一秒我被揪住領子整個人提起來。

「不娶何撩？」主將學長怒問。

「學長……那句話是女生說的……」我結結巴巴。

「我知道，但沒有別句話更貼合我現在的心情！」

經過一番下跪認錯，又被主將學長罰了五十個伏地挺身，保證以後會謹言慎行外加去了半條命後，主將學長總算消氣冷靜，和我繼續討論正經話題。

「許家的眼光不會差，確實母校學區附近現在已經買不到獨棟透天，漲價程度都快翻倍了。可是，小艾妳自己持有更符合那間屋子存在的意義不是嗎？」

「學長，重點是我不想在擔任蘇家族長期間持有老城堡，就算我不當族長，其實也不想花那麼多錢買房，所以才問學長要不要接手嘛！」我打算在擔任族長期間，盡量用各種特權金手指合法收入和兩座酒莊的營利還清學貸與向堂伯借來買老房子的錢，如果主將學長願意買下許洛薇的房子在好友家附近扎根，我提早解脫簡直開心死了。

「妳不替自己規劃三十歲後的人生，是對我這麼有信心嗎？」主將學長微笑。

「欸？」我只是單純想著走一步算一步，遠的不提，在堂伯鞭策下，到時我起碼也有一筆現金、兩座酒莊和養活自己的能力，已經很有規劃啦！

「好，我買。」主將學長對著不知該如何接話的我乾脆應允。

「學長，你至少應該跟家裡討論？這不是小錢欸！」我是期盼他答應沒錯，這麼隨便反而讓人難以忍受。

「妳提的價格和私人誘因都很吸引我，再說，我欠妳錢的話，妳就不敢隨便跑掉了。」

主將學長該死地懂我對金錢的執著，就算是他也不准給我欠錢不還！不如說我就是從未想過主將學長賴帳的可能性才向他提議。

「我相信學長的純金人品……」

「我也有個條件。我不喜歡妳不收利息這件事，但可以的話我也不想付利息，能夠早點把欠債還清最好，可惜刑警收入還沒好到能點石成金，受訓時收入還會比現在少。作爲交換，我希望妳繼續住在現在的老房子裡，直到我還清房款，當然，妳不會天天住在那邊，就當是長期租妳一個房間，也希望妳順手替我維持房屋基本整潔，租金與利息的部分就當打平了。」主將學長說。

我有點爲難，原本都已經做好搬離的打算了，能夠定時回去免費住還能親手打理老房子當然令我喜出望外，主將學長的意思是他也可能會住進來，我倆接下來因爲各自的工作需要，無法定居在老房子，但總有回去打掃過夜的時候。話又說回來，這樣與我們都借住在「虛幻燈螢」或者我借住他的租屋處的模式好像差不多。

「對我當然是好事，學長你不覺得不方便就好。不好意思擅自影響你的財務規劃。」我很老實地道歉。

「我可是撿了個大便宜，當然要當機立斷。雖說我原本的財務規劃是每個月將薪水上繳給老婆，但要結婚的話我也不想繼續租房子。」

他這句話提醒我，玫瑰公主的生命寶石求婚戒指還在主將學長那邊，許洛薇這該死的賊貓居然給我來這招！

「薪水還是自己管理比較好，我認為學長很有理財天分呵呵呵～～」我立刻顧左右而言他。

「小艾，妳成長得太快了，我也不能毫無進步。」

「你是說跳坑速度吧……」

總之主將學長接受了我的任性要求，還一副樂在其中的樣子。

□

我喜孜孜地到「虛幻燈螢」找刑玉陽打算宣布他和主將學長可以白頭偕老，真正的好消息就算被揍也值得誇張高調一回，沒想到卻在庭院入口看到結束營業的告示，我一把將那張護貝過的列印紙撕下來，拿在手上讀了十遍，又捏了捏自己的大腿確定不是幻覺。

「刑玉陽——這是怎麼回事？」

我找遍整個店面，最後才在二樓找到正在打包行李的馬尾青年。

「不是要讓戴姊姊當代理店長，你有空回來也會營業嗎？」沒想到才過幾天，「虛幻燈螢」這邊也豬羊變色。

「蘇靜池把這裡買下來了，爲了讓妳沒有退路可謂殫精竭慮。」刑玉陽一站起來我就得抬頭看他。

「不對，你幹嘛賣？可以說ＮＯ啊！」

「條件很好，爲什麼不？」

「我堂伯開了啥超級好條件？」

「他出價我當初貸款數字的兩倍，還讓我保留三十年地上使用權，唯一附加條件是如果他的兒子們想來這裡打工或避難得收留他們。」

刑玉陽這間店的土地和原始建築雖然是向生父敲詐來的扶養費，但他將破舊老屋連同周邊改建成夢幻優美的咖啡館與增加的居住空間，花的錢基本上能蓋間新房子，加上營業初期難免虧損，考慮到土地增值問題，堂伯出的價格是不錯，但還搆不到天價收購的邊。

重點是，一旦刑玉陽被這筆土地交易和蘇家雙胞胎綁在一起，以他的個性肯定無法見死不救，用這種價格買到一處靈異安全屋與正開始積極變強的保護者，簡直划算爆了。

堂伯願意把只能幽閉在家的雙胞胎託付給刑玉陽，這份信任可說非比尋常，我相信冰雪聰明的刑玉陽不會不懂，許洛薇都能用的同情招數，我那比狐狸還狡詐的堂伯怎會錯過？

我用雙手搭著他的肩，沉重地問：「你願意賣『虛幻燈螢』和我答應當蘇家族長的原因，該不會都是同一個？你知道雙胞胎的情況了？」

「那個混蛋被困在蘇家眞是浪費了，沒當那勞什子族長，說不定就會搞個神海集團或許家出來。」刑玉陽果然和我踩了一樣的坑。

「說不定在海外早就有了。」我小聲地說，刑玉陽白我一眼。「所以堂伯也希望『虛幻燈螢』繼續開下去，你把店關了戴姊姊怎麼辦？」

刑玉陽捏住我的臉頰，笑得很燦爛，額角卻浮現青筋。「有人經營的話，咖啡館就這樣繼續營業也無妨，畢竟投資這麼多了。但蘇靜池找戴佳茵幫忙，說小艾需要一個幫忙打點各方面的女祕書，他認爲沒有人比她更適合。」

「對不起，我堂伯就是那個樣子，戴姊姊眞的很棒，我也想要她。」我奮力扯開刑玉陽的魔掌說。

既然暫時沒人須靠他的店庇護，刑玉陽索性爽快把店關了，反正他開店也是爲了還貸款和賺生活費，蘇靜池等於釜底抽薪一次解決刑玉陽的煩惱。

「終於可以擺脫奧客還有妳了。」刑玉陽這麼說，最令人傷心的是，他的語氣很真誠。

我對「虛幻燈螢」關閉的事實無比唏噓，卻清楚刑玉陽被綁在這間店太久了。只是暫時歇業而已……等從族長位子上退下來還有條命在，刑玉陽還不回來開店的話，我就靠自己讓「虛幻燈螢」重新開張！

□

蘇靜池給我一個月適應期，這段時間他要去解決族親反對聲浪，我和戴姊姊則暫時住在他家，正式繼任族長後，我可以選擇住在爺爺舊家或者指定任何閒置族產居住，甚至自己蓋一間，這些都是族長的權力。

我當下決定住舊家最單純，一則小時候住慣了，二則比較省錢，不過爲了要讓與我同住進行夜間戒護的戴姊姊以及日後辦公方便，舊家還是得重新裝潢一番，我這個月和戴姊姊就得決定施工方向，堂伯只願意替我們先墊錢，別的細節他懶得管。

舊家改造任務被我外包給小潮小波和戴姊姊，不忘拜託他們也要預留葉世蔓的房間。目前葉伯在崁底村的住處算員工宿舍，是蘇靜池延攬他當王爺廟桌頭的福利之一，葉伯時日無多也已經不當桌頭了，儘管蘇靜池暫時無意收回房屋，爲避免日後冒出外人佔用族產的閒言閒語，也爲了正式給葉世蔓一個家，我堅持他人在崁底村時得和我們住一塊兒。

舊家改造又是一筆大開銷，我迫不及待進行能領津貼的族長任務，蘇靜池要求我繼任前先達成一個指定任務，萬一搞砸，他要放棄我還來得及。

這就是我的堂伯。

蘇靜池交給我的第一個課題，就是處理陳鈺留下的野絲瓜田。

嚴格說起來，絲瓜田和爺爺舊家都是閒置族產，絲瓜田閒置時間更長，自陳鈺死後就沒人動過，原本是爺爺免費借給陳鈺使用的農地，我在夢中記得陳鈺好像想從絲瓜生長來釐清因果業障的關係，後來放棄了。實際上絲瓜田應該和陳鈺的法術研究有關，我後來正是在絲瓜田裡遇見兒時企圖綁架我的蛤蟆精。

每次到絲瓜田我都能感受到富饒混亂的野生氣息，走在裡面甚至分不清東西南北，和妖魔鬼怪交手這麼多次後，我總算領悟崁底村外的絲瓜田就是一處典型靈界通道，甚至起到鐵路地下化效果，導引外來非人避開崁底村直接從絲瓜田通過，或許就是陳鈺最初的用意。

然而這處路標設計隨著陳鈺的去世逐漸荒廢失效，不好的精怪漸漸盯上並騷擾崁底村，溫千歲才要召來葉伯坐鎮王爺廟人事，並親自血洗一波意圖不軌的地方妖精以儆效尤。

打電話問都鬼主後，專家認證我的猜測大抵沒錯，若需要進一步的精確分析，她可以給我友情價到現場鑑定，我聽完報價以後決定先靠自己，畢竟絲瓜田還不算危險禁地。

我想不是都鬼主會隔空抓藥，而是她徒弟、我的術士祖先已經把岽底村內外摸了個遍，沒特別講就不算大事，再說蘇亭山若要干涉蘇家取回自己的地位，應該也是瞄準靈異這塊，畢竟這是術士的專長，今後我可能要代替堂伯和蘇亭山好好斡旋了。

懷裡揣著當初堂伯給我的毛線團，我始終沒能完全解開，並非當眞解不開，而是怕用物理解決後失去思考機會。我有點迷信，彷彿解開了一個毛線結後，現實裡也會有件難事迎刃而解。

「快要放暑假了……」不知不覺過了一年，許洛薇的忌日又要到了。我今年撥了三天回許家陪許洛薇父母度過，同時跟著酒莊工人和釀酒師上基礎課，一邊煩惱著絲瓜田的事，大腦簡直快爆炸。

這次許家之行給我非常大的啓發——土地就是拿來賺錢的，許家連小花園都有產藥草。

我請殺手學弟把柔道社的人叫來岽底村的警察柔道館暑訓，包括已畢業的同伴也來了不少，住宿問題好解決，獲得蘇靜池同意後全塞進葉伯的獨棟住處即可，反正這對祖孫暑假期間也不在岽底村。

村裡派出所警察不全是蘇家人，但肯定是堂伯的人，暑訓的事交給他們足可放心，我頂多負責送送茶水點心和便當，每天早上十點到下午三點的訓練以外，他們全都是我以工換宿的農活人手。

我到村裡的農具行買了一大綑鐮刀，給柔道社成員一人發一把，又訂了一車空塑膠瓶，呼朋引伴殺進絲瓜田使勁清除藤蔓雜草，將過老的絲瓜集中起來運到王爺廟曬乾製作絲瓜絡，還能吃的就裝袋分送村人，只留下土表一小截綠莖接絲瓜水，務求物盡其用。

才半個月，在柔道社大小鮮肉如狼似虎的掃蕩下，原本棘手的雜亂絲瓜田消失了，僅留下一大片空地，我宣告暑訓結束時眾人意猶未盡，還有幾個乾脆留下來替這些天認識的長輩打工賺零用錢，總之是場健康充實的暑期活動。

我探聽到原絲瓜田旁的水田與果園同樣荒置多年，心裡有了盤算。

接下來的作業就需要重機具和資金進場了，更非一個月能完工的大工程。我寫出企劃案和堂伯商量，由他找人監工的方式展開初步施工，此外，也把周邊私人土地或買或租，打算整合成一處大約大安森林公園大小的有機生態農場，萬幸周邊也是族產居多，當初爺爺借地給陳鈺就已經選了一個保證不容易被打擾的位置。

基本上打從我將絲瓜田屬於靈異要衝的戰略價值分析給堂伯聽，並且將改造計畫修正到令堂伯滿意後，這個任務就算圓滿達成了，接下來各種工程起碼還要一年，我得負起責任一直監督管理進度。

我將靠近道路地形較平坦的區域規劃爲菜圃，包含溫室和門市販賣部在內，將來主要生產四季蔬菜瓜果，再來是我打算釀酒自肥的葡萄園區，接著以竹林隔開，分別是一個類景觀小湖附湖心島的淡水魚養殖區，以及小規模的家禽牲畜飼養，簡單地說就是把許家那套自給自足的生產體系搬過來用，差別在於我非常小心地設計分區道路和重重竹林視線障礙，將一般人與非人活動的區域分開，且讓後者擁有許多躲藏空間。

這部分神海集團爲了白峰主而造的陵園也帶給我靈感，我故意將農場設計成方便非人活動躲藏的環境，生態農場靠山部分不開放，我打算在坡地上種些橘子、金棗之類的果樹，地上有空間就種藥草，地界處也種不同品種的竹林當屏障，畢竟竹子用途很廣。

「我要和本地妖怪和解共存，還有賺過路神明妖怪的錢，以物易物也行。」我對堂伯說。

中年紳士愣了好久，末了吐出一句：「辦得到嗎？」

「刑玉陽本來就有賺神明客人的錢，世蔓也告訴我妖怪其實很哈人類商品，我不搞歧視，在自由貿易區裡只要守規矩，大家都能互惠。至於秩序維護，有神明在，再多分一杯羹給願意跟我們合作的精怪幫忙圍事搓湯圓，應該不是大問題，再說還有蘇亭山，讓蘇亭山在這座農場裡和我跟伯伯有相同權限好了，畢竟他是祖先，應該要給點供養。」我也是考慮很久，希望能面面俱到，重要的是，給我自己省點麻煩。

「蘇家不見得要靠這賺錢。」堂伯說海外集資控股可以輕鬆賺更多。

「我知道，只要能回本就好，我不希望溫千歲再造殺業了。另外，要是有就業和貿易機會，個別妖怪想亂也會被想安居樂業的同類制止吧？」我想起那隻蛤蟆精空洞的眼神。

「小艾妳不怕妖怪嗎？」

「我自己是不怕，但人們總是恐懼仇恨妖怪也不是辦法。我當然不信用愛就能溝通守信，以崁底村和蘇家來說，大尾都在我們這邊，不必小家子氣，該請的客我們不會少，要是有不長眼的就打到乖或罰勞動服務。」我說。

「也是。」堂伯被我說服了。

堂伯這麼聰明，不用我說他也懂，這是從根本降低所有村人包括雙胞胎在內被非人惡意作祟的機率，甚至整套交易機制運作得當，人類方還可能獲得額外保護，大家有飯吃比有飯大家吃要實際多了。牽涉到還錢速度，我可是拿出百分之三百的幹勁和腦力。

不只為了保護崁底村，也是為了營造防堵戴佳琬的眼目助力，我比任何人都清楚，許洛薇已經不在身邊保護我，但我卻增添了更多必須保護的對象。

「我不期待活人和妖怪交朋友之類，不過我很懂沒工作沒收入、要吃要喝想買東西的心情，如果能營造出銀貨兩訖的禮貌關係就很好了，起碼大家知道彼此要什麼和能提供什麼。」我坦白說。

有時我根本覺得妖怪是生活太無聊枯燥才會嫉妒有一堆娛樂的人類，開個窗口試試說不定有奇效，雖然敝人不懂畫符作法，但我就不信人類喜歡的東西妖怪不喜歡，許洛薇這孽畜還不是被影集漫畫迷得不要不要的？

「我也是陳鈺老師的學生，他曾說過，蘇湘水選擇此地建立崁底村別有用意，這裡古早是三不管地帶，才由得他自由發展蘇家並培養出一個境主，但也因此蘇家除了冤親債主，還要擔著佔領這塊區域的風險。我只知道這麼多了，老師大概是怕我不尊敬溫千歲才特地強調。」蘇靜池和我以前都是無神論者。

境主是正神管不了或懶得管的地方才會經由物競天擇冒出來的存在，也就是說會出產境主的自然環境本來就有種種一言難盡的問題。

堂伯不清楚溫千歲和他有血緣關係，畢竟那是蘇湘水的妻子、我高祖母的婚前隱私，當初我對堂伯交代的夢境只集中在蘇福全和蘇福旺的兄弟恩怨，溫千歲的由來恐怕是連爺爺都不知道的祕密，考慮到溫千歲立場我也不敢亂說，無論是不體面的私生子或者作爲必須與人類身分切割的神明，顯然溫千歲都無意承認他在家族樹裡的眞正位置。

「雖然不明白溫千歲的眞正來歷，但我不認爲可以一直毫無代價享受神明庇蔭，尤其溫千歲在崁底村已經待了一百多年，萬一哪天祂功成身退了呢？」蘇靜池問。

我悚然一驚，堂伯不知道溫千歲必須遵守陰契承諾，還得被留在崁底村約八十年，但他居然敏銳到開始懷疑保存期限了！

「也許不是一個世代能成的事，至少從小艾妳這一任開始努力也好，這是我讓妳放手去做的原因。」堂伯說。

「我盡力而爲。」此時此刻，我只能打腫臉充胖子。

□

和堂伯一番長談後，我繼續早出晚歸的監工生活，初期農場計畫都在整地翻土重新闢路，我的目標主要是預防工人被妖怪作祟，或者在他們挖到不該挖的東西時能及時介入，當然買便當送茶水的工作也歸我了，這本來就包括在津貼指定的條件中，只要是我能做的工作，堂伯就不會額外花錢請人，反過來說我也能多拿一份跑腿打雜和監工的日薪。

回崁底村後沒空像過去那樣鍛鍊體能，我將機車停在施工現場，方便臨時採買物品，上下班代步工具換成腳踏車，維持一定運動量，又不至於累到讓我工作時打瞌睡。

距離堂伯表示要在宗祠正式交位給我只剩下三天了，我還是沒和蘇家其他大老打招呼，不安歸不安，我依然喜歡往林子裡鑽，天天踩泥巴，更勝在冠蓋雲集的場合搞得一身不自在。

這天下班後，剛被最後一個工人超車，我大聲道別後鬆了口氣，才五點十分，陽光已經不烈了，暖暖的很舒服，一景一物宛若凝固在淡金色水晶中，即便是常見雜草都多出幾分野趣，大自然的即興創作每天都不一樣。我轉進兩旁都是竹林的捷徑，竹林隱約坐落幾戶人家，堂伯說過會在村外這一帶種竹林的必定是蘇家人，事先打聽過屬於安全的小路。

既然要代替堂伯當族長，我得把當地環境摸得一清二楚才行，堂伯可是連每條小路、每座水門都如數家珍，小時候我的活動範圍僅限崁底村內，蘇家地盤都劃到頂澳村海邊去了。

小路彎彎曲曲，我騎著自行車過彎，單行道上赫然堵著一個高中生年紀的壯碩少年，我放慢車速打算從他旁邊通過，他卻冷不防伸手擋住，我反應快穩穩地煞車，多虧事先留了心眼才沒被嚇到。

夜路走多了，我還真怕遇見鬼，仔細端詳後我很確定陌生少年是人類，身高超過一百八，體重約在八十公斤左右，一副挑釁貌。

傳說中的不良少年？我不禁想起大學柔道社時主將學長帶我們去嚇跑飆車族的冒險事蹟，無論如何，我沒傻到看不出對方是衝著我來。

「請問有事嗎？」我客氣地問。

「妳就是蘇晴艾？」

「對。」

「還眞難找，我在不同馬路上等妳好幾天了。」

敢情還是我的錯？

「上班時間我都在工地，或者你聯絡蘇靜池先生也可以找到我。你是哪位？」

他報了個名字，一樣姓蘇，那就是親戚了，可惜我毫無印象。這個叫蘇永森的遠房堂弟當然不可能找不到我，只是不想在公開場合找我，畢竟他來意非善。

「我趕著回家，有話要說改天吧！」我努力維持最後的友善對話。

「聽說妳練過柔道，我是黑帶初段，怎樣？要不要比一下？」

「不用了。」他有臉說我還沒臉聽，女性平均肌肉量只有男性三分之二，光是體重就差了五個量級，更別說身高優勢，就連男生之間比柔道都要分級才公平。

「不要這麼害羞嘛！這邊輸了也沒人看到。」少年露出充滿惡意的微笑。

「不是正式運動場地，沒有裁判在場，這不叫比柔道。」我懂不是每個習武的人都同時具備武德，但我的起點眞的太高了，柔道入門的典範就是主將學長，讓我難以忍受己方陣營居然出了個這麼噁心的柔道同好，他練啥都好，非要跟我一樣？

「妳怕了就說嘛！哈哈！蘇晴艾是膽小鬼！」蘇永森刻意要惹火我，而且眞的很有效。

「誰派你來的？你知道蘇家什麼事都瞞不過我堂伯吧？包括你爸媽是誰。」

「蘇晴艾哭著找大人了？嗚嗚嗚嗚～好可憐喔～年紀比我大還這麼沒用！」少年用更加欠揍的賤笑回敬。

我懂了，派出蘇永森的人不計後果都要羞辱我，就是爲了證明即將繼任族長的我連一個家族小混混都無法應付。再次證明族規不是萬能，就是有人會去踩線。

「如果只是演戲的話勸你見好就收，只是嘴巴臭一點我還可以不計較。」我考慮對方只是激將法的可能性再次勸阻，蘇永森傳神的表現如果不是影帝就是貨眞價實的智障，哪怕是不知道我靠山人脈的傢伙，至少也該從上次溫千歲降駕指定我辦事造成的全村大騷動，知道我不是好惹的目標。

唯一的可能，就是蘇永森以及他家是不在乎高層角力成敗的邊緣人，可能還是無神論者，毫不忌憚崁底村溫千歲信徒觀感，更傳神的形容就是砲灰嘍囉，事後對砲灰再怎麼追究，只會是蘇晴艾這個新任族長無能小氣，不追究的話也不是吃悶虧就能了事，蘇永森背後的人想必會把我被羞辱的實況到處散播。

這是一個沒有致命危險卻非常卑鄙難受的陷阱，用柔道和蘇永森打，我不具勝算，體格差太多了，如果是外行人我還能一搏，但高中生持有柔道黑帶，往往表示有一定實力和練習量，加上體格較好的那方刻意使用暴力更能拉大差距。

我踩下腳踏板，賭他是否動嘴不動手，大多數男生再怎麼蠢都有不和女生動手的自尊心。

蘇永森冷不防抓住我的單車龍頭一扭，我臉色大變迅速從座墊上滑開抽腳連退兩步，單車碰的一聲倒地。他對我反應如此迅速似乎很訝異。

這是第二次他做出危險動作了，換成運動能力弱一點的女生早就摔倒，不如說，蘇永森原本就是刻意要害我跌倒，讓我憤怒的是他甚至不以偷襲爲恥。

一陣陰風吹來，我下意識望了望風的來向，驚見長馬尾的白衣古裝麗人就站在路旁竹叢邊，溫千歲精緻如少女的五官噙著一抹冷笑，對蘇永森比了個大拇指向下的動作。

很好，王爺叔叔要我教訓死小孩，現在，立刻，馬上。

爲什麼大家都想看和平主義者蘇小艾上擂台打架？

蘇永森順著我的視線往旁邊看，在他眼中卻是除了落葉外空無一物，但我躲避的動作顯然取悅了他。少年叫囂著：「裝神弄鬼沒用啦！林北不信這套！妳就是靠這招騙那些大人！怕的話就投降認輸下跪！林北今天可以放過妳，明天、後天我還會再來堵妳！」

我不在乎爭一口氣，但蘇晴艾受傷害卻會讓迄今訓練我與保護我的人難過痛苦，更強大的敵人、更困難的危機我都熬過了，卻忘記只要逮到機會，哪怕一個卑鄙的普通人都能恣意攻擊我，即便擁有超能力，但我始終沒變成超人。

「最後一次警告你，這不是運動比賽，我不跟你比柔道，但如果你碰到我，我會還手。」我沉下聲音說。

「要打架嗎？我好怕！」他露出見獵心喜的眼神，伸手就抓向我的衣領。

我立刻開始搶手，打掉他的攻擊，由於夏天雙方都穿著短袖，他沒有柔道服袖子可抓，直接握住我的左腕，力道之大令我皺眉，少年露出殘忍的微笑。幾乎是同時，我身體往前一送，右掌從下方撈向他的手腕，被抓住的左手也借力往回卡，迅雷不及掩耳地使出四方摔，將蘇永森的右手反舉過肩時，再度變招由手臂內側扣住手腕一口氣模仿劍道往下揮！

對方肘關節傳來清脆的喀啦一聲，手肘整個扭轉了一圈，接著是他仰著下巴後腦著地的撞擊聲。其實聽見關節破壞聲後我就收力沒把他往死裡摔了，只是少年還是因重心不穩和自己的體重墜向柏油路，還沒確認他喪失還手能力前，我可不敢隨便托他一把，柔道選手的地板反擊很可怕，事實上我還準備他一有反抗跡象就補上裸絞。

蘇永森先是頭暈目眩了幾秒，接著躺在地上抱著手肘哀嚎起來，前臂以奇怪角度軟軟垂著不動，看起來脫臼了。

「妳犯規！這不是柔道！犯規！」他痛得眼淚鼻涕直流，一邊作嘔一邊怒罵，可能還有點腦震盪。

「這是合氣道，都說不是運動比賽了，還有你護身倒法爛成這樣，黑帶是路邊撿的嗎？」我連續被嚇到兩次，第一次是心無罣礙把活生生的人手弄到變形，第二次是這輩子頭一回遇到被摔會撞到頭的柔道黑帶，我都手下留情了，都怪主將學長養刁我的胃口！

合氣道有分表裏技，表技就是考試用的那些常被笑華而不實的基礎演武動作，裏技可就有點凶殘了，通常是將表技加以變化改良的實戰動作。刑玉陽教我的這招四方摔換手裏技就是專門針對高壯男子，可以將對方的關節卡得更死，避免被暴力破解，他也不要我貪多，沒事就考我這技法，說是女人小孩居家旅行必備，我會的關節技就這麼一百零一招，果然好用。

我懷疑蘇永森根本沒在軟墊以外的硬地受過非柔道招式攻擊，但迄今遇過的敵人都不是用柔道跟我打，一次又一次，未知的恐怖感逼我必須賭命，從此我絕不拿自己的安全開玩笑，見招拆招是高手的特權，我只能全力以赴。

確定蘇永森眞的爬不起來後，我趕緊打電話請蘇醫師來現場，自從上次超能力透支當了快一個月的廢人，我的聯絡名單裡就多了蘇醫師的號碼。

蘇永森不斷嚷嚷他的手斷了之類，我叫他躺著不要亂動否則斷手會接不回來，他信了。

「另外一隻手也弄斷吧。」溫千歲語氣仍然結霜。

「這樣不好啦！」我還要主張正當防衛，警察又不是笨蛋，想想等下可能要錄口供就頭痛。

「王爺認識這白痴嗎？」我問。

「蘇靜池叔公下面某一房的後生，八歲以後到外地讀書，父母也是沒怎麼長腦，蘇靜池以往都是隨便給點閒差打發，讓他們有收入不至於惹麻煩。」溫千歲說。

靠！那算七等親還八等親？都遠到天邊去了，看來是升米恩斗米仇的例子。

「誰利用他們找我麻煩？」

「這種小事還要問？自己查！」蘇醫師的車很快就到了，溫千歲一閃而逝。

我本來打算將蘇永森送醫後就自己騎腳踏車去村裡派出所備案，以免被這臭小鬼加油添醋反咬一口，蘇醫師卻叫我一起上車，把我們都載到他的私人診所。

蘇醫師剛給蘇永森關節復位包紮固定完，一對男女就衝進診所興師問罪，完全無視我的解釋，我忽然明白有這種極品父母，難怪會養出「爸媽的寶貝」。蘇醫師則好似評審一般在旁邊抱胸看著。

「叔叔阿姨你們聽不進我的話，我叫蘇靜池來講給你們聽好不好？」我根本不把這對惡形惡狀的男女當親戚看。

一聽到蘇靜池的名字，他們立刻消音，惴惴不安轉著眼珠子。既然會怕，一開始別找我麻煩不就得了，我無法理解這種神邏輯。也許看我是父母雙亡的孤女，存著僥倖心理認為我可能不敢聲張，乖乖吃悶虧，或者已經有過威嚇得逞的經驗，食髓知味連石頭也照啃不誤。

「蘇醫師，我要不要先找警察？」我問在場眞正的長輩。

「小艾，妳可以公了也可以私了，看妳比較想要哪邊。」蘇醫師一副放牛吃草的態度。比起不成材的族親，蘇醫師才是蘇家權力核心圈BOSS，此刻也毫不掩飾評鑑的目光。

「蘇永森，你想怎樣？要去派出所交代嗎？」我問這個陌生堂弟，他一聽到派出所立刻縮了縮。

「當然要報警追究到底！受傷的是我的寶貝兒子，他的手以後不能動了怎麼辦？」短髮髮中年女人高聲叫道，蘇永森在旁邊小聲說「媽，算了……」的意見碎成渣渣。

「脫臼的話配合休息復健，以這孩子的情況不用一個半月就能好。」蘇醫師插嘴，可惜那對夫妻沉浸在難得的演出機會中直接無視。

「行，那就去派出所，我要告訴警察妳家兒子企圖性騷擾，我是正當防衛。」我說。

這下子連蘇醫師都驚訝了，更別說蘇永森彷彿吞了一碗痰，他的父母更是快發瘋了。

「我兒子怎麼可能對妳這種貨色——」女人又要發難。

「妳兒子連續好幾天跟蹤我，在四下無人的竹林攔住我的去路，搖晃我的單車害我差點摔倒，我已經警告他不准碰我，他還是伸手抓我衣服，還說會一直找我麻煩。看，左手手腕有瘀青。」我亮亮有明顯指印的左腕。「再說，我不認識他，對女生動手動腳的都不是好東西。」

「妳說謊！」女人大聲叫道。

「阿娟！別說了！」男人還稍微懂察言觀色，看出蘇醫師已經動怒了。

後來我才知道蘇醫師當時的想法，倘若我不是遇到小奸小惡的蘇永森，而是眞正打算毀了我的敵人，即便崁底村近在咫尺，把我拖進竹林裡毒打強姦只需要短短幾分鐘，之後我還能神智正常繼任族長的機率微乎其微。

儘管我有神明看顧經常化險爲夷，但和蘇靜池結仇的地方派系雇黑道對我下手也非完全不可能的事。

問題是，直到今天以前都沒人發現蘇永森已經跟蹤我一段時間，大家以爲他只是暑假無聊到處閒晃，這豬腿少年根本就捉摸不清我的上下班路線又沒種直接到工地找我，萬一他不是自行堵人，而是把我的行蹤告訴別有企圖的壞人……

閒言閒語、怠慢冷漠，蘇家人出現任何雞蛋裡挑骨頭的表現我都不意外，我這個空降族長根本是搭宇宙飛船撞進蘇家的特權金字塔，但我沒想過在家鄉竟得提防自己人使壞，還是直接的暴力威脅。

「我柔道黑帶怎麼可能眞的打一個女生，只是開玩笑！」蘇永森叫道。

我勾起自己短袖上衣領口道：「我就穿著這麼一件薄薄的T恤，被柔道黑帶的男生拉扯會發生什麼事，我想你比我更清楚。」我嚴厲地對蘇永森說。「還好我有練過柔道還擋下你的鹹豬手，管你有什麼理由都沒資格碰我！溫千歲本來要我斷了你兩隻手，讓你上大號沒辦法擦屁股！」後面這句是我加的，聽起來比較恐怖。

「念在小孩子不懂事，你給我誠心誠意道歉，我可以讓這件事私了。」我說。

「我沒有抓妳衣服，是妳先打我，我才抓住妳的左手！爸！媽！她在騙人！」蘇永森爲了自保編造對他有利的說法，不意外卻令我失望。

「那就去神明面前發誓，看誰說的才是眞話，說謊會有報應，王爺、石大人和媽祖娘娘那邊都去！」

蘇醫師面露訝色，似乎沒料到我的毒手已經伸到溫千歲以外的神明了。

「小艾，這樣一來事情會鬧得很大，沒關係嗎？」蘇醫師問。

「打輸女生還說謊的人又不是我。」我給過機會了，他忘記自己埋伏的對象可是被趕出家族過，我曾經在崁底村有多黑，就讓他嘗嘗類似滋味，外加回老家時會被指指點點，丟臉一輩子，頂多以後在外地發展，反正日子也不會眞的過不下去。

蘇永森沒想到還有比上派出所更糟糕的選項，臉色頓時像吃大便般難看，養出寶貝兒子的那對父母同樣惡狠狠瞪著我。

Chapter 05 / 解冤不釋結

柔道惡少年父親是個眼眶深陷、脾氣暴躁的瘦削男人，或許他接到的指示就是不斷搞事弄臭我的名聲再加以宣傳，此刻冷笑道：「誰不知道蘇靜池最會公報私仇，問神明是多餘的。」

問題是，我繼任族長之後並不想維持溫良恭儉讓的好名聲，我還等著過幾年把位子還給堂伯呢！留點缺點給人說嘴比較容易脫身，更不想讓有心人士覺得我好欺負，感謝玫瑰公主養成我對雜魚反派尖酸鴨霸的厚臉皮。「蘇靜池會不會公報私仇我不知道，但我肯定是喜歡公報私仇的，有本事就在三天後把我拉下馬，不然我一定清算。」

沒想到我公然自黑，眾人都愣住了，尤其是一開始叫得最大聲的中年女人，立刻面露不安，對粗人揮舞球棒比朗誦檄文要有效太多。

「我被趕出家族這麼多年，只能寄人籬下，情緒一直不是很好，你們又沒給我任何好處，我何必對你們客氣？話說回來，多一事不如少一事，若肯疼愛我這個不懂事的後生晚輩，我也不會不給長輩面子。」放狠話不忘留台階給對手下，以免狗急跳牆，這也是行走江湖的基本技巧。

蘇永森父母臉色一陣青一陣白，精彩極了。

蘇醫師聞言莞爾道：「她是陳鈺推薦，蘇洪清指定，還通過蘇靜池審核的下一任派下員，我對她接班沒有意見。」

用貓罐頭想也知道，爺爺怎麼可能因爲我六歲時拿柴刀逼退冤親債主就深信一個小女孩堪當大任，下屆族長非她不可？但他一定會向陳鈺諮詢這件事，有了陳鈺的建議加上年年觀察我長大，最後才在死前囑咐蘇靜池接手考核我，爺爺對蘇靜池指定我足以當族長的時間點，起碼已經是我上大學的時候。

中年男人愣住，末了忽然狠狠朝兒子臉上摑了一巴掌，蘇永森猝不及防從椅子跌落，一臉驚懼不敢反抗，瘦小男子竟能把熊一樣的壯兒子輕易打倒，眼前畫面有點荒謬。

這證明中年男人不是第一次打兒子，少年也不是最近才挨打，以蘇永森的脾氣和體格早就能輕易還手，但他不敢，那是深入骨髓的恐懼。

關起門來的蘇家人和其他地方的男男女女一樣有著各種矛盾衝突，我稍微懂得一點蘇湘水的無奈了，再怎麼法力高強也比不過人性天天挖坑的頻率。

「教你不學好！只會給家裡添麻煩！白痴！」中年男人抓起少年的短髮還想繼續打，我一個箭步攔住他的手，另一手扣住蘇永森衣領將他扯離父親揮擊範圍，看吧！拿主將學長當獵物訓練出來的臂力！

「夠了！我不喜歡看到父母打小孩，處罰他是我的權利，你們不用過問了！」我對蘇永森雙親嗆聲完又低頭對少年沉下聲：「欠我的道歉呢？說啊！」

「對不起……」

「叫姊姊，懂不懂禮貌？」

「姊姊，對不起……」他忽然哭了，不知是懊悔惡行、擔心連累父母被罰還是遇到比他更橫的我覺得委屈，一個大男生哭得挺壯烈。

「小艾，妳打算如何處罰他？」蘇醫師饒富興致問。

「蘇永森，你給我去村裡的柔道訓練場，找比你重的黑帶男性對手打贏十次，我就不跟你計較。」我說。

「好。」他頗意外處罰是這樣，乾脆地應了。

再次確認蘇永森的腦筋果然不怎麼好，柔道肯定不是在崁底村學的，村裡柔道場專門訓練在蘇家勢力範圍內任職的警察，用意在擠掉警校裡拿到的黑帶水分，或者讓一些外軌考進去根本沒好好練過柔道的新警察脫胎換骨，總之沒在客氣，又是崁底村退休老人的聯誼場所，好幾個表面看不出來的紅白帶七段怪物，連主將學長都被翻盤過，此外，我可沒限制教訓這死小孩的對手段位和年紀。

蘇永森的處罰足足過了六年才結束，幸好他柔道還算有天分。

「妳果然沒有放水。」蘇醫師在蘇永森一家離開後感慨道。

「蘇醫師，爲啥蘇永森他爸聽到陳鈺爺爺的名字就乖了？」我眼睛還沒小到看不見那個中年男人在聽見兩個蘇家族長的名字時都冒出明顯敵視，對陳鈺卻是滿滿的嚮往孺慕。

蘇醫師嘆了口氣，「妳不認識的蘇家人太多了，大家都想當陳鈺老師的學生，尤其是蘇雁聲，但陳鈺不收他，後來他就自暴自棄了，其實那人小時候沒那麼差勁。」

我也跟著嘆氣，陳鈺想收我爲徒，還是爺爺攔著不給收，對我來說只是一件有些趣味的往事，對某個人卻可能是從此放棄擺爛的重大打擊。

「小艾，看得見很辛苦吧？」蘇醫師冷不防問。

「難不成……您也看得見？」

蘇醫師搖頭，「小時候看得見，目睹那個東西白天就攀附在靜池父親身上時，我嚇壞了，怕被那隻鬼盯上又怕被家人當成瘋子，不敢說出去，還求陳鈺老師封印我的陰陽眼，當我知道統治蘇家要和那種怪物戰鬥，立刻拒絕洪清叔叔栽培我繼承他的提議，他請我至少幫助下一個接班人，我答應了，結果是年紀比我小的靜池扛起來。」

對於蘇醫師這席告解，我現在回什麼都不對，只能靜靜傾聽。

「我很後悔爲何當時沒鼓起勇氣警告他家，這件事我一輩子都虧欠靜池。」

「靜池伯伯絕對不會覺得你虧欠他，據我所知，他很感謝你對小潮小波的照顧，再說他爸爸被冤親債主攻擊那時，堂伯根本不信鬼神，講也沒用。我覺得這件事沒有對錯，不然我要爲了沒看出爸媽被冤親債主控制怪罪自己嗎？我當然是怪那隻惡鬼！」我安慰蘇醫師。

他顯然很受用，我對自己哄長輩的工夫頗具信心。蘇醫師又道：「妳這麼年輕，不該被關在蘇家，妳不想享受青春嗎？」

「我這陣子很享受呀！」賺錢超開心，和過去打工經驗相比，現在勞動內容輕鬆只是有點熱，最棒的是沒有讓人度爛的老闆。

我想了想，決定回報蘇醫師這番挖心掏肺的發言，也說幾句眞心話。「其實不要再失業又欠錢就好了，每個月還得煩惱付不出健保費，我眞的很累了，現在生活踏實又平順，我會努力守護蘇家。」

蘇醫師看著我的表情多了些愧疚，他以前和我不熟，對我流落在外時的情況可能知道一點，卻沒放在心上，大概是他認爲成年人本來就該自己養活自己，不覺得這件事很難，我懂他沒惡意，我也希望早些年可以有工作獨立生活，就是心有餘而力不足。

現在一切都過去了，我也找到必須奮鬥的位置，喵的我今天眞的奮鬥了，肢體運動上的，希望以後可以不用這麼累。

「小艾，妳讓我想到陳鈺老師，妳處理事情的風格和他很像，包括嘴毒又很會哄人這點，眞不可思議。」

蘇醫師留下這句令我誠惶誠恐的話之後，說要請我喝玄米茶和仙貝，走進診所小廚房燒水去了。

□

終於到了繼任族長當天，我提前兩小時到宗祠裡埋伏——不是打算拉釣魚線設陷阱，只是好奇會不會遇到其他祖先靈體——結果宗祠內外空空無人，看來大家都不打算太早進場，今天和爺爺奶奶重逢的可能性令我心跳加速。

我從來沒進過蘇家宗祠，對我來說，六歲以前是「爺爺奶奶家」，上小學後是「爸爸媽媽家」，我的小世界同樣都是三人家庭，雖然有很多親戚，很諷刺的是，自從被冤親債主攻擊後，我才眞正有了家族的感覺，包括那些早已死去和仍在活動的親戚。

蘇家宗祠是地方古蹟，還蓋了個石牆院子將宗祠圍起來，院子裡外種了很多桃樹，春天風景必定美不勝收，但我馬上想到桃木也是有名的避邪物，此外，祖先神位的擺設讓我相當意外。

古時候女子並不會被寫進族譜，「姑不入龕」指家族裡的未婚女子不能寫進祖先牌位被祭祀，講白了女人就是消耗品，還會搶同一個牌位裡的男祖先福分，想吃香火就嫁人給夫家後代拜吧！還得撐完一輩子不離婚才有機會寫在丈夫名字旁邊。

性別歧視顯然不是蘇湘水的作風，他竟把妻子的祖先牌位放進來變成兩姓共祀，而非僅僅寫成「公媽牌」包含在蘇家歷代祖先神位的內牌裡，等於妻子還是獨立的文家人，不僅是蘇湘水的配偶，更代表另一個家族。只有我和堂伯知道當初蘇湘水娶妻故事，這位未婚先孕貞潔有損的千金小姐基本上是被丟包給願意接手的外鄉客，和原本的文家老死不相往來，因此蘇氏宗祠中共祀的文氏牌位裡註明的祖先名單，實際上只有蘇湘水妻子一個人，也是文家在崁底村的開基祖。

或許是一開始就絕嗣的異姓牌位，毫無搶男丁香火奪產的威脅感，加上蘇大仙威名赫赫，大家都覺得他的妻子應該也是仙姑之類，乾脆一代代這麼拜了下去，還多了個神奇傳說，嫁進蘇家的女子若遇困難委屈，偷偷來求這位文氏幫助，往往頗爲靈驗。

我想，肯定得靈驗，畢竟文氏的兒子溫千歲是本地最大尾的守護神！

時間分秒流逝，一些工作人員進來布置場地，擺好供品以及迎賓茶水，陸續也有些比較早到的人，見我已經在這裡，表情都有點意外。我連續發現好幾組老人帶著青年進場，那些年輕人介於二十出頭到三十五歲左右，一律穿著村裡裁縫的訂製西裝，總共七人，外貌氣質都屬於過目難忘的類型，有如一群乙女遊戲裡的不同攻略角色。

反觀我穿著戴姊姊挑選的英國淑女風格中性褲裝和皮鞋。我說穿裙子會不安，重要場合想自在一點，最後變成小馬尾與襯衫吊帶長褲搭配馬靴的帥氣派頭登場，頭上還戴著一頂小帽子，微妙地有點俏皮，很適合活動手腳倒是眞的。

「萬一現場爆發衝突，小艾就放心發揮實力吧！」戴姊姊對我比大拇指。

擂台戰的說法太不吉利了，請恕我拒絕。

此時此刻眞希望玫瑰公主在身邊支持我。薇薇，妳錯過經典戰役了。

接著堂伯提過叫「蘇雁聲」的無賴男子也來了，就是蘇永森的父親。這兩天問了堂伯才知道，原來蘇湘水最小的兒子那支系譜傳到今天就剩下蘇雁聲和蘇永森，都是獨苗，某種程度上是有代表性，卻不具任何實質地位。蘇永森沒來，表示蘇雁聲只是被叫來觀禮，不像其他騎士都有賽馬可以騎，混到變成任人利用的棋子，難怪蘇雁聲自暴自棄。

「那傢伙七歲就被邀進門薩（Mensa）俱樂部了，聽說智商超過一八四，他一直認爲自己才配當陳鈺老師的學生，看不起努力的其他人。有趣的是，門薩俱樂部的天才長大後不見得能有所成就，也有人從事低賤行業甚至犯罪入獄，他們無法適應社會規則，營造穩定的人際關係。」

我想起堂伯對蘇雁聲這段評論。

今天應該不是年輕人的場合，看著那些青年才俊，我相當肯定裡面有個出道不久的實力派當紅歌手，蘇家眞是臥虎藏龍。我忽然明白是誰派蘇雁聲父子找我麻煩，只是不確定是「他」或者「他們」，堂伯還沒搞定那群老頭嗎？蘇小艾只負責走個過場而已。

幸好大家都是文明人，非但沒有口出惡言，表面上還相談甚歡，我順便得知那群駿馬最低學歷都是台大起跳。英雄不論出身低，既然他們不怕等等被私立鄉下大學打臉，我蘇小艾也豁出去了……話說堂伯在哪，還不快來救我？

庭院門口施施然走進一抹黑色絲質唐衫人影，我寒毛直豎，所有人卻像沒看見似地讓術士長驅直入。神桌前擺了三張太師椅，我原本以爲是象徵給祖先坐的空椅，青年神氣地挑選左邊椅子坐下，五官依舊是缺乏血色的過分白皙，卻比我上次見到他的印象略顯有生氣一些，術士蹺起二郎腿笑意盈盈。

蘇亭山，三歲就死去的蘇湘水大哥，在蘇家的輩分突破天際，個性邪氣詭譎讓人頭痛，但他是眞・蘇家祖先沒錯。

白衣王爺悄然無聲出現在右邊椅子上，差點害我嚇破膽。溫千歲臉很臭，像在說蘇家內部活動找他一個外姓人來幹嘛？但蘇湘水將文氏放入蘇家宗祠，王爺因為母親的關係和蘇家後代都有血緣關係，又是文氏代表，故有義務到場見證蘇家改朝換代的大事，此刻他就坐在文氏牌位下方。

中央空位是誰？難道是給已經往生的前任族長蘇洪清？我只確定不會是蘇湘水，他的幻影說過無法控制下次轉世，早就往生去了。

堂前起了一陣小騷動，人潮分出了一條路給姍姍來遲的蘇靜池，他手裡拿著寫滿毛筆字的宣紙，如同白鶴一般款款走向宗祠台階。這時一陣微風吹來，所有人注意力都在蘇靜池身上，只有我留意到風裡有著淡淡海潮氣味。

蘇靜池前方四、五步之距的台階上，有片小枯葉被旋風帶著轉了幾圈，同樣無人注目，接著便浮出一道瘦高身影，白襯衫、西裝褲與充滿時代感的黑框圓眼鏡，一頭雪白短髮卻有著二十來歲的年輕面容，令人想起半個多世紀前的書生，居然是沒穿官服的陳鈺！

身為紅袍石大人時神祕高冷，用平民身分出席時親切多了，在現實中見到夢裡的法術青年，今天真是值回票價！

陳鈺畢竟是正神，坐中間名正言順，哪怕身著便服，離塵寧靜的威儀卻絲毫未減，即便其他有陰陽眼的人來看，恐怕也很難將他當成普通人魂。後來問溫千歲才知道石大人受我爺爺所託，在新族長上任時來觀禮，畢竟這種時候冤親債主也可能就在旁邊伺機而動，蘇靜池就任那天石大人和溫千歲都有到場，當時和今天一樣可說神威浩蕩。

除了我以外沒人知道椅子已經坐滿，大夥都盯著站在祠堂中央展卷朗讀的蘇靜池，我不想太招搖，再次偷看年輕版的陳鈺後不捨地將視線挪了挪，聽到蘇亭山諷刺地笑了一聲，三尊BOSS倒是開始閒聊殺時間了，再次印證連神明和祖先都不想聽人類報告廢話。

堂伯的祭詞大意是最近風調雨順、鄉里平安多虧祖先庇蔭，因緣俱足之下，他本人打算辭職，指定繼位的是誰家的誰誰。看來堂伯前陣子忙碌重點之一是將我塞回族譜，要做到這件事，首先也得把我爸媽塞回去才行，感覺有點辛苦，幸好堂伯總是無所不能。

「因緣俱足」儘管頗具禪意，依舊是一個很爛的藉口，差不多等於「我不想幹了，就醬子」，堂伯也的確就是這個意思。

「若堂上諸位祖先同意，請賜蘇晴艾三個允筊。」蘇靜池說完最後一句，彎腰拱手拜了拜。

「他第一次對我有所求，居然是請我保佑蘇晴艾當上族長，可以，本王就如他所願。」白衣王爺道。

「萬一靈力不夠，我可幫一把。」陳鈺溫和地提議。

陳鈺也太窮緊張了，才三個允筊對溫千歲來說根本就是餅乾屑屑的難度。

「不必。」溫千歲秒回。

「慢著！蘇靜池，你獨寵蘇火根的女兒是不是太過分了，不惜爲他們家壞了湘水公傳下來的規矩，濫賭敗壞族風者不可再入我蘇家門。」禿頭老者跳出來開第一槍。

「靜池一直按規矩行事，能在場觀禮的各位對蘇家爲何設立這些規矩早已心裡有數，先不說罪不及妻孥，蘇晴艾也爲蘇家立下大功，掙到爲父母正名的價値，正如我爲我父親正名那般。各位老先生都知道，即便表面看來如此，實際上我父親並非厭世自盡，而我會擔任派下員正是希望這些慘事不會落到在場任何人身上，奪走各位安享天倫之樂的權利。」蘇靜池幾乎是明說我的父母也是因冤親債主作祟才墮落，趕出家族本身就是失準的處罰，適時彌補才是明智決策。

蘇福全的淵源由來雖然是族長專屬祕密，經過上百年，蘇家上下到處都有冤親債主肆虐過的蛛絲馬跡，蘇家老人多多少少也從父母長輩那邊得到隱晦警告，從小到大生活中的詭異案例，甚至近親和自己就曾被作祟，基本上確信冤親債主的危險性，至少曾將財產捐入族產中的蘇家人肯定會叮囑自家兒女小心惡鬼索命，雖說下一代信不信又是另一回事了。

「這正是我們反對的主因，區區一個小女孩怎麼可能在困擾我們多年的惡鬼難題上建立大功？又如何證明她的確建功？確實典章上你蘇靜池一個人說了算，但我們可無法心服，讓蘇晴艾這種人選強行過關對蘇家未來沒有好處。」另一個族老道。

「再說，從來沒有女人當派下員的例子，查某囡仔辦不了事。」很好，沙文主義者參戰了。

搞不好這句話才是在場多數人的心聲，目前除了我以外純屬男性的宗祠中，縈繞著一股僅僅蘇晴艾沒有Y染色體就是重大錯誤的明顯氛圍。

「各位有何建議？」蘇靜池不慍不火反問。

「讓我們精挑細選的優秀後生們也有機會問祖先，自己是否比蘇晴艾更適合接管蘇家？若有人也擲出三個允筊，表示祖先也尚未決定，派下員人選宜再審慎考慮。」

原來是用人海戰術跟我們拚機率，對方七個人，我只有一個，如果只是單純的祭儀的確很可能杯葛成功。

「行，有意願參與的人上前來。」蘇靜池爽快答應。

那群菁英無一後退，從他們或輕蔑或自信的眼神來看，和過去的我一樣都是深受科學觀洗禮的鐵齒現代人，把派下員之爭當成某種宮鬥加商戰。

女士優先，大家同意本來就被指定繼承的我第一個詢問祖先意願，我毫無懸念地扔出三個允筊後，順手將半月形紅色木筊交給離我最近的參賽者，他擲出三個怒筊後撇了撇嘴自認倒楣，正要換手時，我拉住他的袖子說：「別，有位祖先要你繼續擲，只要能擲出連續三個允筊都算。」

溫千歲眼神陰沉要我代轉訊息，眾人則因我將優勢拱手相讓的發言出現不同反應，有人覺得是我裝神弄鬼，想在同分下取得更強力發言權硬拗，有人認為我得意忘形，畢竟連續擲三個一正一反的允筊機率上有點難度，卻也不是全然不可能。的確有參賽者這麼想，開始起勁擲筊打算靠偶然得分。

第八個怒筊……第十四個怒筊……那個蘇家青年目光忐忑游移，同時，不信邪的倔強表情浮現，彷彿要證明機率終究可以打破般不停動作，直到第三十個怒筊時他已經面色如紙，木筊像爬滿水蛭一秒也拿不住，飛快將木筊塞給隔壁的人。

第二個人已經嚇到了，才擲到第七個怒筊就打算放棄，雙手卻像被看不見的絲線緊緊綑住等待發落。

「小艾，告訴他們，比第一個擲得少的人，今天就別回去了。」蘇亭山說。

我忍不住偷看一眼溫千歲，他沒好氣地哼笑一聲，似乎不覺得術士是刁難，反而有點趁機將他壓落底的意思。

「蘇晴艾，那位發言的祖先是哪位？」有長輩問。我瞄了瞄堂伯表情，蘇靜池輕輕頷首，顯然和蘇亭山談妥身分問題了，我壯著膽子向眾人宣布謎底。

「湘水公有哥哥？」爆出這個新八卦，果然四下騷動。

術士表示是時候公布他的存在，以後我代傳聖旨才不會沒人知道是誰。

術士給了我一個迷人的眨眼，外表三十歲，魂魄只有十三歲，標準中二心智與更標準的中二行爲，難怪都鬼主一天到晚對他又巴頭又踹腳，眞是令人心累的弟子。

「有的，我去年才正式認識他，應該說不打不相識，族譜上有寫，堂伯可以保證。」

老人們的表情愈來愈囧。

「公諱名亭山。雖然祖宗規矩禁止派下員以外的族人閱讀族譜，湘水公親筆撰寫的族譜開頭確有其人。」蘇靜池正經地解說。更新族譜也是歷代蘇家族長工作，哪怕曾到日本讀大學主修農業的爺爺或留學倫敦的堂伯毛筆字都很好看，字醜還無法對家族交代。

比對話更尷尬的擲筊比賽還在繼續，絕望氛圍開始堆積，整件事愈來愈像某種處罰遊戲，整整兩百一十個怒筊，最後一個怒筊，紅色木筊裂成四瓣。

這表示溫千歲眞的很怒。

□

除了我以外的臨時族長候選人別說允筊，連一個笑筊都沒有，祠堂中寂靜無聲，彷彿有片巨大陰影貼著木頭表面俯瞰著，令人不寒而慄。

「也給我留點表現空間嘛！」術士抱怨。

你已經表現了啊！都把糟糕的式神放出來製造氣氛了還想怎樣？我忍住當面吐槽的衝動。

「咳，看來祖先的意思很清楚，各位還有異議嗎？」蘇靜池疑似忍笑說。

「沒……沒有……」

視野裡忽然濺起點點電焊火花，我搖搖晃晃往前走，一手撐在神桌上，訊息來得太快，就像被樹枝狠狠刮了一下。

「小艾，不舒服嗎？」耳畔響起堂伯的聲音，這次沒有幻象，卻有支超大仙女棒堵在眼前。

——只要你簽下陰契，就能得到我的法力與遺產。

——你的財產不都留給子孫了嗎？講得好聽。算了，我一個死人也用不著，簽就簽，那間廟別給我亂動就行。

——凡是看不見的，都屬於你。

——又要參禪？省省吧！

——滔天，蘇家就拜託你了。

老年蘇湘水與一道叛逆柔嫩童聲的對話。

好不容易火花散去，過去對話也停了，雙眼感到舒適的黑暗，赫然發現自己正蹲在神桌下，手指按在靠近桌腳的雕花擋板內側，爲什麼沒人阻止我？

指腹滑過厚厚灰塵的木頭表面，隱約感到異樣，我用力一按，底下某塊木料竟然往外滑，我不敢再動作，趕緊倒退爬出來，頭髮沾到蜘蛛網了。

本以爲大家會盯著我看，沒想到眾人目光全集中在那塊被我推出約兩公分的雕花木塊，僅僅荔枝大小，縫隙被花紋設計巧妙地遮掩，就連堂伯也始料未及的模樣。

「伯伯，交給你了。」我頭還在暈，看來一時半刻好不了。

眾目睽睽之下，蘇靜池伸手拔出雕花木塊托在手上觀察。「木料、工藝都是同一件木頭與相同師傅的手法，這機關我也是第一次看見，切面狀態很舊了，應該是製作這張神桌時就附帶的機關。」

他抓住木塊內外掰開，木塊變成一個小盒子，裡面裝著一張摺成小八卦的竹紙，蘇靜池拆開紙八卦，面露訝色。

「上頭寫啥？」我代替仍被靈異現象嚇得不敢亂放話的族親們發問。

「不是內容寫什麼，而是這張紙『是什麼』。」堂伯說。

「伯伯你別賣關子了。」

「我對這張紙的內容很熟悉，這是蘇家族譜關於蘇湘水的世系開頭，但是，多了一行我未曾知曉的內容，礙於規矩，只能唸出來，無法讓你們傳閱。小艾，妳來讀。」

我站在神桌前，感覺後面坐著的人/神全起立湊過來看，顯然這個連陳鈺都不知情的祕密，這麼多年來一直悄然無聲地躺在所有人眼皮下。

長子滔天，誕時夭折，從母姓，嗣文氏香火。

利用疑似先上車後補票的曖昧說法，完美迴避了溫千歲和蘇湘水沒血緣關係的事實，把他的名字放到旁邊的文氏神主牌要蘇家後代一起祭拜。

「該死的九十九，取這什麼爛名字……」溫千歲低聲抱怨。

溫千歲和蘇湘水前世是師兄弟，來生又多了師徒父子情，這樣的羈絆可謂難得，也難怪溫千歲被我蘇家坑得無怨無悔了。坦白說，文滔天這名字挺中二的，我當初是從未來幻象中的天音裡聽見，才知道溫千歲本名，萬萬沒想到王爺也有被當眾爆料的一天。

「都是水資源系列，表示蘇湘水當你是自己的小孩嘛！」我用那張老紙遮住臉低聲囁嚅。

「屁！」溫千歲的古人風采失守了。

「所以蘇湘水送你的遺產就是『名正言順的長子資格』囉？王爺叔叔，看來我還是很擅長玩尋寶遊戲。」我努力控制嘴角不要翹得太高。

亦師亦父的存在，彼此卻毫無血緣關係，作為地方神明看著蘇湘水後代生老病死與冤親債主侵害卻無法阻止，同時，即便對文家來說，他也是個不受承認的私生子，永遠的局外人。歸屬於一個家，是文滔天可望而不可得的夢。

「太好了，都是一家人，該叫我大伯了吧？」蘇亭山湊近，挨了溫千歲充滿殺意的一瞥。

不要來破壞感動好嗎？我嫌棄地對術士揮手。為啥你這時候輩分觀念就很正常？

「還有第二個我們不知道的祖先？」禿頭老者聲音發抖。

不知是誰原本想低聲說話，音量控制不當連我都聽見了：「該不會那兩位老祖宗今天都在這裡？」

哪壺不開提哪壺，祠堂裡一下子又沒了聲。

「看來族譜有必要拆開重訂，把湘水公最後補正的這一頁換進去。」蘇靜池打破僵局說。

「可以散會了嗎？我有點想吐。」我問術士祖宗。

「怎麼愈來愈不經事？」蘇亭山低頭湊近，打量我的臉，從術士奪舍的肉身眼眸倒影中，我看見自己蒼白的五官，等等肯定要吃點好料補補。

「大概是直接切入重點還不太適應加速的後果。」以前ARR超能力發動時通常有段朦朧摸索的睡眠緩衝，結束時也一樣要花點時間從神祕宇宙裡逐漸剝離，這種快到沒感覺力量發動就結束的情況，就像時速從零直上兩百公里再瞬間恢復靜止，我這紙紮的車體有點受不了，難道是新的超能力暴走形式？

「喔，石大人似乎有些話想說，咱們等等他。」術士說。

我點點頭，石大人永遠都令人看不倦，雖然青年模樣談不上帥氣俊美，卻是我認識的存在中最耐人尋味的一個，而且最難面對面，物以稀為貴。

「妳做得很好，蘇家終於等到妳當族長了，小艾。」白襯衫青年對我說。

我一陣心虛，想到五年後的偷溜大計還是挺胸發揮堅強的演技。「我會努力的。」

「這是我送妳的祝賀禮物，雖然有點老舊了，順便拜託妳修復我保存不當的裂痕。」白襯衫青年示意，我伸出手掌，得到一個芋貝，大約有手指長，已經完全褪成灰白，當初肯定有著非常美麗的花紋。

我不想被群眾囉嗦，一拿到芋貝就握拳藏進口袋，不知是否術士幫我掩護，總之沒人問起這個小動作。石大人率先離開祠堂，澄澈虛幻的白襯衫背影一跨過門檻即消失無蹤。

我跟著迫不及待散場的人群走到屋簷下，舉起芋貝對著天光檢視，忍不住咕噥：「挺完整的，哪裡有裂痕？」

陽光在芋貝邊緣鍍上一層雪白光芒，我不由得瞇起眼，原本已經淡到若有似無的頭痛忽然給我來了一記回馬槍，光芒中響起少年略顯神經質的清亮聲音。

——鈺叔叔，這是我好不容易找到的貝殼，送你。

——謝謝你，雁聲。

噗通一聲，我掉進幽暗冰冷的海水，有如某個人糾結數十年的痛苦心情。

海水裡亮起一盞燭火，然後變成我一度來過的，陳鈺亡故前那個夜晚，他告訴爺爺翌日就是自己的死期，爺爺阻止他跟著升職的神明離開，要他擔任新的石大人。

看樣子這次我接續到爺爺和陳鈺之後的對飲話別細節。

——你乾脆放手倒輕鬆，留下一堆麻煩給我？絲瓜田怎麼辦？蘇雁聲怎麼辦？

——絲瓜田放著，留給你我都最期待的當家人物處理就好，我相信她一定有辦法解決。

——蘇雁聲呢？我眞搞不懂你爲何不順便安撫他，他胡作非爲老是給我找麻煩，根本就是在對你撒嬌，你哄他兩句我省了多少事？二十年了，你疏遠他整整二十年。

蘇洪清趁機抱怨家族裡的麻煩人物。

——這孩子的確有天分，只要我一句話，他就會爲你和你指定的繼承人做牛做馬，但我們都清楚他討厭你，還有我最得意的學生們。

——所以當初你乾脆也教他不就好了？

——我不是白教那些蘇家人，他們會成爲你的左臂右膀，必要時替你挨刀，但不會死。可惜雁聲太過情緒化，意志不堅定，也不忠誠於你，他是最容易被冤親債主找上的軟肋，若我讓他進入蘇家權力核心，他會因此賠上一條命。

——原來如此。那我該拿他怎麼辦？

——暫且讓他泯然於塵吧！我們有更重要的目標，再不準備就遲了。不過，你也可以把對雁聲的處置當成準備的一環。

燭光與小房間周遭黑暗搖碎成銀河似的冰沙，接著被風暴吹散，我則在肩膀不斷被人握住搖晃中回到現實。

「妳怎麼有這個貝殼？」搖晃我的人是蘇雁聲。

近看我才發現他的眼神非常年輕，不像年過五旬的中年人，仍舊是個憤怒賭氣的孩子。

「陳鈺爺爺給我的。」我老實說。

「他來了？他在哪？」蘇雁聲急迫地問。

「已經走了，他只是代表爺爺回來觀禮。」

「妳知道怎麼找到他嗎？鈺叔叔對妳說了什麼？」

既然他主動問起就更好了，我丟出直球：「他對我說了你的事。」

這個時機點，只能說陳鈺是故意要我看見，我把ＡＲＲ超能力幻視到的往事略加修飾，告訴蘇雁聲當年陳鈺的考量。

「……總之就是這樣，陳鈺希望你平安活著，哪怕你因此擺爛也算一種保護色，至少我認識的冤親債主還眞的對現在的你沒興趣。」蘇福全反而會對與自己一樣遭村人冷落且自我放逐的蘇雁聲感到同情，或者因引不起妒恨動力自動忽視。

某種意義上，蘇雁聲沒被蘇福全附身，表示他根本從未眞心恨過蘇家人並處心積慮加害，更不曾引起冤親債主的業力共鳴。

聽完我的話後，蘇雁聲如遭雷擊，一時間竟痴愣不動。

「我一直以爲，因爲我不是蘇家人，他們才區別對待我，甚至要鈺叔叔放棄我。」蘇雁聲顫抖的聲音輕輕響起。

我更覺得莫名其妙了。「你怎麼不是蘇家人了？你不是蘇湘水的曾孫嗎？」

「我是被領養的，七歲時父母出車禍死了，蘇洪清把我帶回蘇家，塡進本來要倒房的蘇湘水小兒子那一分支。蘇靜池早就告訴妳了吧？我媽是嫁出去的女兒，我根本不配姓蘇。」

最諷刺的是，蘇雁聲和蘇靜池彼此父母其實是親姊弟，這對表兄弟卻互看不順眼，只因生下蘇雁聲的是蘇家的女人而非男人。他和蘇靜池命運截然不同，天之驕子的蘇靜池一路平步青雲當到族長，他卻是被抓來充數。

父母去世後蘇雁聲在親戚家過得不好，爺爺發現時他已經流落街頭，但蘇雁聲厭惡蘇洪清使他成了尷尬角色——一個外來孤兒，被迫遵守蘇家嚴苛的族規，這是他討厭蘇洪清與蘇靜池的理由，也是他爲何會依戀陳鈺的原因之一，至少陳鈺不姓蘇，蘇家人沒一個可愛。

「沒差吧？直系血親又不看性別，媽媽往上連得到蘇湘水也算啊！」這是我意識到的第一個蘇湘水女性後代留下的炸彈，後來我才知道，蘇雁聲的例子只是冰山一角。

他張口結舌，我趁機補充：「靜池伯伯是跟我說了你小時候很多糗事，但他從沒說你不姓蘇，我也不知道你是被領養，本來就有血緣關係不是嗎？」

我忽然起了一陣雞皮疙瘩，蘇雁聲的反應和被趕出家族時憤世嫉俗的我無比相似，蘇家開枝散葉後不姓蘇的血緣後代何其多？遭遇不怎麼樣的顯然不是罕例，爲何爺爺要讓蘇雁聲繼嗣？爲何陳鈺特別保護他？除了憐惜之外，難道沒有更現實的理由？

「將近兩年前也有人對我當頭棒喝，說我臥軌自殺的父母可能是被冤親債主害死，叫我去查清楚，現在我懷疑你的情況也是，你能幫我嗎？」我反抓住蘇雁聲手臂問。

蘇雁聲眼中滿是驚訝，對喔，他還是個無神論者，多虧溫千歲的震撼洗禮，蘇雁聲立場應該動搖了。

「我不知道……讓我回去想想……」

「那你回去想好再來找我，別讓我等太久，不然就換我去找你了。」我把褪色芋貝塞進他手心，「現在我懂了，陳鈺爺爺其實是把『你』送給我，既然如此，這個貝殼還給你，就當是……裂痕修補劑！若你相信陳鈺迄今仍然存在，神明和冤親債主也一樣存在。」

他緊緊握著貝殼，轉身離開時，臉上兩道透明水線沾濕了衣領。

蘇雁聲一家成了我當上族長後最早投誠的蘇家人，自始至終都不受其他派系干擾，一條筋地跟隨我經歷一場場戰鬥，此是後話。

Chapter 06 / 琢磨

晚上八點，我和主將學長一起戴著頭燈走在前往族長小屋的山路上。

刑玉陽果眞修行去了，行程還保密到家，主將學長則因爲今天是我的大日子，特地請假來陪我慶祝，但他請的假是明天，儀式結束半天之後才見他姍姍出現在崁底村。

「學長現在還待派出所嗎？」

「再過兩個禮拜就要去警大報到受訓了。」

「聽說三等考試很難，學長太厲害了。」這就是傳說中的平常有複習，考前沒壓力嗎？

「同樣是二線一，大家還是比較喜歡行政，考刑警的人不多，競爭相對小。」主將學長揹著裝有我們今晚食材的小冰箱。

「不過，小艾，我眞的可以去住那間小屋嗎？」

以我的腳力單程就要走四十分鐘的隱密私人山路盡頭，是位於半山腰上歷代蘇家族長用來隱居獨處的小屋，屋子現在已經是鋼筋水泥還有開通水電的現代平房，麻雀雖小五臟俱全，旁邊還有一小片水田，完全符合主將學長的愛好。

「我問過堂伯了，他說小屋現在歸我管，我高興怎麼做都行。上次學長只是陪我走上來，感覺你很喜歡那裡，我早就想招待你去住看看，不然老是只有我借住你家不公平。」按照堂伯的原話，這是我還能自由放縱的最後一晚，他建議我好好輕鬆一下。

瞬間聽成「鬆一下」，被玫瑰公主玷污的靈魂已經回不去了。

「呃，只有我跟妳沒關係嗎？」

「戴姊姊沒辦法跟我們一起晚上走山路，加上那邊也住不下三個人，不過我打算熬夜看小說，學長放心！臥室你一個人睡夠大了！」我興致勃勃說。

「我是無所謂，但小艾妳不怕家鄉的人知道我們一起過夜？」

「但我借住學長家好多次本來就是事實，我也不想假裝沒這回事，只是禮尚往來。蘇湘水就埋在小屋外面，王爺也有可能不請自來，還能想歪的人我也佩服他啦！再者大家都知道上次王爺私下出巡，我們也跟著一起旅行了。」我說。

他摸摸我的頭。「妳不會有壓力就好。」

「學長說相處方式可以不變，我相信你。」

「小艾，妳好像沒把話說完。」

「可是，這樣對學長會不會太不公平？」

「……感情的事絕對沒有輸贏或公平，妳相信我就夠了。坦白說，如果連堅持幾年不變都沒辦法的感情，包括對象是我在內，我倒希望妳絕對別讓步答應，至少這種程度的男人不配讓妳接受。」主將學長說。

「嗯。」雖然不好意思，主將學長再度當面保證，我的確安心許多。「但我也不想看到學長太勉強。」

「每個階段都有不同樂趣，就連過去我們都在學校社團裡私交不多那時，現在回想也別有滋味。」夜色昏暗，他的嗓音聽起來很愉快。

我也一樣。從沒想過我和主將學長會從必須高度迴避的學姊男友兼嚴格前輩，走到我無視流言蜚語優先希望招待他開心度假的一天。

本以爲很長的夜路，走著走著不知不覺就見底了，和主將學長一起行動總是有某種特訓效果，速度加快30％之類。

「今晚是墮落之夜，我要大吃大喝慶祝就職！告別失業！賺錢萬歲！」雖然賺錢是爲了還債，正經過頭的生活還是比家裡蹲好太多。

「我在妳的菜單上嗎？」主將學長冷不防問。

冰鎮甜白酒，醃好待煎的生牛排，各種口味洋芋片和主將學長，聽起來很棒。

「你是我的嘉賓啦！」主將學長在我心中仍是那個偉大又可靠的重要存在，無論如何，和他在一起的時光都令人感到快樂，是以我害怕一旦改變關係後，那份單純的美好會變質到難以復返，目前我只能老實按照自己的心情行動。

然而世界上沒有不變的關係，保持現狀一樣變質的話，我認了，畢竟那是我的選擇。接下來有段日子和主將學長將聚少離多，即便只是朋友我也想珍惜在一起的時間。

「小艾的確變成了不起的人物。」站在小屋前，主將學長指著山下崁底村點點燈火，「今天村裡大家談的不是掌管宗祠祭祀和族產的派下員，而是新任蘇家族長的奇蹟，連稱呼都改變了。」

「我只是私下這樣稱呼堂伯而已，到底是誰流出去啦？叫派下員就好啦。」我開始慌張。

「如非蘇靜池就是他兒子。」主將學長馬上舉出嫌疑犯名單。

「吃飽了太閒？」狐假虎威已經夠難，戴頂高帽子害我更難走路。

「看來以後我得高攀妳了。」他有點失落地說。

蘇家族長對我來說原本就是基於種種複雜考量不得不接受的位子，坦白說一點都不開心，強行振奮一整天的心情聽到主將學長這句話，氣球瞬間被戳破。

我希望主將學長真的是爲了想更好地發揮自己的能力，哪怕只是多賺點錢才去考警官，別有任何想要接近我的「背景」的考量，理智告訴我，他畢竟是男人，還是非常強勢的男人，不可能不受影響。

一股衝動使我踮高腳尖伸手比向主將學長上方說：「高攀的是我才對吧？」

他愣了愣，抓住我踮腳踮得很辛苦才越過他頭頂的手，瞬間露出燦爛笑容。

「這句話我愛聽。」

接下來並未發生任何讓許洛薇喜聞樂見的八卦或曖昧場景，我們只是煮了一頓好料，用筆電看了幾部電影，將零食消滅殆盡，互相報告最近的生活趣事，也聊聊對刑玉陽挑戰修煉的擔心，就這樣悠哉遊哉過到半夜，主將學長先去睡了。

族長繼位儀式上連續發動兩次ＡＲＲ超能力，使我對睡眠有點恐懼，阿克夏記錄開閱者的感應幻象就像脫離人間，我的確有好幾次差點回不來，事後回想，那股迷失感卻逐漸發酵成極致駭人的負面經驗。保持清醒縱然消極，至少能給我帶來少許安慰。我按照預定行程繼續看小說，沒想到和主將學長在一起太放鬆了，睡意不由自主襲來，沒關係，沙發也很舒服。

睡就睡，有主將學長在旁邊，我很安全。

清晨五點半我就醒了，山稜線上鑲著一圈鴿羽灰的微亮，太陽還未昇起，睡不到三個小時，我的精神卻很好，正要喝點溫開水將手上這本小說看完，混到主將學長醒來一起去買早餐，手機卻在這時響了。

來電號碼顯示爲筱眉學姊，主將學長的前女友，目前和柔道國手訂婚了，少數我還會定期聯絡的女性朋友之一，當初主將學長爲了避嫌請女友照顧我，學姊希望監視主將學長有無偷吃，又命我在社團當她的第三隻眼，就算畢業了也不忘吩咐自家人脈繼續庇護我，後來知道主將學長對我告白，按照學姊的原話是「肥水不落外人田」，我不接受她還很生氣，基本上我和筱眉學姊熟識的契機和持續往來理由都是主將學長。

合則來，不合則去，一段感情能有始有終，這是我最佩服主將學長和筱眉學姊的地方，光是把主將學長追到手又甩掉就是終身成就了，連許洛薇都不得不膜拜她。

「學姊早安。」我問候電話裡的女人，聽見她細細的喘氣，希望筱眉學姊不是在床上而是在晨跑途中，她的未婚夫是主將學長昔日對手，佔有慾很強。

「你們終於做了嗎？」學姊破題就是我聽不懂的高深發言。

「做啥？」

不過筱眉學姊主動找我的話題往往和主將學長有關，我剛把那句「你們」連結到主將學長，電話裡又飄來下一句。

「做愛啊！」

我已經學乖，絕不在接筱眉學姊電話時吃東西喝飲料，以免異物進入氣管。

「他在我床上。」

「Good.」

「我睡沙發。」

聽到彼方筱眉學姊的暴吼，成功逗到她令我小有成就感。

「蘇晴艾妳不是答應和丁鎮邦交往了嗎？是酒後失身還是一時衝動我不管，憑妳這頑固性子沒發生什麼肯定不會改，再嘴硬也沒用！」

「學姊，我和主將學長就爲了慶祝彼此有新工作開了一瓶酒精濃度13%甜白酒，花了五個小時才喝完，要醉有點困難……」其實還有水果啤酒和不健康的珍珠奶茶，甜白酒只是加減點綴。

「你們他媽的爲何不喝威士忌？」

這是重點嗎？

「誰告訴妳我和主將學長交往了？怎麼連我本人都不知道？」

「有人告訴我，鎮邦兩個小時前把萬年沒更新的社群個人簡介資料改成非單身了！」筱眉學姊說得好像發現宇宙大爆炸的起因。

到底有多少同期後進還在追蹤主將學長的神祕生活？永遠不滅的校園傳說偶像，他的炫耀就是這麼含蓄低調。

「被駭了吧？」我實事求是推測。

「我不信，你們一定發生什麼了。」

「絕對沒有，我發誓一切超健全。」我索性把昨晚的所有行程都講給她聽。

換了另一個人我才不可能容忍被這樣干涉隱私，但筱眉學姊也是特別的，她要是只打聽主將學長的事，不理會就算了，問題是，她每次都不忘記關心我的近況。

「那……就是妳對鎭邦做了什麼事？」她的語氣有點不確定。

「學姊妳再這樣我眞的要跟張拓講，都快結婚的人別再讓人擔心了。」我不得不請出另一個能治筱眉學姊的人物，她的未來老公。

「妳以爲我想這樣嗎？我後來一直覺得自己對不起鎭邦，也對不起妳，起碼我想確定你們有好結果。」

「你們之間的過去關我什麼事？」我一頭霧水。

「是我要妳去注意鎭邦，結果鎭邦也注意到妳，我知道畢業前他不把妳當戀愛對象，但肯定不是普通學妹。以前我不是很確定，去年想找鎭邦復合時妳的反應，我才終於明白他對妳的重要性，那是抓妳的頭去撞柱子都撞不醒的那種。」筱眉學姊說。

「學姊妳的手勁會把我撞成植物人吧……」

「少打哈哈，妳什麼時候要給人家一個交代？」母獅再度怒吼。

「學長說要等我了，我這邊因爲情況很複雜，必須讓他等，我還沒準備好，勉強在一起不會有好結果，這種感覺學姊比任何人都清楚不是嗎？」我說。

彼方一陣沉默後，筱眉學姊又來一記回旋踢：「男人的賞味期就這樣被妳浪費掉！妳不怕他憋壞嗎？小心身子出問題後悔莫及！」

要比垃圾話我也不是吃素的！「我相信學長手排自排都功能良好！」

「妳確定？妳打過他的檔？知道他馬力多強嗎？試過車再來吹噓不遲！」筱眉學姊行雲流水地連招，我開始後悔搬石頭砸自己的腳。

正要再擠一句不和諧的黃色廢話嗆回去，房裡傳來某人起床動靜，我想也不想往屋外衝刺，一直跑到水田邊，和筱眉學姊鬥嘴的慾望瞬間褪得乾乾淨淨，萬一被主將學長發現我私下消費他，後果不堪設想。

「管好妳的男人就夠了！少插手我們的事！」

「行，有點女人味了，繼續保持。想調戲我還是省省，小朋友。」筱眉學姊在邪笑中掛斷電話，留下敗北的我。

□

不知偶然或刻意，主將學長剛離開崁底村，刑玉陽就出現了，感覺他似乎不想被主將學長追問修行細節，該不會其中有違法事宜？

刑玉陽也是來祝賀我當上蘇家族長，他送我幾包天然日曬海鹽當賀禮，我看了看包裝是台南某間鹽場特產，禮輕情意重，要我繼續生產淨鹽有事袪邪沒事炒菜的意思。

「所以你現在到台南出任務還順利嗎？」我倒是知道一點刑玉陽的修煉重心，並非長途跋涉到天涯海角找住在草廬裡的隱士高人拜師，而是透過人脈介紹加入某個團隊一同進行棘手任務，主要是望哨保鑣和充當打手，這類工作他早已駕輕就熟，有點本事的修道者則視其表現傳授幾招當作報酬，刑玉陽更多是在實戰中偷師，他打算用這種模式浪跡江湖磨練個幾年，會遇上哪些高手、遭遇何種妖魔鬼怪則完全沒有定數。

他本來連我都打算保密，我把「妹妹」的看板拿出來揮了半天，刑玉陽才勉強告訴我這些，還有他堅稱自己只有一枚陰陽眼的公式內容，白眼的底牌可不能輕易揭露。

「還行，預計在當地停留兩個月。」刑玉陽說調查靈異災害，包圓一個大型委託不像拍電影一個三、五人小隊就搞定，動輒耗時半年一年是常態，還會有好幾個團隊分幾十梯次來來去去，因死傷意外和逃跑退縮種種不良狀況，經常要臨時補員或調動位置，他在團隊裡屬於新入行的門外漢，支援各種雜務，離危險核心有段距離，還能請假來看我。

「你要是太過輕描淡寫，主將學長會比我更擔心的，不想被我打聽的話就挑些能說的具體內容讓我們放心，哪天不小心出事，休想撇下我們。」我看著曬黑了卻明顯比過去更加神采飛揚的馬尾青年說。

刑玉陽無奈之下只好又吐了些細節，但他很快把話題轉到我身上，除了戲劇性的祖先瘋狂大怒筊，我也說了主將學長社群帳號被駭改資料的瑣事。

「……所以妳答應當鎮邦的女朋友了？」刑玉陽打斷我的絮叨。

「你怎麼和筱眉學姊說一模一樣的話？」我瞠目結舌。

刑玉陽瞪回來，有如我吃霸王餐不給錢。

「妳自己說的都不記得了？」

「哪有？冤枉啊大人！」

「妳都說要高攀鎮邦了，他難道不開心？」

「主將學長很開心沒錯……不對！我是開玩笑的！」原來那句話有這種含義？糟了！聽起來的確很容易誤會！

「很好，對一個已經告白又決定等妳的男人開這種玩笑，蘇晴艾妳有出息了。」刑玉陽諷刺道。

「我只是想給主將學長打氣，當時眞的沒想太多。」我抓著浮木的衣襬，被他捏住手背的皮，我發出嗚咽，死也不放手！

「怎麼辦？我不是故意的！哥～你要幫我！那句不算啦！」

刑玉陽露出被大型魔物纏上的嫌惡表情。「簡單，當面和鎮邦說，現實中妳完全沒有高攀他的意思。」

聞言我鬆開手指，愣愣地看著刑玉陽，他目光犀利地回望我，半晌，我說：「午餐給你煮，我要想事情。」

我拿著鐮刀到舊家菜圃奮力除草，過了一個小時後，膝蓋都是泥的我抓著一把當野菜的龍葵嫩葉走進廚房，刑玉陽剛把最後一道湯端上桌。

「結論呢？」

「不說了，雖然我不是故意要讓主將學長誤會，特別去拒絕就太矯情了，主將學長那麼好的對象又不是天天遇得到。」我天人交戰了很久，最後浮現的卻是這樣一句簡單答案。

刑玉陽用圍裙唰的一聲拍在我背上，我嗷了出來。

「他沒誤會，又不是第一天知道妳說話不經腦袋，他就是改個人資料自嗨而已。」

我鬆了口氣。「那你幹嘛說得好像很嚴重的樣子？」

「嚇嚇妳。」

我不甘，我憤怒，卻缺乏對暴君揭竿而起的革命勇氣，畢竟這件事是我理虧，連主將學長的麻吉也看不下去。

「放心好了，鎮邦不會用小手段逼妳承認關係，這種頂多是『有效』，連『半勝』都談不上的得分方式結束不了比賽，他會繼續等『一棒』（一招全勝）的時機。」世界上最了解主將學長習性的就是刑玉陽，他的預言怎麼聽都對我不利。

「就算妳哪天因為同情心氾濫答應和他交往，對他來說也不算數，他一直都是玩眞的，更不會容忍妳打混應付。」刑玉陽說。

就是清楚這件事才不敢隨便接受主將學長的感情，目前的我既沒辦法坦誠面對他，也無法承諾後半輩子能互相陪伴，蘇晴艾身上有太多不確定性。

「我不會逼他放棄，但要不要接受還是由我決定，如果是確定這輩子都沒希望的對象，我就會先說清楚。」就像葉世蔓，我從頭到尾就是把他當弟弟看。

「我對主將學長並沒有這種『確定不會在一起』的把握，也……不想叫他死心，但他哪天改變心意我眞的不會怪他，是我自己的問題，錯過的責任都在我。」我盯著碗裡的白米飯說。

不想讓刑玉陽覺得我在玩弄主將學長的眞心，蘇小艾何德何能，說實話若能當一輩子感情好的學長學妹我就很開心了。

腦海裡閃過許洛薇離開前最後一夜給我的戀愛忠告。

「假設丁鎭邦認爲自己這輩子都沒希望了，隨便找個女人結婚，那個女人卻對他不好呢？或者本來以爲還能湊合過日子，結果彼此受不了沒有愛的生活，那女人出軌還拿他當提款機，可是兩人已經有了小孩離不開了，男人有時候很容易自暴自棄。」許洛薇描繪出一個令人不愉快，某方面卻很寫實的未來。

玫瑰公主直指核心問：「妳會不會後悔早知如此還不如自己來給他幸福？」

不可諱言許洛薇的問題的確使我動搖。

一旦確定關係後沒幾年我就死掉了，主將學長還能追求其他幸福嗎？這一次他又會等多久？像堂伯那樣靠著回憶生活就夠了的男人儘管存在，但他當初和妻子在一起時，肯定是打算白頭偕老。

「給他希望會比較好嗎？說不定主將學長會遇到更好的人選，我不想擋了他的路。」許洛薇沉默，這個問題我也沒有答案，有件事倒是確定，當下我沒有不顧明天也想和他在一起的渴望。即便缺乏戀愛經驗我也知道，存著退讓的念頭對一心一意的人有多麼不公平。

「話說回來，妳覺得把『老大』這顆沙皇炸彈配給其他女人是對人類社會負責的事？別忘了他前世可不是無害小動物，沒覺醒就算了，有個萬一誰來管他？妳旗下有名的萬惡老二遇到還沒覺醒的他都嚇成那副德性，再說他轉世成了鎮邦百分之百是衝著妳來，也許前世妳對他是單純的師徒之情，他對妳可不是。」如今擁有前世記憶的許洛薇表示這次她完全沒在開玩笑。

我好不容易不去想主將學長的前世疑雲，希望這輩子我們都能擁有獨立自主的人生，許洛薇一提又讓我頭痛了。

「無名氏對應葉世蔓的例子發生後我就在想，倘若主將學長對我的感情是因爲前世慣性，我並不高興也不期待，這部分我得花點時間觀察確定。」

「妳的意思是，無論他上輩子再怎麼愛妳，妳都不接受還沒興趣？」那時許洛薇變回角翼貓型態，誇張地搧著翅膀。

「對，我不要。」

「女生不都覺得這樣很浪漫嗎？」

「因爲我不是前世的那個人。」

許洛薇看看天花板又看看地毯，最後說：「知道嗎？身上最多慣性的就是妳，尤其這副甩鍋口吻根本和前世一模一樣。」

「抹黑我無濟於事，眞搞不懂你們老是牽拖前世幹嘛？」

「好，我懂了，不是丁丁的錯，問題從來都出在妳。」許洛薇用便祕終於暢通的口氣，目光遙遠地說。

「妳又給主將學長取新綽號了？洗心革面的紀錄能不能撐久一點？」

「愛上妳這種蠢蛋他還眞是丁丁，你們很配，眞的，兩個都別給我出去危害世人。」

我當許洛薇見笑轉生氣開始人身攻擊，呸了她幾下。

還是和玫瑰公主鬥嘴混日子最開心，可惜她現在早已不在我身邊。許洛薇離開後，我不想再提前世話題，哪怕是面對刑玉陽。現在我明白爲何上次無名氏魔王出現時他沒跟著覺醒，刑玉陽看守的對象比魔王還恐怖，只要主將學長一天沒特殊動靜，那位雪色透明的尊貴元神就按兵不動。

這件事讓我有點困擾，天上神明轉世化身當面和我討論戀愛話題，有時會害我冒出「來吧加入人柱團隊一起鎮壓某人覺醒可能性，他的性福攸關世界和平，床上就交給妳負責了」的詭異聯想。

偏偏刑玉陽也是很認眞地關心我們的幸福。

此刻馬尾青年極其普通地挾菜吃飯，他是否正享受著凡人喜怒哀樂的一生呢？

刑玉陽對我的出神感到不耐煩。「上餐桌就好好吃飯，菜都涼了。反正妳的魂魄長大前，丁鎮邦不會對妳怎樣。」

「我不是擔心這個。」就算我各方面都成熟了，眞不想要，直接說聲NO，主將學長同樣不會對我怎樣，這點把握還是有的。

「變心那就更不可能，他對想要的東西一直很敢付出代價，不是到手就好，重點是確保穩定持有。」刑玉陽這樣評論主將學長。

主將學長的確就是這種人，還會光明正大去爭取，我壓力山大。

「那麼哥哥你呢？你想要什麼？」

他挾起我做的醃菜心大口咬下，我屏氣凝神等著他的答案。

「身邊的人能盡可能活久一點，我就謝天謝地了。」

「我也是，所以無法只專心對待主將學長。」

戀愛或許只是專屬兩人之間的事，但生活必然侵蝕影響戀人關係，這些都是我從旁人經歷學到的教訓，導致我對戀愛興趣缺缺，更別提找對象嘗試了。

正如許洛薇所說，我喜歡主將學長，可以爲他而死，但我同時還喜歡其他人，也能爲其他人犧牲，包括那隻混蛋妖貓，如果有一條相對平衡的道路，那必然就是我會做的選擇，就算只能單身到死，我也不後悔。

□

成爲蘇家族長後的第一年過得意外平順充實，我在許家酒莊與崁底村外的自然農場兩頭燒，同時還得接受堂伯指導，開始接觸族產管理，此外，等著我的還有歷代族長堆積如山的祕密文件。

我繼位蘇靜池成爲新一代管理者的事在某些圈子根本不是祕密，立刻就有一堆陌生邀約指名找我，頭銜一個賽一個厲害，隨便答應個五分之一，我的交際圈立刻就能晉升爲標準名流。

徵得堂伯同意，大多數邀請我都以生活忙碌爲由婉拒，只和極少數特殊人物建交，比如說許家過濾過的推薦人選和神海集團總裁。刑玉陽生父楊鷹海在蘇晴艾只是蘇家小輩時就盯上我，當時我還以爲他單純是爲了討好堂伯和透過我繼續監控刑玉陽，繼任族長後堂伯才說，楊鷹海是眞的看好我。大老闆的謎之眼光不是我能理解的，就跟我不懂堂伯爲何欣賞楊鷹海的長子一樣，我倒覺得那個繼承人挺普通。

楊鷹海知道我和刑玉陽結拜後，覺得刑玉陽的妹妹那就算一家人了，把攢了幾十年的父愛往我傾倒，這個金字塔頂端的冷酷男人也很奇怪，對沒血緣更沒交情的我反而最親暱信任，起手式就準備超大紅包，每個月都要找我聚餐閒聊，以我方便爲主，這對楊鷹海其他子女簡直就是隕石級的不可思議。

紅包我沒收，楊鷹海這份情卻不得不領，畢竟他是刑玉陽生父，刑玉陽還有眾多異母手足在神海集團，哪怕表面上斷絕關係，但凡其中一個惹上靈異麻煩，刑玉陽都不可能狠心不管，楊家人肯定是他來人間歷練的功課之一，我還是應該成爲橋梁，替他和神海集團保持良好關係，平常預先收點保險利息。

在楊鷹海強烈希望我宰他一筆後，我讓神海集團總裁認購酒莊部分藏酒，他三不五時就要派長子充當貨運司機過來我這邊拿酒，總之也算解除我的燃眉之急，至少不用煩惱第一年工人薪水了，有錢人人脈這麼好撈，我眞是又悲憤又開心。

好不容易，歸在我名下的酒莊釀出一批新酒等待熟成，自然農場完成第一階段分區規劃，預定的樹苗果苗都種下去了，養殖池也挖好放入魚種，第一棟溫室剛搞定水電，試種幾樣簡單蔬果，預備接受颱風季考驗；靠近路邊的門市展場同時完工，農場還未具生產力，我向村人訂購手工產品和新鮮農產放到門市販售，讓蘇雁聲去管櫃檯，這部分我沒餘力關注，就是丟點事情讓他回歸正軌。

這時將近一年又過去了，跑去挑戰神明考試的許洛薇還是沒消息。葉世蔓從企管系順利畢業，不顧教授勸他繼續深造，決心協助我管理蘇家。我向葉伯保證只要葉世蔓一天還待在我身邊，我會督促他認眞工作生活，男朋友只許找正經人士，葉伯明顯囧了囧，說有我在，他放心。我們一起參加葉世蔓的畢業典禮，葉伯當天先行離開，我則留下來幫葉世蔓搬家。

那是我這輩子最後一次見到活生生的葉伯。

白娘子說葉伯先進山了，已經很習慣寒暑假到深山陪白峰主的葉世蔓不以爲意，決定回崁底村安頓下來就繼續例行故事，只是晚幾天到山裡和爺爺會面。

葉世蔓決定出發的前一晚，葉伯的死訊卻先跟著抬轎使者來到我們面前，黑山主直接派轎子來接我和葉世蔓前往葉伯葬禮。我早知道有這麼一天，然而再多心理準備仍然不夠。

妖怪轎子將我們載到白峰主祕境巢穴，洞窟外已經挖開小小的墳坑，地上卻只擺著葉伯慣用的柴刀和一套衣服，以及一封遺書，不見老人遺體。

人型的白峰主和黑山主站在一旁，白峰主解釋道：「葉枝國選擇跟隨雪刀君修行，只有雪刀君知道葉枝國葬身之地，這是葉枝國的決定。世蔓，陰陽兩隔，葉枝國不希望你太牽掛死去的人，還有要你不用替他守靈，他不會回來。」雪刀是雪白狛犬的本名。

青年細緻的桃花眼蓄滿淚水，他啞聲問：「我爺爺去世時，是不是走得沒有痛苦？」

「據我所知，雪刀君看守著葉枝國的魂魄，沒有妖怪惡鬼敢來作祟，他斷氣時很平靜。」白峰主回答。

「謝謝……」淚水滴在泥土上，葉世蔓堅持獨自完成衣冠塚，我只能在旁默默守護。

當晚我煮了葉伯口味的小米粥，勸他多少吃點食物，葉世蔓沒有拒絕，只是緩慢地舀著湯粥往嘴裡塞，渾然不知滋味。他沒進小木屋裡過夜，就這麼坐在墳前發呆，我點起一盞蠟燭提燈陪他坐著。白娘子隔著一段距離擔心觀望，四周很安靜，彷佛山神直接用本體將祕境環繞封鎖，連風聲都消失了。

白峰主或許是被人類拘禁過，期間沾染許多負面情緒與死亡血腥，和其他無情淡漠的山神不同，格外了解我和葉世蔓的悲傷。不知白峰主私下如何找犬神斡旋，某天我和葉世蔓在白娘子護衛兼開路下漫遊採集散心，冷不防就在午後起霧時段碰見犬神與祂的新任隨從。

只見霧氣化爲蓬鬆雪白的獸毛，如獅子和狗混種的巨大狛犬赫然站在上方山岩，白霧流動，犬神下方出現和尚頭青年身影，他的雙腿仍淹在霧裡，腰際隱約可見刀柄。

青年約二十出頭，居高臨下垂著眼打量我們，熟悉的眉眼，卻是我陌生的冷淡沉默。葉伯年輕時和孫子長得很像，只是五官線條更剛毅也沒有笑容，他的心境恐怕也已經回到少年時了，看著葉世蔓和我時眼神雖無敵意，卻也沒有長者的寬容疼愛。

「阿公……」葉世蔓小聲地呼喚。

對方毫無回應。

只怕葉世蔓比我更清楚，眼前是尚未結婚生子的葉枝國，亡者的意識情感與生人不同，是否記得我們都還是未知數。

「他沒忘記你們，不過，也就這樣了。」犬神好心解釋。

現實從來不會如人所願，葉世蔓希望在山裡和爺爺跨越陰陽再續祖孫情誼的夢，只怕是要落空了。犬神和葉枝國彷佛默許我們將那對身影深深記住般佇立不動，過了一會兒才走入霧中消失不見。

我陪葉世蔓在山裡待了十天，確定後續有白峰主接手關心他，這才先行下山，我只確保結拜弟弟留在山上不至出事，對於葉世蔓這次要花多少時間才能適應葉伯的離開，卻是半點把握也沒有。

我沒勸葉世蔓早點想開，也不認為悲傷有適當期限，身為過來人，我只能陪他一起等，直到邁出下一步的時機成熟。

這回反倒是巨蛇山神陪伴痛失至親的人類，不過葉世蔓沒有眞的留在衣冠塚旁守喪三年，畢竟變成山神侍從繼續修行算是喜事。葉世蔓下山後仍有點渾渾噩噩，我試過許多安排都無法讓他眞的振作。

忘記話題是怎麼從葉世蔓的就職跳到農場宛若人工湖大小的綜合養殖魚池，聊著聊著，桃花眼青年忽然說想在村裡開家釣具店，我當然要用族長特權鼎力相助，可惜除了代爲物色店鋪和租金裝潢費打折外，其實沒幫上多少忙，大多數開店工作葉世蔓都自己搞定了，本來就特別聰明伶俐的人，一旦下決定後卻頑固得要命。

我一直以爲葉世蔓會是遊走老闆與客戶間如魚得水的西裝白領，結果變成整天懶洋洋看店和客人閒嗑牙的鄉下小商店主，葉伯去世後，我第一次對他留下深刻印象時的厭世氣息又濃厚了起來。

魔王轉世開的仍然是間充滿魔性的釣魚用品店，明明賣釣魚用品，店內卻設有專業吧檯和酒櫃，我的酒莊產品被擺在特別顯眼的位置，還繫上金色絲帶，附帶儀容過度考究、行蹤氣質俱顯神祕的年輕美型老闆，簡直可以去拍靈異日劇。釣魚用品店主人不賣酒，但他樂於請客人喝一杯，怪的是這樣居然也給葉世蔓養出一批忠實客群，還有人千里迢迢從國外來消費，連帶促進崁底村觀光，每個月都有熟客組團出高薪聘他當祕境溪釣導遊。

葉世蔓就用這副姿態眞正融入了崁底村，定居在我身邊。

□

一直以爲坐辦公桌被文件堆擋住是漫畫才有的畫面，親身體驗後一點都不好玩，連書桌旁邊的地板都放滿待比較的資料。和漫畫不一樣的地方，在於我有一位療癒力超高的祕書，資料已經做過初步分類，不是好好地裝在袋子就是盒子裡，砌牆似地包圍著我。

光陰流逝，作爲蘇家族長的三年過去了，最讓我欣慰的是自然農場終於上軌道，竹林茂盛生長，農場內部變成大迷宮，葡萄開始結果了，畜舍禽舍更是傳出熱鬧聲響。

池裡的魚兒數量談不上豐收，因爲每晚都有妖怪或陰神來抓魚垂釣，白天則開放給購買釣魚證的人類客戶，總之保持使用者付費的原則，我還得定期倒大魚進去做口碑。我在魚池邊開了一家面向非人顧客的雜貨舖，讓渴望深入靈異世界的小高管店，至少是一份正職薪水，比起乩童，他幹靈異補給站店小二要有天分多了。

當初葉伯訓練出的青乩之一，小趙頗得水電工乩童眞傳，在葉伯去世前升任王爺廟桌頭，現在小趙偶爾會在小高或我拜託下來雜貨店代班，竹林雜貨店營業額居然和一間地方超市差不多，害我們必須頻繁補貨，妖怪螞蟻搬家的市場潛力頗爲恐怖。

刑玉陽仍然打扮成寬鬆休閒風方便隨時打架的現代長髮帥哥，根據他的說法，又不是法師或道士，幹嘛穿儀式古裝？刑玉陽隨身揹著黑色棍袋，裡面剛好塞一組柏木棍加桃木刀（偶爾會換成歐系降魔的白橡木，都很堅硬耐操），聽說在修道者之中變得有名了，在非人族群裡詢問度也直線上升，至少雜貨舖客人這麼八卦著。

江湖上人稱鬼手佛心，佛的是刑玉陽最後還是會留你一口氣，在這之前簡直是地獄惡鬼等級的暴行，揍壞蛋敗類不分品種，連人類也照打不誤這點頗受安分守己的妖怪野鬼好評，大夥共識就是對名爲刑玉陽的「大尾」敬而遠之。

——妖怪不把刑玉陽當成修道者這點相當微妙，果然是手段太鬼畜了嗎？

刑玉陽學的法術以牽制爲主，他偏好物理攻擊，想方設法將打不到的目標變成攻擊有效狀態，不管是武器貼符或布陣等等樣樣都來。

主將學長不出所料變成優秀刑警，中間換過一次單位，被覬覦他很久的靈異迷老刑警收歸門下傾囊相授，轄區離崁底村相對變近了，他常常一有空就來看我，美其名曰培養線人。

堂伯幫主將學長辦了私人射擊俱樂部會員資格，畢竟刑警全天候都能帶槍，蘇靜池認爲主將學長來找我時就該是我的萬能保鑣，還聘請外國名師教他各種槍械，主將學長學習向來認眞，目前槍法也有神射手水準了。

還是沒有許洛薇消息，神明口中「不久之後的考試」，該不會是用龍宮時間標準？玫瑰公主失蹤快四年了到底開考沒？我的青春小鳥都飛到平流層了！每次回老房子都不忘去附近土地公廟找虎爺確認，有著金色翅膀和貓鬚貓耳的古裝小男孩不置可否，推說天界機密，稍有不慎洩漏，飯碗不保，我威脅要斷紅燒鰻罐頭，虎爺還一副慷慨就義的模樣，但這尊喵星神最後都會拿走我所有罐頭。

到底是影響人類禍福吉凶的地方神明，謹慎審查是好事啦……就當期待許洛薇脫胎換骨了，我只能這樣自我安慰。

大家都適應了新角色，只剩我還表現得像個手忙腳亂的菜鳥。

Chapter 07 / 蟬繭象泥

蘇家族長任務邁入第四年，我被逐年以倍率增加的文件山和公務應酬壓得喘不過氣。本來以為刑玉陽已經夠不人道了，沒想到堂伯直接把公事包當壺鈴用，還幫我一次準備兩個。

「蘇先生為什麼不把家族資料數位化呢？」常常替我將資料搬進搬出的戴姊姊某天如是感慨。這幾年連戴姊姊都練出肌肉了，還拿到我沒有的柔道黑帶，雖然她仍然瘦瘦的，外表看不出戰力。可能是當祕書也不輕鬆，戴姊姊說她就巴望著哪天路上遇到色狼變態可以揍一頓。

我從接任蘇家族長的第二天開始就打算弄清楚一件事：蘇湘水後代究竟有多少人被冤親債主害死？這個工作比我想像中要艱困，一百五十年間蘇家光是非正常死亡人數就超過五百多人，還不包括那些未曾引起注意的死亡案例，比如蘇雁聲因車禍去世的父母就沒被列進記錄，也就是說，外家親戚那邊黑幕和疏漏可多了。

「堂伯他曾建議爺爺將記錄數位化，結果爺爺說就連文本都不安全，以前便發生過好幾次疑似冤親債主企圖透過記錄篩選或定位獵物，附身族人偷闖資料庫的事，萬一數位化又被惡鬼拿到電腦訪問權限就糟了。」我嘆氣。

「就算這樣，冤親債主還是會找到獵物攻擊。」戴姊姊說。

「是的，但從台北到高雄，搭飛機和用腳走花的時間力氣可是天差地別，要監控企圖接觸複製文本的人也比較簡單，誰在何時動了哪份檔案，要隱瞞可難了。」檔案庫內外二十四小時監控，還有唯獨我知道的隱藏鏡頭，開架上每份複製檔都有騎馬章和祕密記號，原件則上鎖封存他處，在在看出堂伯從超自然神祕結社學來的資料管理習慣。

雖然不是國家機密，到底還是貨眞價實的靈異家族檔案，也許一兩百年後世界變得魔法滿天飛時，蘇家檔案就是珍貴文史資料了，反正現在就有妖怪和修道者。

「原來如此。」

「之前我一直以爲蘇福全因爲業障導致魂魄退化，殺人的扣打會遞減，但每一代疑似被冤親債主害死的人遠比我以爲的要多，目前能確定被蘇福全直接附身強迫自殺的人，除了蘇亭山就是我，其次是明顯作祟逼死的受害者，如蘇靜池父親和我的父母，到這裡都還有人證，再下來就沒有證據了。問題是『間接殺人』，到底用何種模式手法，從來沒有人弄清楚過。」

「連那些犯了族規被趕出去的人都有記錄，蘇家果然很謹愼。」

「只有記錄當事人的後續活動，而且也不是無間斷監視到死，就連最詳細的案例後面也都是以數年爲單位概略追蹤簡述生平而已，蘇家又不是ＣＩＡ，錢多也不能這樣花。」這些記錄還閱讀不到百分之五，就知道我這個新族長當得有多不忍卒睹。

蘇家非正常死亡記錄只佔了族長工作裡的極小部分，第一年我手忙腳亂，每天回家經常還沒爬上床就睡著了。會重啓纏繞蘇家內部上百年的可疑死因調查，除了私心想了解父母被害的過程細節，也是爲了完成對蘇雁聲的承諾。

「包括蘇雁聲父母在內，妳總共挑了十五個案例重啓調查，但目前徵信社好像沒給出有用的消息。」戴姊姊停了停，指尖落在最上方的檔案紙盒。「妳難道是想找出過去冤親債主攻擊未遂的倖存者？那些可能躲起來或終身閉口不談的人？」

「佳茵姊，元凶都下地獄了，妳覺得我還翻陳年舊帳是浪費時間嗎？」我也常常這樣自問。

「我覺得有必要。每代都有新的犧牲者，表示安全漏洞始終存在，哪怕蘇福全已經下地獄，或許有其他惡鬼會利用這類漏洞攻擊妳，我不想承認，但我的妹妹戴佳琬就可能是其中之一。」戴姊姊神色苦澀。

「我知道，不會大意的。」與其說是死了一半的鬼，魂魄變質的殘忍病態才是我最害怕戴佳琬的地方，每次聽到這個名字，我曾被刑求不得不拔除整片指甲的左手就隱隱作痛。「聽說姊姊有請村裡警察特別注意失蹤人口，尤其是戴佳琬的母親？」

不知內情的人以爲戴佳茵想找尋養母，只有包括我在內的極少數人，明白她是在提防戴佳琬混進崁底村，戴佳琬過去就有追著我追進村子被溫千歲打跑的記錄，當時入侵的是靈體，溫千歲才有理由動手。

「佳琬手上還控制著那個女人的身體，她隨時可能裝成普通老女人走進我們村子。」戴姊姊口中那個女人指的是養母，也是戴佳琬的生母，戴佳琬操縱她拿走自己的骨灰後，戴母迄今下落不明。

「唉，要忙的事情太多，我偶爾還真的忘記有戴佳琬這號存在。」平常不會刻意去回味過去的慘痛經驗，我沒興趣自虐。

「小艾妳有問過他嗎？他應該什麼都知道。」

「誰？」

「那個人，不對，應該說神明，不是一開始都在這裡？」

「溫千歲不想說，表示是凡人不該知道的事，再說，之前他無法離開崁底村，蘇家非正常死亡的出事地點大多是在外縣市，溫千歲也鞭長莫及。」

「……」

「佳茵姊，妳不要忽然不說話，我會緊張。有什麼是我應該知道、妳還沒分享的嗎？」難得看到我的祕書兼保母、這位萬年冷靜的套裝女子目光在飄。

「我問了。」

「什麼!?」

「我偷偷問王爺了，因爲是蘇家內部私事，我怕透過乩童和桌頭會外流隱私，就帶注音表和筆挑沒人的時候去碰碰運氣。」戴姊姊覺得以王爺的擲筊實力，用筆仙方式交流不在話下。

戴姊姊是我第一道貼身護盾，無論我超能力失控或遭遇超自然攻擊，她必須能立刻對正確對象做出有效求援，那個最近也最強大的對象不是別人，正是溫千歲，因此我愼重考慮後便告訴她溫千歲在蘇家的眞正身分，好讓她明白箇中利害關係，順便爆了個八卦，我繼位族長當天所有怒筊都是溫千歲丟的。

「哇。」我對戴姊姊的行動力大受震撼。「妳怎麼問？」

「蘇家裡面到底有哪些人是被冤親債主害死？」

好直白！

「溫千歲要是能說想說早就說了。」王爺提過陰神被嚴禁干預人魂，溫千歲再怎麼壓線都有絕對無法逾越的禁忌。

「我不期待會得到明確答案，哪怕暗示方向都好。」她說。

戴姊姊打開皮夾拿出一張摺成小片的紙籤遞給我，我展開正要閱讀，她出聲提示：「看背面。」王爺顯然認爲注音表是看不起他，直接搶過筆龍飛鳳舞地留言，幸虧我有點書法底子，差點讀不懂他在寫什麼。

絲蠶作繭，老象溺泥，從迷至迷，由苦至苦，生死隨轉，如蛾群之赴火，萬劫不復。

「——似乎都不是好話。」我說。

「彷彿還會再出事一樣。」戴姊姊接續。

「妳把留言給我堂伯看過了嗎？他比較博學。」我只看出這段留言是佛經常見內容，不知溫千歲精確意旨爲何，但我至少確定一件事，溫千歲知道的比我想像中要多很多。

還有一種可能，蘇湘水禁止溫千歲說出某些家族黑幕，正如族規裡有一條是禁止迷信談論鬼神，一百多年來，溫千歲仍然遵守承諾，即便在他想起前世記憶後也一樣。

「沒有，現任族長是小艾，我認爲王爺這段話想傳達的眞正對象也是妳。」

戴姊姊領蘇靜池的薪水，卻光明正大偏心我，或許這就是堂伯信任她的原因。

「那麼請妳把紙條也拿給我堂伯看看好了，我想知道他的分析當參考。」

「沒問題，我拍個照e-mail過去。」

「不趕時間的話妳親自送去更好，我堂伯最喜歡蒐集正港靈異證據了，這可是本村溫千歲的書法作品。」玫瑰公主斬釘截鐵發誓戴姊姊暗戀蘇靜池，幾年過去了，不知她是否心情依然不變？失去許洛薇這個粉紅雷達，我對風花雪月之類的細膩感情相當無能。

然而戴姊姊這幾年還是沒對其他異性表現興趣，公私時間都和我在一起，我愧疚之餘，總是若有似無地製造她和堂伯的見面機會。堂伯對她永遠彬彬有禮，三天兩頭見面，幾年下來累積了不少熟人特有的輕鬆自然，隔著年代差，我仍舊感覺不出他們有特別化學效應，倒是戴姊和雙胞胎之間關係變得超好，畢竟雙胞胎被允許親近的對象極端稀少。

這是當上族長後我少數幾件真心感到快樂的事，堂伯雖然沒查到替雙胞胎續命的辦法，但他不那麼忙碌後多出不少和孩子的相處時間，親手負責雙胞胎在家自學功課，兩個命運多舛的孩子出乎意料都平安長大，雙雙成了優秀俊美的十五歲少年。

呃，其實是一個俊一個美，想知道刑玉陽小時候容貌的殺傷力，看蘇星潮就知道了。

小潮的命運始終如風中之燭，但他被很多有能力的存在或明或暗地看顧著，竟也平安無事地撐下來了。想想不難理解，既然鬼差動不了逸脫自然生死規範的蘇亭山，就更別提被我們作爲核心護著的兩個孩子了。

鬼差引魂必須有契機，人沒斷氣前都不關他們的事，生死簿聽說是天界給的壽命參考值，地府到底不能當作眞理進行人爲加工死亡，然而脫離壽限的人類並不值得欣喜，某種意義上，是失去地府官方保護，連帶死後修行與往生方面也變得不確定。

我曾戲稱蘇家族長是象棋裡的將軍，總是住在田中間出不去，事實上這幾年我的活動範圍相當狹隘，不是崁底村到頂澳村一帶的蘇家傳統勢力範圍，就是僅限母校附近的親友故居和前往許家操勞我的酒莊事業。

並非被不成文規定禁足，過去蘇家族長深居簡出單純就是為了降低被冤親債主暗殺風險，盡量窩在故鄉神明保護圈中。至於我本人則是天性屬宅，事情多到做不完，連許爸許媽說要帶我出國玩都被我婉拒，有那閒工夫還不如救救我的葡萄園，誰說水果好種我就要揍誰。

ＡＲＲ超能力有如睡著一般，在繼位儀式之後迄今竟未完整發動過一次，大家覺得是好事，刑玉陽說有可能我之前頻繁透支潛力把數年的扣打用完了，也有可能是我該夢的八卦都夢得差不多，愚蠢凡人如我腦子就像隨身碟一樣容量不大。

我覺得他這個觀點有些道理，比如說我就從來沒夢過刑玉陽的前世來歷，或者他這輩子令人好奇的小祕密，連一咪咪都沒有，明明他對我如此重要，我卻都在夢些路人祖先或討厭惡鬼的過去。

堂伯則說，以年為單位間歇性發動的ＡＲＲ超能力才是他印象中的常態，換句話說，我辛苦修煉終於有效果了！好不容易把能力控制在穩定狀態，不會隨便就被鬼神人類一撩就爆。

我會這麼熱衷投入工作，除了累積財富的確很爽，和刻意避免誘發ＡＲＲ超能力有關，反正這超能力也不能讓我聯繫許洛薇，我的確迷戀著腳踏實地、不必精神失常的生活。

柔道也好，繪畫也好，只要不是常常磨練使用的能力，衰退都很正常，我也坦然接受這部分的失去，學習更適合當前生活的知識技能，既然不再經常處於生死存亡狀態，我只進行強化意志避免失控的修行，缺乏動機和興趣去練習「喚醒」阿克夏記錄，順理成章放置超能力。

這時的我還無法理解，普羅大眾對「預知」無比渴望，源自於永遠無從準備現實將帶來何種打擊與意外，包括我會後悔沒有維持ＡＲＲ超能力穩定活躍這件事。

□

戴姊姊每天都像盯著開火的瓦斯爐一樣顧著我，換成別人我一天都無法忍，連刑玉陽和主將學長都被我嫌煩，沒有生命危險時我可不歡迎他們老是對我安全監控，不過呢，戴姊姊不知為何總是散發著宜人的感覺，我終於有點當總裁的樂趣了～難怪連葉世蔓都吃味要我夢夢和戴姊姊前世到底是何種關係。

好奇歸好奇，終究沒夢見半絲相關訊息，想想目前已知的前世麻煩，說不定就是沒關係才會特別輕鬆，就像一個人能在房間裡想待多久就待多久，什麼事都不必做的解放感。

私心裡，我還是希望戴姊姊有自己的生活和幸福，正如我也希望有朝一日能恢復獨處自由。況且祕書只是一份工作，她過度投入的樣子很明顯是對過去顛沛不安的心理代償，我有相似的強迫症，她在累積銀行存款，我在還債，都是爲了將來一個人也能夠過上安穩日子。

有我今天都不外出的保證，戴姊姊替我送籤條給堂伯，期待她能替我帶點櫻花色小互動八卦回來，我今晚娛樂就指望這個了，哪怕他們兩個只是一起喝杯茶，蘇小艾枯萎的腦細胞需要補充養分，簡稱腦補。

ＡＲＲ超能力偶爾還是會用近乎偶然的小預兆甩甩尾巴證明它的存在。

上午我只是在心裡想到術士，戴姊姊前腳剛離開舊家大門，蘇亭山立刻就上門討酒菜吃。

術士並未住在崁底村，雖然我也爲他在崁底村安排一間獨棟透天老農舍，絕大多數時候我不知道他在哪兒活動，倒是他師父都鬼主大人偶爾會來住，打電話問候也都會接，平易近人得讓我毫無現實感。

自然農場剛上軌道，我今年的新功課是在進村的十字路口旁蓋一間木屋民宿。看到這裡，聰明的讀者應該能梳理出某個出題規律，先是絲瓜田，後是十字路口，蘇湘水和陳鈺留下來的結界法術，隨著他們去世，效力年年遞減，我得在某個地方的結界壞到不堪用前堵上破口，甚至陳鈺也只是維護蘇湘水暗地裡的建設手筆，既然我沒這個本事，只好另闢蹊徑。

路沖是古老的忌諱，十字路口容易聚煞，說穿了就是經過的存在都要花時間想想怎麼走，那些有選擇障礙或者意圖不軌的就可能塞車打架殃及無辜，我決定蓋間旅店方便搓湯圓，產權收入歸給蘇亭山，好教他三不五時過來看管自己的產業。

看，我還是有從堂伯身上學到東西，他怎麼對付難搞的刑玉陽，我就怎麼對付難搞的祖先。

「晴艾妹妹總是這麼忙，都二十九了，何時請吃喜酒呀？」術士雖然臉蛋還很年輕，這句話卻暴露他的本質。

任何長輩，哪怕死了一百多年，都喜歡問晚輩何時結婚，而且都算虛歲。

「人家今年才二十八歲呢。還有，我堅持獨身主義。」明年逢九不吉跳過，藉口我都提前想好了。

「那種邪魔歪道的作風——」

「像你一樣嗎？亭山公。」我連忙打烏賊戰。

「去去，別把我叫老了。」術士打開冰箱檢查食材準備點菜。

「喜歡喝高粱的人還裝年輕。」我嘴上嫌歸嫌，還是主動張羅起酒菜，畢竟術士在我入主蘇家後，奇蹟地變成一個很坦的長輩，我深知爲人奉獻不是他的本性，但他眞的在保護這個村子，無形中分攤溫千歲一半工作量，特別是會弄髒手的那一半，如果溫千歲不說，我還眞不知他暗中做了這麼多事。

按照溫千歲溫馨的提議，我應該趁機把這術士混蛋當牲口能操就操。

「我的嘴被師父釀的酒養刁了，晴艾妹妹火候不足，只有高粱還勉強能入口。」

「那把都鬼主的祕方給我。」

「活人喝了容易失魂落魄還有致殘風險。」

「那就算了。」我不好酒，只是有時助興還不錯，對不能賣錢的配方沒興趣。

端上五種下酒菜，用上刑玉陽的廚房祕方，期待今天奸滑的蘇亭山會比較好說話。「我拜託你查的事有頭緒了嗎？」

鬈髮青年歪著頭故作可愛，眞想用鐵湯匙柄戳他。

「妳要我調查蘇家所有異狀，不設限任何主題，任何有價值的情報妳都要，這可是超大工程，光是定義價值高低就頗傷精神，那麼一點少到可憐的好處，我這不是在做功德，是做牛做馬了吧？」蘇亭山問。

眞不愧是互相只差一代的祖先，術士和王爺思路驚人地相似。

並非刻意佔蘇亭山便宜，他因蘇家失去得太多，毫無歸屬感，照理說沒義務幫我或弟弟的後代，但我實在束手無策，石大人不方便洩漏天機，溫千歲因故保持沉默，術士是最有可能幫我搞清楚蘇家劫難到底是怎麼回事的人選。按照蘇湘水的說法，我是因爲這個劫難才誕生，專程來幫大家擦屁股。

想破頭都不相信自己有這種能耐，我那前世老二弟子還給了個二十九歲的死期暗示，假設和劫難有關，那不是他喵的快到了嗎？現實中毫無證據，說穿了不過就是蘇湘水和葉世蔓兩人用前世立場扔下的一句話，我是在意，但也不想把事情搞大。

「妳在著急什麼？」蘇亭山挾起一撮辣炒小魚干放出口中細細咀嚼，又配了口酒才問。和術士對話必須非常小心，他能輕易看出我沒意識到的想法或事實。

「我想快點向堂伯證明蘇家安全了，可以早點退位。」這句也是我的真心話。

「呵，只怕事與願違。」蘇亭山說。

「別賣關子了，又不是都我的責任，都鬼主大人不是要你了結和蘇家的因果嗎？」我有點害怕他回答蘇福全下地獄就算結清了，幸好蘇亭山並未這麼說，然而這並不意味著好事，只表示蘇家的大苦因緣比我窮盡腦汁想像的還要複雜。

前世幹掉五十萬人的魔王老二並非投胎蘇家，而是藉由結拜成爲我的眷屬，現在也是在崁底村生根了，根本是愈招愈多的態勢，難怪一提到蘇家，連術士都要呵呵我。

「好吧，仔細想想我幹嘛替妳藏著掖著？反正是妳的工作又不是我的。」

我乾笑，「來吧，我承受得住。」

「知道歷代蘇家族長都盡可能將客死異鄉的蘇家人屍骨接回崁底村安葬吧？」

我點頭。蘇家族產最關鍵也最重要的就是墓地，經過改朝換代居然沒給當局抄走或強迫變更用途，可見歷代蘇家人在黑白兩道下了多少工夫。目前蘇家祖墳鄰近土地被爺爺捐給地方政府，指定給崁底、頂澳兩村村民作爲喪葬用途，還蓋了兩間靈骨塔，名義上屬於國家，符合殯葬法規定，再由鄉公所和地方殯葬委員會來審核分配埋葬空間，實際管理者還是蘇家。

也因爲一條龍服務和各種私人補助，崁底、頂澳出身的人往往會選擇葬回老家，至於那些本人或家屬想葬在他處的蘇家人，如何妥善回收就是我的工作了，這也是蘇湘水訂下的規矩。

「奇怪，照理說崁底村的蘇家祖先應該超多，以前我和許洛薇怎都沒見到，至少族長交接那天也該出席吧？」我總算感覺不對勁。「該不會大多投胎了？」

「這就是我要告訴妳的重點，我在這裡很少看到蘇家亡靈停留，包括這三年來舉行的葬禮，那些更早前就死掉的甚至從沒出現。最有趣的是，靈骨在此，我招魂也不回來。」說這句話的是連許洛薇也能招走的術士，繼承殷商巫術的都鬼主傳人。

「果然還是順利投胎了？」

「不能說沒有這種可能，但按最樂觀的常見比例估算，個別地區投胎率最高不會超過三成。有供養或陰間管理的地方靈魂還能留久一點，之後就是隨業力流轉，以蘇家這種經過專門設計的場域，照理說要聚集更多的靈魂才對。」術士說。

有兩個地方特別吸引亡靈，出生地——這邊通常指母體和死亡地點，大抵是因爲這兩個地方最容易聚集亡者強烈的思戀和執著理由，然而除非有特別因素，魂魄依舊會隨著外力變化，好的一面，就是像葉伯那樣找到地方繼續修行，將來往上提升；持平的可能是變成魔神仔或孤魂野鬼流離晃蕩。不好的發展就是變成惡鬼或衰退成魙之類的污穢，或者被邪門歪道奴役。

「那麼是死後糊里糊塗還在當孤魂野鬼嗎？我相信蘇家派出去引靈的法師是職業級的，但亭山先生你自己也是迷迷糊糊流浪了上百年才被都鬼主收留，不是每個聽到名字的靈魂都會回應。」叫哥哥太誇張，其他長輩稱呼術士不接受，我只好折衷稱呼他先生，術士居然應了，還說有特別的情趣。

「那是我死時尚未啓蒙，一旦建立自己的人格就容易被影響了，尤其是年歲長大後累積種種紅塵業障，名字可是一個人生老病死的濃縮，舉例來說，路上有人喊『蘇晴艾，妳這小賤人！』妳不會回頭嗎？」術士說。

我不想知道這傢伙招魂有多討人厭，混到現在居然沒缺手缺腳，實力到底有多硬？

「難不成是強烈不想回來？」

「一部分可能住在陰間修行，大多數下落不明。」

「連你出手都沒辦法，用我能聽懂的話解釋這代表什麼意思？」

「意思是這些死者的執著大到用回老家招待香火安息的理由叫不回來，或者處於連名字都聽不懂的狀態。」

「那不就糟了嗎？但我檢查過蘇家死亡記錄沒這麼多慘案。」

「連續三個蘇家族長都是痲瓜，加上古早時期資訊不發達，妳的好王爺還把方圓百里記得最多往事八卦的妖精屠了好幾回，剩下的心懷怨忿絕對不會輕易開口，問出來的情報也可能是惡意捏造，還能期待啥？」蘇亭山難得這麼中肯。

我啞口無言，油然興起噴淚的衝動。

「更正妳上面的細節，我認眞起來要抓幾個回來審審也非做不到，只是處於調查階段時這麼做不敷成本，除非妳堅持。」術士的意思是，只要他一動，牽連的後果目前的我還無法承受，除此之外，錯誤決策也可能使我浪費蘇亭山的戰力，錯過寶貴反應時機。

「說不定和蘇福全有關，我承認四年前對他下地獄時的自吹自擂太過輕忽，也許他留下一些陰謀。」我咬著下唇挫敗地說。「先針對蘇福全生前死後的一切再梳理清楚。」

「急的人不只有妳，晴艾妹妹，貌似王爺也坐不住了，我這幾年怕打草驚蛇還不敢有太大動作，倒是看懂王爺留言的最後一句話。」

「你是指『萬劫不復』？」

「想要紮實做到萬劫不復只有一種方式，那就是下地獄唷！我的小親親。」術士眼底沒有笑意，姿態仍是一派悠閒。「文滔天和蘇湘水是否算計到我師父頭上，我得好好琢磨琢磨。」

「你是說，都鬼主將來眞的會像封號般下地獄成爲鬼王的事……」術士舉起食指放在唇上，我只好將「和蘇家劫難有關」的下半句吞回肚子。

「我師父那邊還是未定之天，只是歷代都鬼主可能有這種下場而已。」術士倒未胡亂附和我的疑慮。

然而，你又爲何緊張呢？難道不是身爲最親近的弟子近距離觀察評估後，自己也覺得這種可能性很高嗎？知道蘇亭山和我都在憂心一件虛無縹緲的大災難，滋味眞是微妙。

手機鈴聲打斷我與術士的對話，胸口無來由地窒了窒。

「喂？我是蘇晴艾。」

「這裡是消防隊救護員，蘇星波報案蘇星潮昏倒失去呼吸心跳，我們趕到指定地點卻沒發現病患，也未發現那位小弟弟行蹤，無法聯繫上家長，妳是他們的緊急聯絡人……」救護員遲疑了一下補充：「隊長說蘇家比較特別，在通報警方前必須先跟你們聯繫，我相信這不是惡作劇電話，但我們眞的找不到人。」

「謝謝你，接下來的事由我們蘇家接手，請幫我轉告隊長，當成惡作劇電話處理即可。」我壓抑住乍聞惡耗的悲痛，無論蘇家雙胞胎出了什麼事，都不是消防隊和醫院有辦法應付的情況，我只能打聽報案地點後掛斷電話。

由救護員轉告的內容判斷，小波必定是在小潮倒下的第一秒就當機立斷撥一一九，但他卻只來得及撥出一通電話就跟著出事，否則我和蘇醫師會隨即接到他的求救，而不是等到救護車撲了個空才由外人找我解釋情況。

「地點在崁底村到自然農場中間的小路上！拜託，陪我一起去！」我抓住蘇亭山手腕急道。

「這點小事，別表現得我好像很吝嗇。」術士目光異常溫柔地說。「但妳得做好心理準備，那對雙胞胎不是妳我能留住的存在。」

堂伯手機偏偏在這時打不通，他比任何人都注重保持緊急通話線路暢通原則，該不會他也遇到危險了？我淚水懸在眼眶邊，目前情況不明，不是崩潰的時候，至少，報案時小波還活著，我有機會救一個回來！

崁底村的神明們爲何袖手旁觀？我的超能力又爲何毫無感應？我一邊聯絡上蘇醫師，要他到診所做好準備，又拜託葉世蔓幫我通知其他有辦法介入的能人並確定蘇靜池安危，隨即發動機車載著術士趕往出事地點。

□

蘇靜池從族長之位退居二線後，最大的改變是他終於願意放寬雙胞胎活動範圍，一方面也是兒子們漸漸接近成年，目前蘇星潮和蘇星波可以自由在崁底村內來去，不像過去連大門都禁止通行。

堂伯雖說要帶雙胞胎飛遍全世界找續命方法，遺憾的是門道似乎沒那麼好尋，堂伯確定有希望後帶雙胞胎踏上旅程的記錄也不過寥寥數次，總是鎩羽而歸。

從前雙胞胎不出門，源自他們的生活徹底孤立於世界之外，即便是親戚和近在咫尺的村民，對他們來說也猶如外國人，蘇靜池很早就把壽命限制和利害關係告訴兒子們，早熟的雙胞胎則以超高自律配合著父親。

即便蘇靜池不在家，門一開就能跑出去，雙胞胎也乖乖待在家裡，這份早熟並非好事，但母親因難產而死，父親折壽十年，還未年老就一頭灰髮的事實，讓雙胞胎下意識放棄了孩子的任性。

即便性格最頑皮的小潮都不會逾越堂伯和我爲他們劃下的活動範圍，並非不能離村，卻必須得有我指定的人選陪同，這些可靠之人不外乎是主將學長、刑玉陽或葉世蔓，只有最核心的親友能在我忙得無法分神時，帶雙胞胎出外走走消磨時間，一方面也拓展兩個孩子的人生觀。

雙胞胎爲何偷跑到村外？肇因誘拐還是綁架？難道是早戀偷會情人？無論如何人在原地消失不見表示有超自然存在介入，媽的千萬別給我來異世界穿越那套！

幸虧還沒抵達現場，術士放出的式神就回報目的地被某種結界覆蓋，雙胞胎處於類似神隱的狀態，只要能破除結界，應該就能將人找回來。

專家術語向來講究精確，他說結界，就不會是鬼打牆、魔神仔和神隱，只能說類似神隱，表示即使蘇亭山派出了如同自身耳目的式神，還是看不出所以然。

到了現場，路邊果然空空如也，記得旁邊林子裡有間荒廢已久的一條龍古厝，路徑半世紀前就被樹根淹沒了，妖精野鬼最喜歡這類地方，我掌權後又對無形界採取和解政策，只好用林子裡有毒蛇和私人土地理由禁止好奇人士接近，違者罰款——除非你想創造觀光景點，否則千萬別說某座廢墟鬧鬼。

「是那裡嗎？」

「恐怕沒錯。」

「我該摺人還是……」刑玉陽早就把遭遇靈異的SOP刻在我骨頭裡，但雙胞胎重要到我無法三思而後行，何況小波還傳來那麼驚悚的訊息。

也許還有救！呼吸心跳停止不代表死亡，眼前的術士肉身也是這樣被他師父救回來，保不準小波被神隱的瞬間，小潮又獲得一線生機也不一定。我腦海裡瘋狂充斥著這類想法。

「倘若有危險，王爺早該出現了。」術士略顯迂迴地告訴我，他認為眼前是奇局而非危局。

「那我進去看看，這結界擋得住你的式神，表示有可能是神明或修道者設的對吧？就像族長小屋你也進不來。」我問術士。

術士一愣，搔了搔下巴道：「妳反應倒是不慢。」

「久病成良醫嘛！」語罷，我相準一處縫隙就要強行鑽入茂密樹叢，忽然轉頭，發現術士很自然地跟著，都快貼到我的背上了。

「別跟來！」我伸手將他往外推。

「把我載來又不讓我跟，妳是急傻了？」

「這個結界如果對我沒危險，對你有危險的可能性就大了，雖然你是邪魔又是外道，但你還是我的祖先！正因為這具肉身不是你的，你有義務好好保護它活完自然壽命，物盡其用！」

我對嘴角掛著微笑的術士說。

見他遲遲不動，我愈發急了。末了，術士道：「蘇晴艾，妳可不能把這種待人方式變成習慣哪！」

「……會死得早。」術士冷不防傾身在我耳畔接續，我剛想到溫千歲好像也說過類似的結論，他猛然抱住我，還把我的頭往懷裡壓。

四周飛快地變暗變冷，刺耳鎖鍊聲在身邊響起，我立刻聯想到兩個字——鬼差！

鬼差來牽誰的魂？小潮？小波？兩個都牽？小波雖有堂伯折壽為他續命十年，卻不能保證他一定能活到二十歲，世上橫死沒得投胎的鬼還少嗎？思及此，我拚命掙扎想看清鬼差鎖鍊拘束對象，卻被術士摀得更緊。

不過幾個呼吸間，劇烈波動的陰冷隨著鎖鍊聲漸漸遠去，術士才鬆開力道讓我得以掙脫。

「好險，萬一是無常我就該躲了，鬼差實力差又按表操課，不會理我。」術士隨口抱怨。

「你為什麼不讓我看——」我大發雷霆。

「放心，這回鬼差空手而歸。」術士馬上看出我暴怒的癥結點予以安撫。

「空手？」我不敢置信，居然這麼幸運？從鬼差出現方向判斷，剛剛分明已經到了雙胞胎的身邊。

「結界散了，看來我倆都不必進行無謂的冒險。」術士說完指了指古厝廢墟方向，我立刻化身獵犬衝進樹叢。

費了九牛二虎之力才鑽出得用上大砍刀的雜亂密林，蘇星波焦急地瞪著手機，一副不知該繼續守著或離開求援的兩難，見我出現，雙眼迸出淚光。

順著他的動作，我才看見更遠一點的地面倒著兩個人，一個是小潮，另一個居然是戴姊姊！

我拜託她去堂伯家送籤條，她怎會出現在這裡？方向根本不對！

我跌跌撞撞衝過去，分別檢查兩人生命跡象，發現他們氣息猶存，脈搏正常，心上懸著的大石勉強放了下來。

「小波！到底怎麼回事？」這對兄弟都有陰陽眼。

少年平常梳得一絲不苟的短髮此刻散在額前，髮際線與鬢邊滿是汗水，大夥都說次子繼承了蘇靜池名聞遐邇的冷靜，蘇星波也一直爲手足可能忽然斷氣的事做準備，這是整件事中最殘酷卻無法輕忽的部分，我從未像現在這樣感到心疼，這對兄弟都只是孩子。

「哥哥趁我不注意忽然離家，我沿途打聽，好不容易才問到他跟村裡的年輕人借電動機車說要去自然農場，我也借了腳踏車在後面拚命追，發現哥哥蹤影時剛好目睹他進入廢墟。」

小潮這招的確聰明，崁底村年輕人不像老人知道較多蘇家潛規則，電動機車又不需要駕照，未成年也可以騎，自從雙胞胎活動範圍在村中解禁後，不意外地成爲新世代偶像。

「然後呢？」

蘇星波苦笑道：「他對我說只能活到今天，『再見』。」

難道是堂伯有生命危險？蘇靜池曾對我說過，他的兩個兒子一個是來償債，一個則是來抵命，我剛剛卻聯絡不上堂伯。

心臟狂跳，我卻手腳發冷。現在絕不能說多餘的話，以免刺激到小波，確保雙胞胎人身安全是第一要務，但我忍不住想知道，事態如何演變成戴姊姊牽著小潮的手一起昏迷？

「哥哥停止心跳呼吸後，魂魄馬上離體，說他要去救爸爸，可是鬼差來了，好像不想讓哥哥亂跑，要帶他去某個地方，哥哥很生氣，他差點要毀滅那兩個鬼差……這時候戴姊姊忽然出現，她只是看著哥哥，然後也昏倒魂魄出竅。」蘇星波描述著不可思議的經過。

小潮的前世到底是何種來頭？居然把鬼差當成蟑螂一樣企圖碾爆？我冷汗默默流滿背。沒事的，蘇晴艾，最麻煩的老大老二都曝光轉世身分，兩張鬼牌已經抽完了。

「戴姊姊做了什麼？小潮沒死一定是她力挽狂瀾對吧？」我追問。爲何小波神色看不出絲毫欣喜，他的兄弟可是在鬼門關前晃了一圈。

「戴姊姊命令鬼差把生死簿拿出來，說要折壽十年給哥哥，鬼差說無法作主，戴姊姊說人壽的確不由他們作主，但生死簿是天界給的神器可以，這是她上輩子許的願，總有神佛要來滿足她的願望。」

蘇星潮還在呼吸，顯然天上不知哪個神祕存在的確啓動神器改寫命運。

我看了看仍未醒轉的戴姊姊，又求助地轉向術士，現在是什麼情況？

術士搖搖頭又聳聳肩。「別看我，我可沒有宿命通。不過從她提到『神佛』這點判斷，前世可能是修行者，得大福報，和我一樣對蘇家有待了因果。妳親近的人前世來頭都不小，值得奇怪嗎？」

術士的話一針見血，我無言以對。

「但是哥哥拒絕她，說他還有另一個更重要的任務。那時的哥哥好陌生，而且很恐怖，卻被戴姊姊披頭蓋臉地罵了一頓，接著鬼差手上拿的竹簡忽然發光，哥哥的魂魄就被吸回身體了。」小波結束報告後忍不住加了一句：「戴姊姊的魂魄簡直換了個人。」

「什麼？她是被附身還是奪舍？等等，也有可能是降神。」

小波連連搖頭，表示我猜的都不對。「我問過了，是她本人沒錯，她要我不用煩惱哥哥的事，他會繼續活一段時間，但那時候的戴姊姊又不只是我們認識的她，像……女王陛下！」蘇星波強調了兩次，是眞正的女王，高貴且威嚴，不是動畫小說裡的那種。

前世我還是眞正的變態呢！許洛薇說的，但我拒絕承認自己又黑又S。

「他倆目前無大礙，細節還須觀察，暫時減少和人接觸多休息最好，畢竟是返魂的例子，送醫院無濟於事。」這方面很專業的術士說。

於是小波揹著哥哥，術士揹著戴姊姊，一行人準備返回馬路，我一度提議自己來揹戴姊姊，術士卻說他好歹也是男人，我只好感謝祖先慷慨出力。我一度對如何揹著人再鑽一次樹叢感到苦惱，蘇星波卻指著另一個方向說有通道。

後來我才知道，幾天前有外地無聊人士來探險，開了條路直通廢墟，但怕被本地人關注，入口處稍微用樹枝掩飾，距離我鑽樹叢的位置不到二十公尺，要是早點發現就不用那麼辛苦了。

我瞪著術士，蘇亭山忙喊冤那時受結界干擾，根本沒辦法探測周遭。

「小艾，是妳先將那女人帶進蘇家，運時而創新，戴佳茵才能改蘇星潮的命，這份因果關係妳可明瞭？」術士將昏迷的戴姊姊放進蘇雁聲車後座時，覷了個空偷偷對我說。

「我……」

終究沒能回答的我，請術士將機車騎回去，我則隨車看顧兩個昏迷病患趕往蘇醫師私人診所。大苦因緣不會容許太多偶然，然而，戴姊姊讓出十年壽命的決定卻是我不願意目睹的意外發展。

Chapter 08 / 千之子

蘇醫師將戴姊姊和蘇星潮安置在診所樓上私人病房，同時告訴我一件惡耗，外出訪友的堂伯座車在外縣市郊區公路遭到疲勞駕駛的大貨車衝撞，司機當場慘死，堂伯則右臂骨折全身擦傷，剛剛才從昏迷中醒轉，手機在車禍時摔壞，堂伯配合前來調查事故意外的警察結束筆錄後才請醫院聯絡上我。

我簡單扼要告知他雙胞胎神隱又被我和蘇亭山尋獲。聽到戴姊姊折壽十年給小潮，堂伯怔了很久，啞聲說他會正式向戴佳茵致謝，既然事情已成定局，他決定先留在原地協助處理過世司機喪禮和家屬撫卹事宜。

「伯伯，回來以後，你檢查一下陳鈺爺爺製作的陶人替身，說不定已經派上用場了。」小潮沒能出手，堂伯卻在重大車禍中奇蹟生存，車子都被撞得滾了好幾圈，傷勢卻不算嚴重，肯定有不可思議的力量介入。

「好。」

「我會讓世蔓用最快速度趕過去你那邊，如果這是伯伯你說過命中註定的死劫，超自然攻擊可能不只一次，刑玉陽目前走不開，但我會請他問問看有無可靠的修道者能過去幫忙。」我壓低聲音繼續和他商量。

「小艾，蘇家有妳在，我很放心。」堂伯的聲音非常鎮定，毫無劫後餘生或者發現兒子剛剛續命成功的喜悅，畢竟司機不幸去世了。

「拜託，伯伯你絕對不能出事，我一個人做不來。」我在一團亂麻中結束與堂伯的通話，這時小波衝過來告訴我小潮醒了，我連忙隨他回去探望病患。

蘇星潮靠著抬高的病床床頭坐著，術士仍守在一旁，蘇醫師不在，可能是術士見情況不對將他支開，病床上，纖細少年愣愣望著前方，彷彿不敢相信自己仍在呼吸。

「那個女人呢？」小潮問。

我立刻感受到小波形容的奇異陌生，正常的小潮絕不會用生疏又無禮的語氣稱呼戴姊姊「那個女人」，我最不想面對的情況發生了，小潮或許也覺醒了前世記憶。

我安撫地朝小波輕點頭，示意他兄弟的事情先交給我處理。明知小潮指誰，我還是故意裝作反應不過來，想套套這個前世人格的話。「你在找誰？洛薇姊姊已經離開好幾年了。」

他冷冷地瞪著我，眼底湧起令人毛骨悚然的暴戾，那是我完全無法與古靈精怪卻敏感心軟的小潮聯想在一起的特質。「少裝傻，我是指強迫給我十年壽命的女人，我不認識她，她爲何這麼做？」

「你當然認識她，你和小波繼我跟許洛薇之後好不容易交到的新朋友就是戴姊姊，她又是個很寂寞的人，疼愛你以至於願意折壽完全不奇怪。」我以不容分辯的語氣陳述事實。

少年微不可見地瑟縮，有如「愛」這個字眼會灼傷皮膚。

「我不需要！我恨透這種事！」小潮忽然靜下來，緊緊抿著嘴唇，毫不掩飾對我的防備。這種事？說得好像他不是第一次經歷，但堂伯折壽的對象應該是小波才對。我對這處矛盾感到疑惑。

「我知道戴佳茵和蘇星潮這輩子的關係，我是問她在我們的時代到底是誰？」少年質問。

我下意識瞄了眼術士，他正笑咪咪準備聽八卦。勸服葉世蔓的前世人格無名氏魔王繼續回阿賴耶識沉眠時蘇亭山也在場，詭異的是後來他並沒有就這件事對我窮追不捨，或許是身為蘇家祖先，他早就知道自身前世與我也脫不了關係。

「你得先說自己是誰我才好比較。」我呆呆地說。「話說回來你知道我前世是誰嗎？我自己都搞不清楚呢！」

少年瞪大眼睛，一副不耐煩又不意外的模樣，真要讓他開口描述我的前世身分，他卻遲疑了，這一點和無名氏魔王類似。

「妳……總是叫我『小千』。」

我啞然，許洛薇曾說過我前世有一千個弟子，眼前應該就是最小的那個了。

問題出在，為何是剛好一千個？顯然這個數字本身有特殊意義，總不會是整數比較好看。

「你的眞名叫什麼？難道也像老二一樣要我自己想？」

「我沒有名字，妳就只叫我小千，其他人則稱我禍千。」

「那你的名字不就是小千了嗎，用數字當名字又不罕見。」我不解。

「……爲何只有我這麼隨便！」少年不滿怒問。

「我覺得挺好聽的。」鬼才知道爲什麼！

「別轉移話題，那女人是誰？」

「我不知道，從來沒有夢過戴姊姊的前世。」這是眞心話。「排最後面的你都不認識她，表示應該不是我的弟子，也許是其他有緣人或某次轉世欠過你的債吧？」

他咬著下唇沒有回話，大概是認爲我分析得有道理。

「可以告訴我怎麼回事嗎？你們一個個轉世到我身邊不是偶然。小千，你的師兄們給過我提示了，蘇家將有一場劫難，我身爲族長理應爲此奮鬥，但我也不想糊里糊塗死掉，知道原因才好對症下藥。」

名爲「千」的小弟子不像老二和八十八那麼防範我知道眞相，不如說剛好相反，或許他才是最不在意「蘇晴艾」消失的人——知道更多前世眞相，我必然因此改變認知架構——不像魔王老二嘴巴雖毒，卻連我這個不想恢復原身分的轉世都能欺負他。

只是一介平民路人的我的確不想讓前世干預到這輩子，作爲蘇家族長卻不能如此任性，和玫瑰公主分開這幾年，我的心態的確變化不少。牽涉到我最重要的人們性命安危，任何能利用的資訊都必須利用。

「不是我們投胎到妳身邊，是『您』投胎到我們身邊。」小千道。「九十九師兄設下因緣之網，爲了再度見到師父，我們將力量分給他，自願受到束縛。」

小千轉述湘水師兄也就是弟子九十九的原話：「『靠少數一兩個弟子的悲慘因緣不足以引起師父魂魄的同情心靠近我們，或讓他插手我們的業障，師父這人遠比你我想像得還要冷血，得搞一票大的。時機成熟時，那張網會被後世的我打開，能不能網住你們投胎，就看各自造化了。』師兄這麼說。雖然年代上有點差異，但我們的確是最大程度地齊聚一堂。」

術士聽完這段爆料後似笑非笑地望著我，一邊搖頭一邊發出嘖嘖聲。我臉皮發燙，爲何每個想起前世記憶的都要順便黑我？

「然而，我們這些該下地獄的存在，每個身上揹負的業債都無比深重，密集轉世到同一處必然引發災難，輕則改朝換代，重則地動天搖，『地』府與『天』界，他們也的確非常提防我們這些轉世者。」

確實，葉世蔓就是一個很好的例子，神明從他出生時就開始戒備，一旦有覺醒徵兆，就立刻下手。

「既然我投胎了，表示我的弟子扣除那些時代比我早或晚一點的人，大部分也轉世了吧？」總不會那麼準都在台灣，應該有些外國人？不過蘇家裡肯定有不少。

我想替蘇家成員和前世弟子之間列個對照表格的心思瞞不過術士與小千，少年露出嗤之以鼻的表情。「師父，您腦殘了嗎？您雖然阻止我們下地獄，但我們的冤親債主可沒少一個，跟著我們投胎糾纏不休是必然之事，不是所有身邊存在都是您的弟子，敵人的機率更大。」

光是老二的血債就五十萬……還只是一場屠殺紀錄，數字就已經奇幻到我放棄思考了。

「我一旦降生，表示大苦因緣的業障累積到極限，即將轉爲劫災，即便湘水師兄設置這個計畫，但他到底也不想人間被傷害，得由我畫下句點，此後，師兄師姊們想尋找師父的轉世只能各自碰運氣了。」少年語調相當蕭索。「如果我與您相遇了，師父，按照湘水師兄的預言，近似凡人的您不會有解決災難的能力，而我或其他有能者則會在天界出手之前收拾大苦因緣累積的劫難，我自願善後以報答師父前世的『恩情』。」

小千說到最後根本是咬牙切齒，我冷汗流下來，努力端起慈祥的語氣問：「小千，你前世到底欠了我什麼？」

他愣愣地看著我，眼神中竟有著一絲幽微悲傷，所有與我前世相關的人，包括許洛薇在內，提到過去時多多少少都會流露這樣的眼神，由此可知，恐怕我前世的結局不太好。

「……一切。」

無比沉重的兩個字一時讓我無言以對。

小千彷彿要將來不及對我的前世說的話一股腦兒傾倒。「您預見自己將要阻止一千個註定下地獄的人，最後道消身殞，卻很開心地實踐這份命運。天界為了防止前世是魔種的我成長為大魔，趁我還幼弱時不只肢解我的肉體，連我的魂魄也要打碎，是師父您付出了剩餘的一切——血肉、道行替我再造人身，讓我以人類姿態再活一次，但您卻連屍體都沒留下，就在我們眼前什麼也不剩了……」

我聽得很用心，對小千的故事卻沒有共鳴。「可聽你說完來龍去脈後，我還是沒感覺。」

「您的個性就是這樣，想做的事做完就閃人，我們也不期待會有啥特殊反應。」小千用力地瞪我。

總覺得這些弟子對前世的我感性部分評價相當低，分數都鑽地挖土了。

「你不是為了替蘇靜池抵命才出生的嗎？」我嘴唇幾次哆嗦才擠出這句話。

「我必須先投胎為人類，在關鍵時刻死去，之後才能發揮力量達到湘水師兄設定的善後目標，因為是三師兄頂著壓力養大恢復為嬰兒的我，我決定反正要死，盡可能在趕得上的範圍內護他的轉世一次。」

堂伯果然是……總覺得不意外了，看來他就是門派裡類似參謀的人物，有可能還是管錢的。

「你說自己有能力善後，並且是死了才能做到，具體來說，你打算怎麼做？如果我認爲划算，幫你也不是不行。」術士驀然道。

「亭山先生！」我怒叫。

雖說術士可能是想套話，但他也的確是幹得出這種事的邪門歪道。

小千盯著術士深思的表情讓我想到葉世蔓剛恢復前世記憶時感應其他人前世的姿態，從小千對前世故事信口拈來的流暢，他辨識魂魄輪迴身分的能力恐怕比無名氏魔王更好。

少年似乎認定術士爲相同陣營，點了點頭。

「前世同伴也好，冤親債主也好，他們會環繞著因緣之網中心殘殺爭鬥，我則會成爲鬼王，在災害擴大之前帶他們下地獄。爲了確保我的確有控制人魂的力量，保險辦法是作爲人類而死。」

那個中心毫無疑問就是蘇家。

熟悉的字眼又來了，我聽過好幾次鬼王，都是指和我有關的人，還頗爲親近。

「你的意思是，要解決蘇家的災難，就是由一個威能夠大的鬼王把打打殺殺的問題魂魄全帶下地獄眼不見爲淨？你是刻意被安排好執行這個任務的主戰角色，但其他鬼王也可以做？」

「湘水師兄不是萬能，他無法預見師父何時投胎，也不知道蘇福全會提前下地獄，如果這兩件事都沒發生，災難應該在我約十歲左右就降臨了，然而，大方向不會差太多。」小千說出了和無名氏魔王預測未來時很接近的評論。

「萬一我因故無法善後，備胎愈多愈好。坦白說，師父您已經有意無意阻止兩次了，幸好時候未到，那也無妨。」

「哪兩次？」

「預定成爲赤虎鬼王的凶豸和二師兄，他們的力量都可以打開地獄門帶領眾多魂魄墜落，特別是二師兄，他這麼做已經不是第一次，事實上，我正是要仿效二師兄的做法，因果成熟，業力的侵蝕會讓魂魄從深處開始瘋狂，這些魂魄已經不適合繼續在人間輪迴，包括我在內。」小千說。

「把我的師父當備胎用，原來是這麼回事。」術士低吟。

我後來和都鬼主確認，她對可能成爲鬼王這點具有高度專業意識，哪天死了眞的要下地獄也不介意扮演救世主順路抓一批惡貫滿盈的魂魄下去減輕人間壓力，畢竟支配眾鬼是鬼王的義務也是本能。

鬼王，眾鬼之王，要當王得有一定數量的部下，該不會新生鬼王的第一批小弟就準備拿被大苦因緣網羅的魂魄充數？讓都鬼主和蘇家扯上關係，的確有可能把蘇家劫難導向自然解決的方向，除非忽略一個重點，都鬼主並非百分之百會成為鬼王，貌似本人可有可無，然而蘇亭山卻不願意師父下地獄。

「不想這種事發生，就別來阻礙我。」小千冷笑。

「無論以前世師父或這輩子的堂姊身分，你以為我會容許這種事發生嗎？」我拍了一下床頭櫃增加氣勢。

「我不記得自己有徵求您的同意，師父，誰教您當初也沒問過我的意見，隨隨便便就為我犧牲。」

原來小千這麼爽快告訴我真相，是因為他打算我行我素叛逆到底。

最後一個弟子，表示他和師父的相處時間最短，恐怕小千前世的死亡與再生都是倉促之間身不由己，想說的話、想見的人，卻是永遠埋葬在黑暗中。許洛薇從跳樓到真相大白僅僅才三年多，期間我就失落到無法正常生活，這些古老魂魄如何捱過投胎轉世的漫長等待？

「但現在蘇靜池沒死，你得到十年壽命，我也沒看到蘇家有大亂子，你有必要現在就變成鬼王？活人的話天界還能睜隻眼閉隻眼，變成鬼王在人間爲所欲爲，天界多多少少會干預吧？」話是這麼說，檯面下肯定暗潮洶湧了。

「這次不會，尤其是天界知道我爲何要這麼做之後。」小千呢喃似的音量讓我意識到他不只是對我解釋，還是在對無形界放話。「至於有沒有必要現在就死……早知一切終究要如此結束，何必掙扎？」這句話透露出小千對作爲蘇家雙胞胎生活的日子，其實留戀到不願意多做奢望，等得愈久，割捨時就愈痛。

「溫千歲在這裡，這事據說九十九也沒料到，我這邊還有很多張王牌，根本不用你孤軍奮戰。」我說。

小千冷不防從口袋裡拿出戴姊姊求來的籤詩，紙條是怎麼到他手上的？

「我若是作繭自縛，八十八師兄也是泥足深陷，無法自拔，飛蛾撲火。這盞風中殘燭，指的是師父的命，這場劫難中使魂魄瘋狂廝殺的祭品，正是師父本身。」他毫不在乎地道破溫千歲的籤詩含義。

「我不清楚九十九生前告訴他多少，但他肯定知道這場劫難會如何進行，最近好像也讓他看出我就是負責收尾的人，就像那個負責開頭的人成爲蘇福旺一樣。」小千說。

「我不管哥哥你前世是誰，你就是我哥，我反對你成爲鬼王。從你剛剛的話判斷，你要帶下地獄的也包括我方的人，假使他們的魂魄瘋狂，爸爸，蘇醫師，還有我，大家都可能是你下手的對象，那樣我一定會阻止你。」蘇星波驀然發話。

一語驚醒夢中人！重點不是小潮變成我的前世弟子和鬼王，而是他要帶很多我認識的親友下地獄！

等等，小波怎會還在這個房間？我剛剛完全被小潮換了個人格的事吸引，竟沒發現雙胞胎弟弟一直站在角落，十八禁話題不但聽完了，邏輯反應還比我清晰快速！堂伯的血統眞可怕。

忍不住懟了術士一眼，他記得請走蘇醫師，卻把一個未成年放在現場是啥意思？

術士卻用厚度無雙的臉皮自動將我的眼刀轉譯爲叫他出場的信號，走到病床邊成功引起小千的警惕，看來這傢伙前世果然不是善茬。

「小師弟，我來爲失憶中的師父上一課，下地獄呢，其實不見得是壞事。」術士笑嘻嘻道。

沒人說他是我的弟子，蘇亭山倒是不甘寂寞自動入座，雖然又是套話，小千沒反對他的說法，的確是被他套中了。他沒八卦自己的排行，這一點很好懂，溫千歲在千人眾中排名第八十八，以概率來說術士十之八九落在他後面，這個虧可不能亂吃。

「佛經中記載，鬼王其實是在地獄中修行的神明，將來也可能轉生天界或成爲菩薩，是威能大到能在地獄中累積功德的存在。同樣地，進入地獄的魂魄也是罪業深重外加智慧低落到無法靠自己反省，受處罰是最有效率的洗業方式，這是我師父說的，啊，我是指這輩子的師父。」術士不忘強調他口中眞正的師父是都鬼主。

「不過，生爲人類不想下地獄天經地義，畢竟地獄道進去就很難出來了。因緣未盡的話，任誰都想拚命掙扎留在人間，比如蘇福全以及轉世後的蘇福旺。」術士說。「意思是，下地獄不全是壞事，但留在人間更爲難得。這點小波沒有錯，我也要爲了自己的自由自在反對你哦，小師弟。」

少年咬著下唇，半是賭氣說：「如果你們沒瘋的話，我才懶得管，我只是負責善後。」

「蘇家劫難我們會看著辦，有方向就好說了。所以你是要像老二一樣自己沉睡還是順其自然？」我問小千。

他表情複雜，下意識看著血脈相連的雙胞胎兄弟，彷彿接下來要說的話鑲著刀片，即將把我們割得鮮血淋漓。

「蘇星潮已經死了。他確確實實斷氣，我才能完全甦醒。」小千對著還一頭霧水的我解釋。「和二師兄的轉世不同，他是阿賴耶識暫時反轉，我則是徹底回歸魂魄本我又強行被放回肉體恢復有限壽命，有段四大混亂的眞空期，習氣也斷過，即便我記得蘇星潮的一切，但我不再是他了。」

四大是指地水火風，人體被稱爲四大化身，就是這些元素構成肉身，鬼魂感官缺失扭曲或者力量千奇百怪，也是因爲肉體秩序消亡後殘留的元素不穩定之故，比如許洛薇很明顯就是偏重「火」的力量。

葉世蔓的「習氣」未斷，無名氏魔王才有辦法把殺手學弟還給我，小千卻是徹底恢復本尊的認知，反過來說蘇星潮的意識已經隨著死亡自動收藏在阿賴耶識深處，成爲封存檔案了，看來小千並沒有強行運作這份作廢檔案的能力。

「既然名存實亡，三師兄也是聰明人，我不想演戲，維持假象沒有意義。」小千說。

「好，那就順其自然，我會對堂伯說你因呼吸心跳停止的後遺症導致性情大變，身分證上還是蘇星潮，私底下我們可以叫你小千。」我握起拳頭敲了下掌心。

「妳沒聽懂是不是——」

「記憶轉換發生在斷氣之前對吧？」我截斷小千的抗議，偵探蘇小艾決定用推理挽回剛剛邏輯撞牆的丟臉失誤。

「哥哥今天從早上起床反應就很奇怪。」蘇星波附加補充。

小千對蘇星波丟去指責叛徒的眼神，說他們不是兄弟誰信？

「也許你恢復了一點超能力，我就當你有宿命通好了，可是醫學上身體並未死亡，魂魄也是同一個，頂多只能說是雙重人格。」我說。「我不覺得前世有偉大到讓我放棄承認你這輩子的身分，不只是你，堂伯和大家都一樣。失去小潮不是不心痛，但要哭等到之後沒人的時候再哭，我們會花一輩子想念小潮，可是，同一個人還好好活著，不珍惜的話就太笨了不是嗎？」

「小艾姊姊說的正是我的想法。」蘇星波黯然道。

「我也不認得你，對你的認識僅限蘇星潮的記憶。」小千對雙胞胎弟弟說。

「我的哥哥才不是那麼小氣的人！重新開始也無所謂，爸爸那邊我能幫忙交代。」蘇星波喃喃道：「還活著就夠好了……」

「就我來說，你只要不惹麻煩怎樣都好啦！」術士懶洋洋表態。

「你們到底在想什麼，我是魔種，是災禍，我不需要家人朋友！」小千發現我們不是在開玩笑後忽然激動起來，看來前世遭遇帶給他很多傷痛。

「可是前世那個師父不是已經給你基因改造成人類？你自己說的。」雙胞胎弟弟一臉無辜指正。

可惡，小波破梗速度實在太凶殘了。

「我懂我懂，小朋友就是要哄一下，晴艾妹妹，快去拍拍人家。」術士耐不住本性作祟又開始火上澆油。

抱歉，這件事我實在哄不下去。「說斷氣就斷氣，可能是鬼王預備役的基本功，但我喜歡的戴姊姊可是爲你少活十年！就我對因果的認知，給出去的代價就算你丟掉，她恐怕也不會恢復這十年壽命。加上爲你續命的願望落空，她可能再許一次相同願望。再說，你把戶口名簿和族譜放在哪裡？我們已經是家人朋友，這不是需不需要的問題，老天給你就得受著！你以爲我喜歡當蘇家族長嗎？」

我喘口氣，接過小波遞來的水杯一飲而盡，氣到不行繼續訓話：「你前世的師父看到你偷懶不做作業會有什麼感覺？我就他喵的不爽啦！把蘇星潮的人生過得完滿是你的責任吧？搞定這該死的大苦因緣就是你們口中的師父我的責任。去跟戴姊姊說謝謝，把接下來十年的人生規劃寫成報告呈給我，就這樣！」

三年前知道跳樓眞相是許洛薇不想被冤親債主操控去殺我，那時我險些崩潰，主將學長強迫我立刻向許洛薇道謝，我現在終於明白他的想法，沒錯！就是這麼簡單！糾結、自責和罪惡感或許會跟著我一輩子，但我不需要讓別人去承受自己的幼稚情緒，更沒臉讓已經付出代價的人爲我擔心。

小千低頭默然不語，久到我以爲接下來幾天他打算就這樣消極抵抗，他忽然掀開被子走下床，往隔壁戴姊姊的病房走去，我們尾隨在後，小千進門發現戴姊姊還沒醒，轉頭無聲詢問。

「大概是失去壽命的影響吧，她需要休息久一點。」反正說錯有術士修正，我隨口推測，堂伯也是因爲折壽頭髮都灰了，戴姊姊的髮色沒起變化，表示影響可能落在其他地方。

小千點點頭，在床邊找了處位子坐下。「我等她醒來再說。」

前世師父名號再度發揮不可理喻的威能，反正千人眾會找來也是因爲這個，這把雙面刃就讓我好好利用吧！我轉身對蘇亭山吩咐：「幫我看著他們，我去找都鬼主大人參詳一下。」

「晴艾妹妹不相信我嗎？」術士撒嬌問。

「對，不相信你。不過這次我要拜託都鬼主大人的事情和信用無關，純粹是你的程度不夠。」我從術士錯愕的表情中得到滿足感，揚長而去。

□

我帶了蘇永森當保鑣，趕往名義上屬於主將學長、但我在他結清屋款前都有居住權的老房子，都鬼主就住在屋後一田之隔處，和我們是鄰居。

剛出火車站，都鬼主就打電話來，要我改去「虛幻燈螢」找她，她很自然地利用起停業的咖啡館自娛自樂，還會留下一些符籙當使用費，因此刑玉陽並不反對都鬼主不請自來。

長髮及臀的女子就在滿室咖啡香中迎接我們。自從蘇亭山歸籍蘇家後，都鬼主就沒再做僞裝的凡人工作，根據她的說法，是她爲自己奪舍的身體盡完扶養責任，打算過退休生活。

「我讓堂弟守門口了，明人不說暗話，可以請妳教我如何駕馭ＡＲＲ超能力嗎？不用像前世那麼厲害，只要讓我能探知牽扯進蘇家災禍的人鬼彼此的愛恨情仇前因後果，我才知道怎麼化解。」像蘇福旺、蘇福全一家對應到現代劉君豪犯下國慶慘案，這樣的糾葛例子可能有好幾十起，我必須在這些「劉君豪們」還未犯案前將其一一定位。

都鬼主慵懶地啃了一小口餅乾，媚眼如絲，舉手投足都散發著懾人心魂的魅力，即便外表不算美麗，但她身上卻充滿更加原始、那些只能在動植物或陽光岩石水流之中看見的美，就算我是女生，還是覺得都鬼主很可以。

「——我要看見大苦因緣的全貌。」

「妳終於來問我了。」都鬼主還是老樣子，一舉一動都自帶高人氣場。

「等等，在我來不及退訂單前，請告訴我代價是什麼？」我趕緊補充。

她又笑了。「代價嘛，每回我們見面時，招待我吃一餐就行了。」

我搔搔臉頰，都鬼主的回答太過不可思議。「就這樣？妳不是騙我？這太便宜了！」

「看來小艾還不懂，都鬼主不能佔人類便宜，光是聚餐就能等價，表示妳的魂魄擁有這種價值，不過，用金錢折抵反而是天文數字，我想妳應該會選擇不用錢解決。」

都鬼主眞是太了解我的凍酸本性。

「在下地獄之前能多約會幾次也不錯，我的小眞人。」她用纖細的手指抬起我的下巴說。

「來，吃塊我烤的餅乾。」

嘴裡含著奶香四溢的小餅乾，儘管都鬼主最後的稱呼疑似劇透，我還是跳過裝沒聽到，抵死不咬這個餌，只要能滿足我的預設目標就好，除此之外其他奇幻設定不在我關心之列。

「話說回來，妳打算自己解決蘇星潮的事？」都鬼主在那句詭異的挑逗發言後忽然又轉回普通聊天模式。

「我想，那位小千大概不打算眞的聽我的話，等到千鈞一髮之際就會自殺屍解變成鬼王，他目前還願意按兵不動，表示蘇家災難還不到最緊急的時刻。我正是想用超能力確定會讓小千必須變成鬼王的災難內容和日期到底爲何？也許拿到情報也能請妳分析看看。都鬼主大人，妳和小千，我不希望任何一個下地獄。」

「我不入地獄，誰入地獄？」都鬼主卻笑著回我一句意味深長的偈語。

得到都鬼主會替我特訓的保證，我有種站在山嶺之巔的感覺，不是登高望遠不可一世，而是已經累癱了還要扛著行李走下山的悲愴。

不知堂伯家內部經歷何種風暴，蘇靜池回來後這一家人平靜無波地過了這道坎，小千只說他更喜歡這輩子的名字，要我們照舊叫他蘇星潮，後來他也不像在我們面前表現得那麼殺氣騰騰，與原本的蘇星潮差異沒有我預期的巨大，只是不再愛笑了。他對稱呼堂伯爸爸倒是沒任何牴觸，大概是前世記憶中，蘇靜池就是對他來說形同父親的存在。

我私底下向小波打聽，小潮到底怎麼對父親交代他死而復生性情大變的情況，小波說，負傷的蘇靜池一回到家，看見小潮第一句話卻是「不想說就別說了」。

蘇靜池甚至沒找戴姊姊和我打聽眞相，我相信他不是不在意，但和兒子繼續生活的願望大過一切，他不願接觸任何改變心意的風險。至於戴姊姊，她當天替我送籤詩給堂伯，發現蘇靜池家裡無人，以爲蘇靜池帶兒子出門，乾脆繞去自然農場替我巡視族產，結果她的記憶中斷在半路，之後發生的事完全沒印象。

戴姊姊聽說自己折壽的事後並不意外，反而勉勵小潮要好好使用得來不易的新壽命，十年對孩子來說仍是短得令人心碎。

不懂戴姊姊眞實想法是什麼，但我現在終於明白刑玉陽知道我不想活時爲何那麼不高興，我相信戴姊姊是快樂的，但那只是種「遠離不幸」的快樂，仍然無人能爲她的生命點燃火花。

也許芸芸大眾中很多人都是這樣，但我既然和戴姊姊變成熟識，仍會因此惋惜擔憂。小潮沒說多餘的事，戴姊姊對蘇家劫難和彼此的前世一無所知，這一點，我解釋成這個此後截然不同的蘇星潮有意報答她的意思。

然後是那張槽點無限的「蘇星潮二十五歲之前必做的一百件事」清單。

其中最醒目的一條——

找到玫瑰公主姊姊，娶她爲妻。

少年一臉酷樣表示：「這不是蘇星潮的願望嗎？腹肌什麼的，隨便練練就有了。」

孩子，你太小看腹肌了，還有我所謂的完滿不是這個意思，去給我交正常的人類伴侶，哪怕找男人都比女鬼和翅膀畜生好！算我求你了！

□

都鬼主的特訓很單純，她定期來崁底村替我針灸，餵我吃餅乾，她的餅乾總是帶著淡淡藥味，有時候還疑似混雜泥土和不明粉末，接著我就靈魂出竅跟著都鬼主到處散步，變相的魂魄體能鍛鍊，比刑玉陽的抄經加跑步還累，王爺廟兵將在巡視地方時，還會很故意地從我的身邊超車比ＹＡ。

我從一步三打跌的菜鳥生靈迅速進步到正常走路，還要爲都鬼主帶路參觀，方向感必須好，儘管歷時不長也未眞正發動超能力，腦力消耗堪比一夜準備三次期中考，甦醒後至少廢人化二十個小時。

不知不覺之間我長白頭髮了，大概是隨手抓一把裡有兩、三根的程度，數量不多沒放在心上，剛開始還會勤快拔掉，但每天起床梳頭黑色裡總會摻著幾條白，擔心拔久了要禿，我就懶得管了。

吃了一回團圓飯，又是一年伊始，春天的活力與綠意遍染崁底村內外，我的農曆生日和西曆生日都平安無事過去了，看來無名氏魔王暗示我會在二十九歲實歲這年掛點的預言，有可能是滿三十歲前的任何一天。

說到生日，族長日常任務之一就是在所有死去族人冥誕當天慰問祭拜，但這項服務不包括和夫家合葬的蘇家女性後代或者嫁進蘇家的女人。

我翻著密密麻麻的行事曆，孫尙卿這個名字再度勾起酸澀。

我對阿卿嬸嬸的死一直難以忘懷，不只是她在早已不記得的童年照顧過我，是我被逐出家族後唯一還會傳遞消息的友善親戚，和我臥軌的父母一樣，爲了癌症死亡的丈夫殉情，還有她喝農藥自殺的日子竟然和冤親債主下地獄同一天。

我從未在村裡看見阿卿嬸嬸亡靈，照理說，阿卿嬸嬸的死亡單純就是一場自殺悲劇，冤親債主那時忙著附身他的首要仇人轉世外加與我們打架呢！然而聽了小潮的前世自白後，一切都染上可疑色彩。

萬一還有其他冤親債主……不，按照最後一個魔種弟子的說法，九十九弟子布下的大苦因緣之網，崁底村的冤親債主應該是海量滿滿的。

她會是我的弟子之一嗎？還是一個來還債或討債的可憐人？我拒絕相信阿卿嬸嬸會變成惡鬼，她沒有子女，崁底村裡沒聽說有誰和她特別好，是以夫爲天的傳統婦女，結婚後忙著照顧公婆操持家務，社交範圍侷限在鄰里和夫家親戚間，現在只有我會在非節日到她和丈夫合葬的墳前擺上供品，就算村裡的人不是弟子就是冤親債主投胎轉世，我也想不出阿卿嬸嬸想對誰報仇索命。

我靜靜等著香枝燃盡，點燃事先摺好的紙蓮花，凝視蓮花化爲一朵金紅色火焰消失在空氣中，留下少許灰燼。

孫尚卿，她就是我在接受都鬼主特訓後選擇鎖定對象自由發動能力的第一個挑戰案例，爲了驗證她的死因毫無可疑，我必須定位她的魂魄去向。

「都鬼主大人，我失敗了。」我自己也挺意外，本以爲至少有個五十分，結果卻抱鴨蛋。

「沒發動能力？」長髮女子懶洋洋啜著紅酒。

「發動是發動了，但是什麼都沒看到。」

「是眞的什麼都沒有，還是沒看見妳想看見的？」都鬼主氣定神閒反問。

我努力回想，過了一會兒不確定地說：「只有一片黑，滴答滴答，有東西在滴水，沒聞到血腥味，應該不是血。」

迄今夢過好幾次命案現場，不能怪我反射性把不明液體和血液做連結，然而我第一時間分不出是哪種水，表示水滴至少不是源於自然界的水體，否則在夢裡本能就能感知是海水或沼澤之類的。

「唔，那就夠好了，以此爲契機推想吧！別肖想所有事都靠能力解決，妳可沒那麼多本錢。」都鬼主告誡道。這位能力頂天的牛人使用能力時反而非常精省，你絕對不會想遇見這種每分每秒習慣維持滿血的怪物BOSS，就算被雷劈了一記，殘血量都還夠碾壓全場。

「我知道，謝謝您的教誨。」ＡＲＲ超能力剛覺醒的那一年，雖然我能看見很多內容，但那是流暢的「失控」，就跟無視沿路紅燈油門催到底是一樣的意思，我不能永遠都這樣開車，如今還得小心顧著半滿的油箱計算油耗。

ＡＲＲ超能力每次發動就像透支生命，嚴重時生理機能還會罷工抗議，即便是特訓也不能隨便拿來玩，因此都鬼主僅鍛鍊我魂魄的耐力和自制力，希望我用最少成本得到想要的資訊，這樣一來損失的部分也算值得了。

就算不相信我自己，也要相信都鬼主！彷彿看見都鬼主一邊喝紅酒一邊對我比讚的畫面。

利用超能力解析畫面碰壁，我回到老方法，田野調查！

我對村中阿姨輩交際圈不熟，於是請出蘇雁聲的老婆替我調查。如今我看人方式和過去不同，這位堂叔母在我眼中也算是很有趣的人，我身邊的高人奇人太多，堂叔母這種徹底庸俗又易怒好鬥的女人反而少見。

當我說想要知道阿卿嬸嬸不爲人知的一面，堂叔母倒是查出一個我從未聽聞的八卦，殉情自殺的阿卿嬸嬸竟然和年紀小她十來歲的保險員不清不楚。

「家裡門窗開開，應該不是想做骯髒事，阿珍只看到那個年輕男人抓著阿卿的手，表情很明顯對她有男女之情。」堂叔母撇撇嘴，不以爲然道。「人都死了，她們那一掛的就私下約好絕不再提，以免敗壞阿卿名聲。」

我問蘇家萬事通的堂伯，阿卿嬸嬸是否有出軌嫌疑，堂伯吃驚地說不可能，低頭想了想，又說女人私事他不清楚，但他相信孫尚卿人品。阿卿嬸嬸已經照顧罹病的丈夫超過十五年了，從慢性病到罹癌，最後臥床不起，日日照護是極度枯燥疲勞的重勞動，足以壓垮任何一個深情伴侶。

當時蘇家族長已提供各種支援，大家還是覺得妻子親力親爲照顧重病丈夫天經地義，即便本人心甘情願付出，不代表沒有折磨。

好吧！女人的事我問堂叔母可能眞的比較準。「那妳覺得阿卿嬸嬸有沒有出軌？愛不愛她老公？」這兩個問題並不衝突，人類的感情與行爲經常出現矛盾，細節卻關係到我釐清阿卿嬸嬸的死因。

「嫁雞隨雞，阿卿是一個認分的查某，沒那個膽子出軌。」堂叔母卻沒回答我第二個問題，顯然覺得愛不愛這種說法挺荒謬，她們那個年代的女人不時興這種肉麻話。

但我知道，堂伯的深情事蹟二十年來始終風靡著崁底村所有女人，阿卿嬸嬸苦守丈夫病榻身邊十來年的忠實表現也是男人津津樂道的婦女楷模。

接著我命蘇雁聲找來負責阿卿嬸嬸一家的保險業務員，他承認對阿卿嬸嬸有好感，當時她的丈夫狀態已經很糟，那個男人非常熱心地協助她解決生活中的各種麻煩，包括帶身體也諸多病痛的阿卿嬸嬸就醫，才會引起流言。

保險業務員堅持阿卿嬸嬸從頭到尾都對他不假辭色。我仔細盯著他眉宇間依舊明顯可見的傷痛，知道他也在保護死者的名聲，只能說這個男人眞的喜歡阿卿嬸嬸，希望等到她丈夫去世後毛遂自薦當下一個伴侶，沒想到阿卿嬸嬸卻隨夫殉情。

然而其中是否隱藏著超乎我想像的黑暗呢？比如說這個男人迷戀阿卿嬸嬸卻暗中強暴她，導致阿卿嬸嬸羞憤絕望之餘自殺掩蓋祕密，但爲何不是安眠藥而是農藥？後者何其剛烈也何其痛苦，更無言流露出某種憤恨情緒。

「除了手，你有沒有碰過孫尙卿身上任何地方？」我單刀直入問。

保險業務員立即暴怒發毒誓否認，他這麼愛她怎捨得傷害？何況正經的好女人即將恢復單身，他何必冒險破壞好不容易累積的信任感，不如穩紮穩打追求。不得不說他的激動很眞實，辯解也無懈可擊。

「你在暗示阿卿嬸嬸同樣喜歡你只是不敢表示，至少要等丈夫去世一段時間後再發展第二春？」我繼續逼問。

他搖頭。「我不會亂揣測死者的感情，但當時孫女士積極和我討論保險理賠和自己的保單規劃，還詢問我哪裡適合搬家找工作，我認爲她打算在丈夫死後離開崁底村建立新生活，覺得自己有希望，一時把持不住……握了她的手表明心跡。我不相信她會自殺。」

問話到此爲止，我捏捏鼻梁，希望能爲乾澀的眼睛擠點淚水，肩膀上宛若壓著兩擔磚頭。

目前情報顯示阿卿嬸嬸雖未出軌，卻也不打算殉情，調查她生前的財務安排和閨蜜之間的閒聊內容，果然有提到出路安排，證明保險業務員所言非虛，她的死的確不單純。

Chapter 09 / 殺戮團圓

「看來眞實情況更接近阿卿嬸嬸在等責任了結，之後想離開蘇家自力更生。」我對刑玉陽報告重點。

混跡江湖四年的刑玉陽已與當初那個夢幻咖啡店長截然不同，甚至隱隱約約散發老兵氣息，在同業中評價簡直是火箭升空，還曾發生過萌新小輩誤以爲刑玉陽是長生不老的百歲大能這種搞笑誤會。對他來說法術不像是嶄新體驗，更接近另一種方便做事的工具，我猜他前世在天界肯定不是文職。

刑玉陽眉頭一皺，我就知道他一定有想法了。

「蘇小艾，蘇家的水太深，我認識的修道者一律不想碰，這是從蘇湘水時代就傳下的慣例，恐怕妳的祖先早就動手警告過修道者少管閒事了。」刑玉陽去修行冒險後帶回過去我無從得知的蘇家八卦。

我囧了囧，當初被冤親債主追得抱頭鼠竄時，還曾抱怨修道者見死不救，如今看來恐怕這鍋都要算回自家老祖宗頭上。

「我不管妳跟都鬼主私商訓練的事，妳和葉世蔓前世之間還有些隱瞞部分，我暫時也可忽略不計，倘若孫尚卿的死與蘇家劫難有關，妳有必要盡快查個水落石出。」

得到刑玉陽放行，我鬆了口氣，即便他不會干涉我在蘇家的義務，我還是相當依賴他的支持，哪怕只是說句認同話語都好。

「主將學長那啥……沒必要時就這樣相安無事，別去刺激他比較好。」我傻笑。

「我不是指鎮邦的前世，妳不用急著放煙霧彈。」

他沉著的目光盯得我心驚膽跳。

「非得要說的話，是妳自己的問題，也和阿克夏記錄開閱者的能力有關。」

「唉，我也想快點搞定啊！」我癱在沙發上抱怨。「會和你說只是上個保險，萬一我失敗，不是還有哥哥你來救場嗎？」

江湖傳說中犀利淡定的刑道長立刻額冒青筋，下一秒棍袋末端就戳到原本我坐著的位置，幸虧本人閃躲功夫了得，就算封魔棍還隔著袋子，這個人手勁可不是開玩笑，刑玉陽曾說過台灣產的合氣杖很便宜，意思是完全不會心疼打斷主力武器。

「從你方才表情判斷，阿卿嬸嬸的死因肯定有問題，坦白說，我有點怕。」害怕下一次發動能力的代價，害怕看見阿卿嬸嬸亡靈面貌，以及我堅持要往下走的那條路上無止盡的恐怖。

「別怕。」刑玉陽低聲道。

「我會努力的。」說完我有點想哭。

接著我將那個只有水滴聲的漆黑夢境告訴刑玉陽，期冀他能替我找出頭緒。

「醫院。」他不假思索就有了答案。

我愣了下，立刻意會。「你是指點滴聲？」

喝農藥自殺的阿卿嬸嬸在鄰鎮大醫院搶救三天才去世，因此她斷氣地點嚴格說來在醫院而非家中。接著我卻被一陣心酸襲擊，刑玉陽聯想之快並非福爾摩斯附身，而是肇因母親死於腎臟病，對他來說點滴的聲音畫面應該是刻骨銘心了。

「爲什麼我會聽到點滴聲呢？」自言自語。

「既然想不通，只能身體力行去找出答案。」刑玉陽說。

「你現在都不怕我遇到危險了喔？」我純粹無聊虧虧他。

他毫無預警用白眼看我，眼瞳猶如被晨曦穿透的冰雪，足可凍裂眾生的心臟。

「幹嘛忽然這樣？」

「看看妳長大多少。」

數年前意外離魂時，刑玉陽發現我的魂魄只有十二歲，主將學長被他逼著承諾在我魂魄變成大人前，不會催我談戀愛。

「警告你不准去跟主將學長亂講！」我立刻手忙腳亂。

「……」

「別不說話，到底怎樣了？」

「妳這傢伙前世到底是什麼來歷？」他滿臉嫌棄。

「怎麼回事？我跟許洛薇一樣發生魂魄異變了嗎？可是我毫無感覺？」我連忙湊過去要他看仔細些。

「妳當然沒感覺，居然半點長進都沒有，這幾年飯都白吃了！」刑玉陽驚訝之餘再度鄙夷。

你自己四年前元神還不是一樣未成年！有種大家靈魂出竅來互相傷害啊——我只敢在心底偷偷抱怨，感謝上天刑玉陽沒有他心通。

「我又不是故意不長大。」我小聲抱怨。

「因爲對象是鎮邦嗎？還是因爲鎮邦的前世讓妳非躲不可？」

「都不是！至少我沒有那種白痴想法！我只是不懂你們說的戀愛到底是怎麼回事，也許像許洛薇說過的種族差異，她曾經和好幾個人類男生試著交往，最後還是行不通。」起碼我討厭明明不懂卻裝懂，主將學長對我來說太重要，不是可以拿來隨便試看看的對象。「你自己也不交女朋友，幹嘛老是檢討我？」

「沒興趣。」

「Me too.」

「妳對鎮邦難道也是沒興趣？」

「當然有，但不是非得談戀愛的那種，很複雜的啦！所以我才苦惱。」反正刑玉陽不是外人，是我不吐不快的樹洞。

「複雜？就妳的腦袋也配跟我講這兩個字？」刑玉陽噙著諷刺的微笑。

等等！話題怎麼歪成這樣？但我被他激到了。「要簡單說也行，我不想和主將學長像男生女生普通地在一起，然後因爲各種原因沒辦法在一起後普通地分開。」

「爲什麼妳是以分開爲前提在想這段關係？妳覺得鎮邦有可能輕易放手嗎？」

「哥，兩人之間有一方死亡也是分開，或者各種原因關係變質，感情還在卻走不下去而分手的例子比比皆是。他單方面包容我、等我，害我壓力很大，被他喜歡我很高興，但他哪天不喜歡我，我會很傷心，又不是交往結婚就能保證不變，如果他變心了，你去揍他，他乖乖讓你揍，我也不會釋懷。萬一哪天他出意外比我先死掉，我會超級生氣——我討厭這種患得患失，乾脆不要開始。」刑玉陽靜靜聽我說，我也搞不懂爲何自己會這麼彆扭。

「我……可能害怕被他捕捉到吧？」末了，我冒出了這句莫名其妙的結論。

刑玉陽還想再說什麼，我卻被自己的話敲出別樣火花。「主將學長的事先不管，阿卿嬸嬸的死會不會和感情生變有關？老公生病那麼多年，感情不可能不變，卻因此引發殺機。」話題再度來了個托馬斯迴旋。

綁著馬尾的俊美男子足足瞪了我三十秒才緩緩吐出四個字：「妳給我滾。」

「這我家耶！」話是這麼說，我還是摸摸鼻子滾去調查了。

□

曾收留阿卿嬸嬸的那間醫院院長出奇配合，我連堂伯的名字都還沒抬出來，他在電話裡就迫不及待答應我一切要求，好像誤會我是來暗中解決醫院鬧鬼的事，並且那個鬼還是蘇家鬼，才會勞駕我這個能通鬼神的族長來「談事情」。

「我只是用了一點『說話的藝術』。」我的首席貼身祕書戴姊姊謙虛道，看來方圓百里之內具有神棍資質的人不只我而已。

原本只是拜託院長把阿卿嬸嬸躺過的病床移到空房間，讓我在上面睡一晚，如果不行，我再考慮去病房睡，就是不想打擾其他病人和醫院業務，外加沒把握醫院能找出阿卿嬸嬸去世時使用的病床。院長不假思索就說那張病床短短一年內連續躺了十幾個死人，阿卿嬸嬸也是其中之一，眾人覺得邪門，明明還沒到汰除年限，就把病床收進地下室輔具倉庫裡。

隔了好幾年終於又要動用ARR超能力，主將學長特地請假丟下案件來替我護法，我不好意思卻備感安心。三人合力將倉庫粗略清出一小片空地，消毒病床後擺上乾淨床單和枕頭棉被，主將學長坐在門外負責擋下任何意外干擾，戴姊姊仍是佔據離我最近的位置。

子時，陰氣森森的地下室，閒置的空輪椅與病床摻著詭異，我最擔心的卻是夢錯人。

這些年大大小小的修行沒白費，ARR超能力流暢復甦，彷彿打開積塵的盒蓋，穩定度卻是前所未有，時空漸漸化爲薄霧，一切界線消融重組。

此地的黑暗並非超自然邪惡力量，僅是單純關燈後的漆黑，滴答滴答的水滴聲再度響起，霉臭潮濕的空氣隱隱使人發狂。

「孫尙卿？」我悄聲呼喚，希望能和魂魄建立更多聯繫。

黑暗震動，賓果！沒偏離目標！

苦澀藥味和沉重的呼吸聲，床上淹沒在陰影中的病人，喉嚨裡卡著一口痰要喘不喘，雞皮疙瘩群起抗議。

黑暗中出現一道垂直刺眼的雪白，彷彿有隻看不見的手輕輕推開房門，那道光化爲高舉的劍刃劈下，帶著絲絲沁涼微風與溫暖，令人由衷湧現落淚的衝動。

原來已經是夏天了……那個健康的人才有資格碰觸的世界，多麼美好，多麼耀眼，正這麼欽羨時，強烈陰冷竄入體內，明明連貼身照顧的妻子面孔都看不清楚的病眼，忽然間清晰無比，客廳裡一男一女坐在一起的畫面印入腦海，甚至連他們的對話都有如耳語。

「多謝啊彬仔！我一個沒讀過書的老女人眞不知道怎麼去台北大醫院檢查看病。最近手連筷子都拿不起來，腰也痛到受不了。」

「好好保重，阿卿姊，醫生說妳長年用蠻力搬動丈夫，關節和神經已經出問題，需要休息。早就該請看護了，妳參詳看看，我能幫忙介紹。」

「沒法度，村裡的親戚頭人蘇先生早就給我們家很多支援，但是老公只肯讓我照顧他，試著請過看護，飯菜都被他丟到地上，人也被罵跑了，他愛乾淨，又不要一直穿尿布。可是我老了，氣力不夠，沒辦法像以前那樣照顧他，很多地方掃不乾淨還是有味道。」

「阿卿姊……」

「蘇醫師說他時間不多，要我做好心理準備，我今天也去訂製壽衣了，想讓他走得體面點，終於要結束了，終於……」

一陣靜默後，男女對話轉向細碎的保險問題，我的意識則被吸往病床，那兒簡直像黑洞塌陷，嫉妒、瘋狂、自卑和憤怒攪拌成深不見底的漩渦。

「我不是男人，我只是黏在她身上的一塊臭肉。」垂死的男聲滿是痛苦。

「她不守婦道，怎會是你的錯？應該好好管教你的查某，免得紅杏出牆。」

那道該死的沙啞嗓音，除了早已下地獄的蘇福全還會有誰？

不是沒想過早點放手讓阿卿追求自己的幸福，不，不，他不想死，爲什麼正值壯年卻罹病失去美好生活，爲何偏偏是他這麼不幸！連帶把自己的老婆也拖下水。

沒想到，妻子卻在他和死亡僅一線之隔的當下，就在客廳和年輕男人眉來眼去，他苦到心肝簡直都要吐出來，想衝出去叫那個不懷好意的保險員離他老婆遠點，卻連動根手指都做不到。

「有一個辦法……」沙啞聲音又說。

夢境忽然縮小離我而去，我一急，直覺追上去，忽然間整個人被某個不大的袋子裹住了，袋子自主抽搐著，但不劇烈，很快地，我感覺到窒息，猛然意會這是阿卿嬸嬸喝下農藥瀕死時的肉體記憶。這時，一道目光穿透袋子，連我都感受到那份喜悅與急切。

「對不起……尙卿，讓妳受苦了，誰教妳差點做錯事，妳一定要受一點小懲罰，以後我們重新在一起，我會百倍千倍補償妳，鬼差馬上就要到了，來，快點跟我走！」二十來歲的年輕男聲險些害我誤會是隱藏角色，隨即意會是死後魂魄回春的族叔，混著藥味與屍臭的病氣和那間角落病床上的黑影一模一樣，即便他怎麼佯裝快樂開朗，我的族叔、阿卿嬸嬸的丈夫，已經是個不折不扣的惡鬼。

女人枯瘦粗糙的手握住我的手掌，如同溺水者抓住稻草。奇妙地，我並不感到恐懼，只是擔心地反握那雙魂魄之手，卻像握住一根若有似無的羽毛，我明白這是阿克夏記錄，也是我與她之間的緣分牽繫，但自己並沒有眞正回到過去挽救孫尙卿的魂魄。

孫尙卿的魂魄被活生生拖出軀殼，根據醫院記錄，她在六小時後因多重器官衰竭被宣告死亡，然而，事實是她被丈夫亡靈帶走的當下就已經去世了。我聽到的點滴聲不是阿卿嬸嬸的點滴，而是她的丈夫經年累月臥病在床數著時間時，唯一會注視傾聽的東西。

身處空盪盪的醫院幻象中，我暴怒了，如果擁有許洛薇的爪牙，我一定要撕裂這個空間，抓住族叔阻止他的惡行。我隱隱約約感覺這次幻境旅行又到了尾聲。

阿克夏記錄，爲我翻開下一頁吧！洞悉眞相固然重要，但我的目的是確定阿卿嬸嬸的魂魄到底被帶去哪？

我像野獸一樣彎著手指豎起指甲搭在牆壁上咬牙低語：「孫尙卿，有緣之人，向我求救啊！都已經走到這裡了，我就是爲此而生的。」

指尖下的醫院牆壁驀然粉碎，毫無預警突入的空間像是蒙太奇影像跳躍式地閃現，我來到一處山區廢屋，連建築樣式都還沒看清楚，下一秒已經進入屋內，然後像被貼在牆上的畫一樣動彈不得。

又陷入被動強迫觀賞模式了，阿克夏記錄眞是刁鑽難搞，結束後搞不好會癱瘓一禮拜，我得像都鬼主所說那樣，盡可能撈到不虧本的關鍵情報才行。

阿卿嬸嬸站在空盪盪的廚房流理台前拿著生鏽菜刀洗洗切切，我發現她洗的是一把雜草和樹枝，最令人反胃的是，水槽裡躺著一隻看似被野狗攻擊的死貓。

女人表情如常，眼底微微有著厭煩。接著丈夫拎著一隻死斑鳩回來，興致盎然地將獵物甩在妻子手邊。

「喏，加菜。」

「我說過不要殺生吧？撿動物屍體回來玩也就算了。」阿卿嬸嬸語氣惱怒。

「沒錯，我們目前只能玩家家酒，就像這樣。」男人指著被煞有其事擺成大餐的雜草樹葉，裝在清水湯碗裡的石頭丸子，以及充當白飯的野薏仁種子。「恩公指示，像活人一樣假裝吃飯睡覺對話的儀式可以保持魂魄清醒，這是爲了有朝一日我跟妳能復活吃上眞正的飯菜，住大房子，討回蘇家欠我的東西，就快了。」

男人就像他自稱那般，在極度枯燥又異常扭曲的死後生活中刻意自言自語：「蘇洪清和蘇靜池從來沒告訴我們，蘇家祖先作惡多端，冤親債主一直在殘害家族裡的男丁，只會要人守規矩，我就是因爲不懂防範才被鬼害得生病，都是他們欠我的，憑什麼我要替他們還命！」

「他們累積了這麼多財產土地就是證據。現在有『朋友』幫忙，崁底村日後是專屬『我們』的地盤。我也是爲了在將來那場戰爭中累積足夠的戰功，給妳更好的生活才這麼努力啊！如果能分配到未婚年輕肉體，我就能娶適合妳的女人，我們在人間都會有新的合法身分。」

阿卿嬸嬸神情一下子慌亂起來。「那裡有神明守護，而且天界地府不會坐視不管。」

「所以說女人就是不懂事，那些神明眞的就是會坐視不管，否則妖怪們怎能和我們聯手？蘇家前代造的業，拿我們當祭品的缺德事，換到『那一天』神明不會插手，充其量就一個溫千歲還會擋著，他是蘇家養出來的陰神，偏心少數直系蘇家人，眞面目只是個有修爲的瘟鬼，但我們有把握絕對能打贏這個假神明。」男人得意洋洋說著。

「除夕團圓年夜飯那天，我們這些蘇家後代只是行使正當權利，邀請客人回鄉一同『聚餐』，拿下那個無能小族長，讓剩下的蘇家人從此對我們這些祖先畢恭畢敬盡盡孝道。」

「可是……這樣不對……我們已經死了，有我陪著你，等你甘願了再一起投胎不好嗎？」阿卿嬸嬸哀求道。

「我永遠不可能甘願！就是因爲毫無價值地死掉才要再活一次！」男人怒吼。

「小艾呢？你們打算怎樣對她？」

「妖怪們說崁底村的一切歸我們，他們只要蘇晴艾和之後過路作客的優待。我不在乎他們打算怎麼料理那個小女孩，大概是瓜分她的肉？總之我沒興趣。」

「亮春，你什麼時候變得這麼殘忍，你以前不是這樣的人……」

「過去就是太軟弱，才會連一個保險員都能隨便擺布、看不起我！妳也一樣！」

女人在那陣瘋狂嚎叫中躲進牆角瑟縮。

盡情發洩過後的蘇亮春忽爾狐疑道：「妳不會給我跑去密告吧？」

女人苦澀地撩起裙襬，腳踝赫然被一圈鐵鍊鎖住，腳銬附近皮肉焦爛，極為可怖，鎖鍊另一頭則延伸到男人背脊裡。

「我這樣子能去哪兒？」

他唔了一聲，仍嫌不夠滿意。「妳又偷偷逃跑才會燒成這樣，我不是警告過妳不能離我太遠了嗎？妖怪法術就是這樣規定的，鎖鍊拉太長就會變烙鐵。」

「我沒有，是你出去時又不控制距離。」女人小聲辯解。

「胡說！我怎會故意做這種事？不要再講些亂七八糟的話。」男人嘴角隱約有報復笑意。

我看到這裡氣得血液倒流，蘇亮春聲稱自己原諒妻子還要對她好，實則一直記恨虐待她。

血淚緩緩溢出孫尚卿眼角，她轉頭以臉貼著牆壁猶如石像。

男人還試圖調笑，討好地喚了幾聲女人小名，她毫無反應，他氣得掀桌，表情猙獰跟著站在原地靜止不動，並非畫面定格，而是對亡靈來說，僵硬遲滯才是最普通的狀態。

空間瓦解，精神再度飄流，我睜開雙眼翻身滾下病床，渾身顫抖卻站不起來，靠手腳在地上爬行並試圖推開戴姊姊，她趕緊呼叫主將學長幫忙，接著一雙健臂輕而易舉將我抱起，男人線條剛毅的臉頰貼著我的臉，我才發現自己反覆求救卻無法成功發出聲音，主將學長不得不貼頰傾聽。

「廁所……想吐……」我氣若游絲地擠出幾個字。

主將學長連忙帶著我往廁所衝刺，一股噴泉已經湧上食道，我死命憋著，一接觸洗手台立刻大吐特吐，大概吐了五、六分鐘，中間數次只能乾嘔，終於連黏液都吐光後，我才虛弱地捧水漱口，喉嚨被胃酸蝕得火辣辣地疼，期間主將學長一手撈著我，一手拍背以免我吐太急被嘔吐物嗆到。

旁候的戴姊姊立刻奉上毛巾和礦泉水，我軟軟地喝了兩口後搖頭，主將學長讓我趴在他肩膀上，像抱小孩子一樣托著我，我完全無法動彈了。

「妳這個樣子我看了難過。」他說。

「對不起，學長，開啓的阿克夏記錄比我預期的多。」我仍爲最後閃現的內容震驚不已。

「殺害阿卿嬸嬸的凶手是她丈夫蘇亮春，典型冤親債主的附身自殺手法，他也眞的是孫尙卿的冤親債主。我本來以爲夢到他綁架阿卿嬸嬸的魂魄就是眞相了，可是結束前阿克夏記錄冷不防讓我看到他們的前世恩怨，阿卿嬸嬸上輩子對蘇亮春的傷害折磨是十倍以上，這要怎麼算……」我緊抓著主將學長的衣服哽咽。

「先回家休息，將能進一步處理這些事的人叫來商量。」主將學長雖然是對我說，但一旁的戴姊姊已經開始打電話聯絡關鍵名單。

「等等，立刻把孫尙卿相熟的保險員列入蘇家保護網裡全天候監視，說不定蘇亮春會對他下手。」心跳聲大得像打鼓，指尖和嘴唇仍有點發麻，一口氣穿越四個阿克夏記錄，最後一個還是完整的前世版本，我居然還可以醒著說話，蘇小艾妳出運啦！

「我會通知蘇先生特別注意。」戴姊姊點頭。

戴姊姊去找院長善後告辭的空檔，我和主將學長繼續留在地下室緩口氣。

主將學長忽然揪住我腦後一縷長髮不斷摩娑，我擔心這回ＡＲＲ超能力副作用又嚇到他，便由著他去了。

「孫尙卿和蘇亮春前世甚至不是戀人夫妻，只是隨處可見富貴蹂躪貧賤的殺子之仇，」我貼著主將學長寬厚的肩膀低語。「這輩子卻因爲相愛糾纏不清，如果不是愛情與不捨，阿卿嬸嬸不會甘願被剝奪半生自由和健康，最後連生命都沒了，如果我族叔只有虛情假意，也無法打動阿卿嬸嬸愈陷愈深，他們當初最單純美好的時候，一定沒想過事情會演變成現在這樣。」

「嗯。」主將學長表示他在聽。

「倘若兩個人因爲上輩子的業債愈走愈近，即使目前看起來是好的，是否有必要互相拖磨？前世因果搞不好根本不浪漫還很恐怖。」

「妳什麼時候要來拖磨我？我累積的本錢也不少了。」主將學長直接這樣回。

「……」他應該是指時間存款和健康等等交女朋友的資本吧？一瞬懷疑主將學長有弦外之音的我思想實在太邪穢了。

「要是沒有超能力和轉世投胎這些因果鳥事，可以靠長期飯票在家裡耍廢的時候，一定優先考慮學長。」我累得沒空想太多，不由得稍微正面地回了一球。

「好，我也會努力。」主將學長還是老樣子，淡定表示他要繼續等。

接著我在蘇醫師那邊上點滴後，只能像無尾熊一樣靠著主將學長假寐，要是有睡著的跡象，他就會捏我幫忙提神醒腦，以免虛弱時的我魂魄又被ＡＲＲ超能力拉走，半點都不客氣。

□

圓桌會議在隔天召開，靈異老班底是我和主將學長、刑玉陽、葉世蔓以及精神上代表許洛薇出席的貓族小花，貓咪被戴姊姊抱著，在肅殺氣氛中打呼嚕，此外是蘇靜池、蘇雁聲和以青年外貌活動的術士蘇亭山。

自稱我前世最後一個弟子轉世的小潮沒出席，應該是懶得理我，這小鬼就是想死到臨頭變身鬼王一發解決；溫千歲也沒來，只能袖手旁觀這一百多年來蘇家的黑暗面，他的心情恐怕複雜到我難以想像。

我也許不是第一個發現眞相的族長，前人卻無計可施，只能鎖上蓋子竭力維持平衡，從溫千歲缺席和石大人的安靜，我品出了這個巨大可能性的苦澀滋味。

重點很簡單，今年除夕夜就是決戰日，剩下十個月左右的時間，也是我邁向實歲三十的未來關鍵大半年，被蘇福全煽動設計致死的蘇家亡靈已經分散隱蔽，聯合妖怪打算以祖先名義返回崁底村謀奪家產和活人身體，直接或間接支配所有人。

蘇福全並沒有浪費附身殺人後必須待機消化死亡衝擊的虛弱時間，宛若狙擊手般，只在任何有機可乘的蘇家人精神走到懸崖邊緣時恰到好處地推一把，如此一來付出的代價極低，一百次裡只要讓他成功一次，蠱惑某個蘇家人犯下重罪或成為惡鬼，對我方來說就是慘痛代價，而蘇福全有的是時間慢慢玩。

「就我看見的情況，蘇福全並沒有對蘇亮春施以強制手段，只是用謊言哄騙原本就神智薄弱的新鬼，將其塑造成同夥，蘇亮春謀殺阿卿嬸嬸仍然是基於自由意志。也許有些蘇家人也在類似耳語下選擇自殺，幾乎等於精神疾病的影響，或許乾脆讓目標瘋狂進而自毀，所謂的『惡鬼作祟』。」我說。就算原因不是惡鬼，人也可能因為各種理由發瘋或自殺，既然精神病和作祟造成的傷害差不多，更有可能互為因果，輕忽精神病或放大作祟恐慌都是不客觀的，要對付蘇福全，就得科學與宗教雙管齊下！該看看醫生就看醫生，吃藥喝符水一起來！

「非常陰險，但也非常有效。」蘇靜池道。

「如果我們讓蘇亮春知道，那個好心幫他的老鬼才是在蘇家殺人的冤親債主呢？」我仍然不死心提議。

「換成是妳會信？已經被洗腦的鬼比人還要偏執。」刑玉陽冷哼。

問題不在蘇亮春被蘇福全欺騙，而是他無法接受自己的死跟靈異無關，非要找個怪罪對象掠奪。這麼明顯的事實我倒也不是看不出來。

「他帶著阿卿嬸嬸躲在哪？當地的神明或境主都不管嗎？」我問術士。

「類似崁底村成立以前的三不管地帶，也就是各種地盤邊界沒覆蓋到的狹縫，這種地方經常變動，無處可去的妖魔鬼怪躲藏首選，新鬼想找到這類地點需要門道，妖怪介入的說法可信度很高，只有極少數特別強悍的鬼差偶爾敢進去逮魂魄，架不住蟻多咬死象啊！萬一丟失生死簿就完了。」蘇亭山感慨道。

這傢伙肯定遊走在這類三不管地帶陰了不少鬼差。我默默冒出這個想法。

「那我們有沒有辦法找到蘇亮春，救出阿卿嬸嬸？」

「不能說沒有，但必定會打草驚蛇，讓團圓夜進攻崁底村的妖與蘇家鬼改變藏身地和行動，更加隱匿提防我們。」術士認爲按兵不動繼續調查方爲上策。

「他們一定有個領頭者，否則怎麼談分贓？至少要找到這個頭才能談致命一擊。這個『頭』到底是妖怪還是蘇家鬼？這是個好問題。」

「也許答案沒有這麼單純。」蘇亭山微笑，我有不好的預感。「妳夢到的景象中，蘇亮春已經可移動實體和獵殺活物，那就不是單純人魂了，很多魂魄和妖怪嚮往三不管地帶的原因是，那裡更容易『突變』，好一點變成千奇百怪的魑魅魍魎，素質不夠就直接瓦解成灨。」

術士冒出一堆從鬼部的術語，我就知道事情愈來愈往糟糕的方向發展。

「力量強弱姑且不論，只不過更容易脫離官方管理的針對對象範疇——聽話乖巧能夠投胎的人魂，要是沒有明顯害人跡象，修道界也沒那麼大力氣一一收拾。我說得正確嗎？刑道長。」蘇亭山對刑玉陽舉起酒杯。

「我沒出家，還有未成年喝什麼酒！」刑玉陽的回答是鬨白眼瞪他，術士行雲流水地無視。

當初將他耍得團團轉的中年與青年版術士，眞面目卻是個幼齒小鬼，這件事似乎讓刑玉陽迄今耿耿於懷。

「其實這次情況倒不見得有個頭，或者應該說，哪怕目前有個頭取代已經下地獄的蘇福全組織復仇軍隊，打算拿下崁底村，到頭來眞的會乖乖遵守跟蘇家鬼的交易嗎？又或者蘇家鬼會甘心拿族長換取同盟應付的代價？撕破臉的機率我看不小。」蘇亭山道。

術士算是隱晦地避談千之弟子對蘇家劫難的預言，到頭來，所有大苦因緣網羅的魂魄都會圍繞著我這個祭品廝殺爭奪。

「亭山先生，你說的復仇軍隊，不是蘇家鬼，而是指曾被溫千歲屠殺過的妖怪對嗎？」葉世蔓問。

「種瓜得瓜囉！」術士聳肩。

「世蔓，拜託你利用白峰主那邊與妖怪的關係，替我打聽一下，爲何妖怪會指定我充當合作代價？他們是被蘇福全騙了還是另有考量？疏通管道的物資你找戴姊姊申請，要多少都行。」我怎麼想都覺得這一點很奇怪，蘇家鬼想拿下族長不意外，畢竟資源由我控制，但妖怪吃我的肉有啥好處？不會眞的相信吃人肉可以增進功力這種白痴迷信吧？

「好的，姊姊有令，使命必達。」葉世蔓爬梳一下短髮，對我眨眼露出魔性的笑容。

「小艾，妳打算鄰近除夕才將敵人一網打盡？我不確定只有十個月時間能否招募到足夠人手。」蘇靜池難得以憂慮口吻說。

可信堪用的修道者往往不是金錢就能叫得動，堂伯縱使本事通天，以年爲單位去準備代價或能夠交易的人情完全不奇怪，這些年不停搞事的我大概把蘇靜池累積的修道界人情花掉不少。純粹論商業合作，堂伯也算對修道界有些認識，是以他對我方能動員的專家能量顯然不太樂觀。

「一網打盡太過不切實際，但這段時間也不能放任蘇家鬼繼續惡化增加同伴，大家肯定都想趁最後的戰備期衝一波。我打算剿撫並用，所以需要說服這些蘇家鬼放棄搶劫崁底村的理由和情報，減輕決戰日壓力，剩下的就是盡可能讓我們這邊的普通人學會自救，這樣就能保留戰力猛揍不長眼來找碴的傢伙，我也是這樣走過來的。」我啃著仙貝說。

「沒有確定能成功的辦法嗎？妳要怎麼取得關鍵情報？又是靠超能力？」主將學長驀然

問，眉頭皺得可以夾死蚊子。

「我當然會量力而爲，若能說服一些蘇家鬼轉向我方，無論內應或策反都很有利，畢竟他們本來就是我家祖先。」我試著揣摩許洛薇這時會如何提議，她的鬼主意變態歸變態，其實挺有效率。目光轉啊轉，落到葉世蔓身上，看著他就想到清雅無辜的人型白峰主，以及蛇靈形態時差點將我一口吞的驚悚狂態，當時是怎麼說服白峰主別吃他的仇人來著？

腦洞大開的玫瑰公主警告白峰主，一旦他咒殺陶爾剛的女兒，下輩子可能要和那個老頭相愛結婚生個兒子償還業債……沒想到後來眞的遇到類似的現實案例，這事讓白峰主知道一定會覺得好哩家在當初有聽女生的話。

貪嗔痴是猛毒沒錯，用前世緣由與來生風險來催吐解毒或許有意外效果？

「以蘇亮春和孫尙卿爲例，若我能提前了解他們的累世恩怨，就能用更多時間和手段勸解，比如說拍攝概念影片之類，用講的沒用，那就用演的，老婆上輩子是禿頭歪嘴大漢這種，想必比較容易讓一個惡鬼轉念。」我說。

設計系的邪惡在這時覺醒，好像也不壞？

「不需要晴艾妹妹獨力承擔，妳只要爲我們取得重要線索就夠了。」術士從不打沒把握的仗，他的加盟儼然一劑強心針。

「鬼王和神明的選項都刪除後，貌似沒有更好的辦法了。」刑玉陽向來篤信積極自救活命機會最大，浪費能力和潛力則是自找死路。

「我會和姊姊共進退到最後一秒。」葉世蔓強調底線，反正他已經在崁底村落地生根，能幫就幫。

眾人目光同時望向戴姊姊，她是唯一缺乏正當理由賭命卻和我們關係匪淺的旁觀者。

「我沒打算辭職，再說別的地方未必比留在小艾身邊安全，敵人若是會附身的鬼和千變萬化的妖怪，我不相信保鑣之類的側近，請不用派我不信任的人保護我。」戴姊姊悠然表態，即便說法很務實，但她擺明就是不想丟下我們。

「我明白了。」蘇靜池說。

「醜話說在前頭，我只想苟且偷生，所以我會不擇手段利用大家的力量和資源，我不希望有誰輕率行動，害我緊要關頭借助不到他/她的力量。拜託了。」我起身對眾人鞠躬，這不是漂亮話，我眞的需要大家捨命陪君子。

從頭到尾都沒開口的蘇雁聲驀然道：「要我怎麼做都可以。」

「我會派給你很多任務，也許是所有人裡面最繁重危險的一個，但最重要的鐵則是保護好你們全家人，包括你自己。」其他人或許是我的親人朋友，蘇雁聲卻是我的從屬，和親友不一樣。我這輩子第一次擁有必須率領的對象，如臂使指，站在族長的角度上，蘇雁聲是我的大拇指，沒有他，我難以牢握住蘇家任何已死或還活著的成員，用動畫比喻他就像我的暗部隊長。

「如果被迫二選一，那就不要猶豫，選自己。這是陳鈺爺爺的希望，也是我的眞心話，我這邊也會斷尾求生，不會有讓你擁有被拿來威脅我的價値。」

「如果我爲了自己的選擇就是拋棄家人和一條命呢？也許那些對我來說並非十分重要。」蘇雁聲挑釁地問。

「你會害死那些爲了救你原本不用冒險的人，這是我的忠告，堂叔，因爲我的緣故，在場所有人以及你所不知道的人，都會爲了你冒險，而你無須相信，只要見證，我保證那會是你從未見過的地獄。」若說這些年的經歷教會我什麼，那就是不必爲了家人和自己的性命放棄選擇，永遠都有更匪夷所思的出路。

許洛薇死得轟轟烈烈，但她仍然選擇了自己，哪怕眞相充滿烏龍，她的確拯救我，也逼迫我繼續前進，讓我得以傳承玫瑰公主的歪路哲學。

蘇雁聲再度低頭沉默，我沐浴在眾人飽含深意的目光中，雞皮疙瘩產線全開。

散會後，我拖著後遺症未完全消褪的沉重身子閒晃到宗祠思考更多對策，這座空蕩蕩的古老建築猶如放走蠱毒的舊壺，仍沒遇到任何有意加入我方的未露面祖先。

三月桃花正茂，我想的卻是之後的採果樂，信步遛到屋後牆角，那兒有一棵孤伶伶的老含笑樹，打算摘點香花供奉村邊土地公，卻在含笑花樹下看見抱膝而坐的襯衫少年。

「你在和小波玩捉迷藏嗎？」被那雙籠罩在花樹陰影裡的眼睛凝視，我背上寒毛一豎，原來不該留在人間的鬼王，藏在日常生活一角會如此格格不入。小潮發下會讓他成爲鬼王的誓願，如同前世無名氏魔王一樣，但無名氏和許洛薇都沒變成鬼王，表示其實這種命運是可以打斷的嘛！

「他好煩。」小潮說。

「有人煩你是好事呢！」我在他面前蹲下說。

小潮五官微微一動，瞬間彷彿將要哭泣或大笑，卻沒形成任何表情便恢復原狀，如同石雕天使般的撲克臉。

「如果妳還存著一絲僥倖，期待神明會撥亂反正——」魔種轉世的少年忽然警告。

「神明這次的確不會管蘇家劫難，我了。」我打斷他的話。「大苦因緣網住的魂魄，對『師父』如此求不得的執著一旦再度被打斷，不僅對我那些不斷轉世積業的弟子本身很殘酷，也無法拿捏那些每隻都是地獄等級的傢伙會幹出什麼好事，搞不好都是些殺神滅世的連帶傷害，倒不如順其自然讓大苦因緣開花結果，把災害控制在蘇家相關範圍內。」

「我還以爲妳不會想到這些。」小潮澀澀地說。

「天界會給凡人犯錯悔改或墮落的自由，某種意味上，也是不搶著幫人類揹業障的意思，按照『湘水』的設計來看，救苦也好，懲惡也罷，無論因任何理由出手干預，就是被織進這團毛線，哪怕天神地祇也一樣遭拖下水，畢竟這團糾纏的魂魄個個遠古之前業障重量就滿足下地獄條件，嚴格來說也不算是天界地府的業務範圍吧？」

從這一點看，媽祖娘娘和土地公已經超有guts了，根本是挑戰徒手抓住引擎起火正在墜落的飛機，大苦因緣的危險性和黏著度簡直跟怪物觸手沒兩樣。

「這都是把我們留在地獄之外的那個人，師父，您的責任。」小潮說。

「好啦，人家有反省過前世那個我的雞婆作爲，所以我不會抱怨變成祭品的事，就是來告訴你別老是躲著，代替我陪陪大家，我太忙了。」我笑了笑起身離開。

身側一緊，小潮冷不防追上來捉住我的衣角，明明是比我高出一截的十五歲少年，此時儼然像無法好好走路的幼兒，他似乎也被自己反射性的依賴動作嚇到了。

「總是這樣，忙這個，忙那個，話沒說幾句就要走！」既是小千也是小潮——我的彆扭小堂弟惱羞成怒地說。

我冷不防後退，小潮被我帶得踉蹌彎腰往前傾，我趁機摸摸他的頭，然後在小潮原本蹲坐的位置躺下來，表面都是苔蘚的石塊拿來枕頭還滿乾淨的。

「既然如此，你就好好掩護，我趁機偷懶一下。」我打了個大呵欠，開會太慇太燒腦，一放鬆後眞的很想睡。

小潮不發一語乖乖坐在我旁邊，活人的體溫和質量，這份眞實觸感讓我嘴角上揚，滿意地閉起眼睛。

「連這種地方也沒變，溫柔又殘酷的您……」

頭頂飄下那句呢喃時，我差不多已經睡著了，只剩下支離破碎的模糊印象。

醒來時身上蓋滿各式各樣的外套，還有一件捲成筒狀墊在後腦勺處當枕頭，充滿喜感的一刻讓我啞口無言。

「這些外套要怎麼辦？」爲啥還有散發熊寶貝香味的柔道服上衣？拿在手上的外套小山都害我看不見路了。

「自己搞定囉！」小潮雙手一攤，完全只想看好戲。

Chapter 10 / 戰雲密布

倒數計時的日子說來繁雜，族長蘇晴艾的部分卻很單純，堂伯再度幫我分擔大多數經營類和社交公務，勻到我這邊的工作一律在家辦公，剩下時間負責催動ＡＲＲ超能力，並把夢到的資訊交給大家分類處置，務求用最快速度抽絲剝繭，盡可能鎖定除夕夜會上門討命的敵方目標，按照情報多寡針對個案情況制定早期對策。

ＡＲＲ超能力非常消耗體力與精力，我最優先的任務反而是休息備戰，不觀測時，頂多就是檢閱大家回傳的進度順便閒聊，間中和許家父母聯絡感情，因此還商量出不少針對崁底村的自救計畫。

我上任族長這幾年也製造不少新世代詭異傳說，最關鍵的是，許爸爸用可怕的商場戰法將降妖除魔與娛樂商機結合，營造出等同端午節綁粽子與中秋節烤肉的習俗魅力，加上一條龍體驗行程，最後安上「崁底村」的權威招牌，將原本簡樸平靜的鄉下老人村迅速轉型成神祕傳說觀光景點，專攻對靈異活動有興趣的族群，目前算是成功的社會實驗。

照理說短短時間內不太可能扭轉鄉下保守風氣，然而崁底村本來就是眾人默契裡「不太科學」的地方，老一輩對振興廟宇文化大表歡迎，只要能讓最愛的神明受到更多崇拜，年輕人那套怎麼有用怎麼來。

以強化觀光和本地文史教育爲由，逐步將村子改造成宗教信仰與禁忌意味濃厚的地方，方便我推動各類除魔辟邪和運動修煉類課程，每個節日更是引經據典舉辦各種民俗活動。無論信或不信，村民們基本上都在鄉村再造發大財的強烈動機下積極參加自然農場開辦的教育訓練課程，走上講師、導遊或在地手工民俗紀念品攤的撈錢道路，我又從中選拔出能告知更多眞相的種子隊員培訓滲透更多親友。

愈來愈多人在家中囤積袪邪物資，爲了製造氣氛攬客，做起居家結界防護更是駕輕就熟，沒事就在路邊擺攤賣觀光客手工護身符和神明加持淨鹽，每週推陳出新改良產品，溫千歲的暗訪甚至拉高到半個月一次，造成紀念品經常供不應求。

明知是噱頭，但緊張刺激又方便好玩反而吸引人，這就是台客心理戰的致勝關鍵。

光陰飛逝，轉眼間五個月過去了，我也因爲體力大幅下落，不得不將原本還做得來的企劃督管工作移交由戴姊姊領導的團隊處理，改走無爲而治路線。

「啊啊，今天也是鋼琴鍵盤。」我路過穿衣鏡，現在天天在家不必出門都是披頭散髮的睡衣造型。

白頭髮以一小撮形式增加，經過幾個月累積成了一縷黑、一縷白的藝術造型，如此銷魂的外表導致觀光客對我瘋狂追逐，害得我當時外出還要將頭髮塞帽子裡再加戴口罩，現在則是足不出戶，連被指指點點的煩惱都省了。

最早以整撮出現的白髮剛好位在不容易發現的後腦勺下方髮層，我平常梳頭髮不會刻意觀察，第一個發現的大概是主將學長吧？就在我一口氣打開四個阿克夏記錄閱覽孫尙卿和蘇亮春這兩名魂魄因果糾葛的那一夜，他沒特別提醒我，只是摸著我的頭髮很難過的樣子。

之後，只要我夢到大苦因緣裡的角色重大因果，白髮撮就如同計分板般一目了然。忽然明白無名氏魔王對我的二十九歲死亡暗示缺乏確定日期的理由——幾月幾號死掉的確是由蘇晴艾自己決定，超能力用得愈多就死得愈快！除夕夜早於我的三十實歲生日，魔王才暗示我活不到三十。

其實我自己也無法想太多，畢竟事關人命和大家投胎機會，我該夢見的因果就得夢，這一點我不打算讓步，從白髮和再怎麼在家鍛鍊依舊漸漸衰退的身體機能判斷，超能力造成的損傷恐怕是不可逆的，或許要砸上後半輩子健康和行動自由，但我一樣不願意悲壯犧牲就是。

「叮咚。」

門鈴響了，是主將學長！

「來了來了～」開門前一瞬我忽然凝固，熟人面前睡衣邋遢不打緊，主將學長畢竟是男生，沒穿內衣我就有點不安了。「等一下！我換個衣服！」

光速換上T恤加運動短褲，綁好馬尾，蘇小艾再度颯爽登場！

炎夏陽光將男人烤出一身汗，散發著對縮在冷氣房的我來說恰到好處的溫暖。

「雖說刑警是便衣，學長你這種天氣穿西裝也太拚命了？」雖然客觀來說很養眼！

主將學長拉掉領帶，前襟全濕。「學弟結婚，不得不去吃喜酒，剛好順路回村子。」

「中午的喜酒嗎？」基於某種心虛，我殷勤地接過他的西裝外套幫忙掛好。

這些年依舊沒個正式女朋友的主將學長吃過多少場喜酒我心裡有數，最經典的那場新娘筱眉學姊還企圖把我灌醉，陷害我和主將學長做那不可描述之事，真是恐怖的前女友，總之對他除了抱歉還是抱歉。

「對，讓住比較遠的來賓回程方便。」主將學長解釋。

「你要不要先去沖涼？我去拿你的換洗衣服。」我提議。

刑玉陽和主將學長都有換洗衣物在我家，我也分出一間男生專用的客房，放了兩張單人床好應付刑玉陽和主將學長同時來訪的情況，自從「虛幻燈螢」歇業，兩人接頭點改到崁底村，定期切磋武藝還是一定要的。

「好。」主將學長從不扭扭捏捏。

沐浴完的主將學長同樣一身清爽，我自動打開他送我的喜餅和婚禮小物，從主將學長那邊拿他不需要的紀念品是我的小確幸重要來源之一。

喜餅提袋上掛著另一袋包裝好的禮物盒子，看起來不像紀念品，我望了一眼沒有多問，卻被他捕捉到我的好奇目光。

只是視線交會，氣氛卻瞬間轉變，我默默撫平豎起來的寒毛。

「小艾，從妳畢業後我們第一次再會迄今，我的表現如何？」他慢條斯理地問。

「當然是好得沒話說！」我這句話可不是應酬，現在村裡的婆婆媽媽外加不熟的阿伯都覺得我是吃完不付帳只想玩玩的壞女人，白白糟蹋一個前途無量的優秀警官。

「那麼我可以向妳要求獎勵嗎？」

「說來聽聽，只要不違反原則又是我能力範圍以內一定配合。」我吞了口口水，身爲霸氣側漏的蘇家族長，不能在主將學長面前軟掉，蘇晴艾，二十九歲，請叫我狠角色。

他沒直接回答，卻拉下我的髮圈，長髮頓時披了一肩，動作有點曖昧，可惜從主將學長專心盯著頭髮看的表情可知，他正務實地檢查比起上次會面我又增加多少白髮。

本以爲紮起馬尾能矇混過關，嘖！

男人以雙手握住我左右兩束髮尾，將我輕輕拉向他，距離縮減害我心跳變快了。

「在我身上留下痕跡。」他這樣要求。

「……」

永遠都有出人意表的攻擊招數，眞不愧是主將學長！一時之間我只有這個感想。

「怎麼不說話？」他的聲音多出一抹笑意。

你不是早就預料到我會是這個反應了嗎？我有點不滿地鼓起臉頰。要我怎麼回？在下不才，雖然開了間還算大的農場，但還沒習得用嘴種草莓的高級技術。

難道眞的只能用咬的見血留疤？幫許洛薇寫南北朝民歌報告時好像看過啃胳臂喝血的定情儀式，但我不想玩到這麼煽情。

主將學長見我走神，鬆開握著的頭髮，拿起禮物盒放在我的腿上，示意我打開。

一套刺青工具和練習用的人造皮，簡單明瞭。

「花樣位置任選。」主將學長直視我的眼神彷彿要把我的胸口剖開來掏出心臟看個分明，帶著明顯的挑釁。

我是答應或拒絕，在他身上何處留下何種紋樣，無論如何都將透露我對他的想法。

「學長，設計系不是萬能的捏！」

「我給妳一星期，好好練習，痛是無所謂，但要留一輩子的圖案，我不想太醜。」

靠！能不能給點鼓勵？說好的風雨生信心呢？

本來很猶豫的我頓時被激到了，衝動答應的下場壓力山大。

「不許在其他人身上偷練，只能用我給妳的材料。」主將學長追加但書。

「哦，好。」我糊里糊塗又同意了，大概是他的語氣聽起來很堅持的緣故。

七天後，我特意支開戴姊姊，主將學長依約出現，我請他坐在沙發上伸出左手，打算把紋樣刺在他的左腕內側。

「眞的不先看設計稿？」

「不用。」

「你盯著我會緊張，可以把眼睛閉起來嗎？」我說。

主將學長是那種被要求閉上眼睛就不會偷看的人，比拿紙箱罩住他的頭還可靠，我深吸一口氣開始消毒皮膚描繪圖形。

圖案只比十元硬幣大一點，使用黑色線條和少許點刺，依然花了不少時間才完工，主將學長果然對我不純熟的動作沒有任何抱怨，從頭到尾感覺他很放鬆。

「學長，我刺的是太陽。」我一手按著他的前臂，一手虛遮著圖案說。「哥哥名字裡有『陽』，我的名字裡有『晴』，買一送一很棒吧！」

「說謊。」他趁我雙手離不開，剎那間貼近到快要含到耳垂的距離，濕暖氣息噴了上來。

我臉上一熱，反射性抽手整個人後縮，主將學長則氣定神閒地舉起手腕檢查成果，人們最常測量脈搏的位置多出一片黑色艾葉。

「怎麼像妳一樣，小小的？」

「抗議！這是人身攻擊！」

他不顧勸阻反覆欣賞那片技術含量極低的小葉子，簡直是另類羞恥play，就是我的簽名啦怎樣！我不得不強硬拉來他的手替傷口塗藥膏，再用繃帶將刺青包起來，阻止他繼續看。

他指了下自己，又指著手腕的繃帶，又指向我，然後倒著指回來，「挺好的，妳的名字。」

我，艾，妳，妳，艾，我。

如果說剛剛臉頰只是有點熱，現在正式宣告可以煎蛋。

誰會相信我這腦殘喜孜孜地畫好設計圖練習了幾十輪，偏偏沒發現這超級直白的諧音？

「不、不小心。」我要哭了，蒼天啊！從今天起把姓名倒過來寫可不可以？

「我知道妳不小心，」主將學長嘆了口氣。「妳要是真的大膽想清楚了，我也不用這麼辛苦。」

「對不起……」

等我終於從羞恥浪潮生還，主將學長已經看完三份報紙了。我坐在沙發上朝主將學長的方向慢慢挪，直到靠著他，他靜靜承接我放上去的重量。

「學長你別太擔心了，我不會消失的，以後你摸摸那片葉子，就知道心臟還在跳，我與你同在。」我低聲說。

「只是保險起見。」他也靠過來，還我一份重量。「等妳準備好了，就告訴我這不是一場夢。」

「本來就不是夢，就算人生只是泡泡，也是同一顆活生生存在的泡泡，一起飄，一起破。」說完我有點不好意思，鼓起勇氣握住他的手指，主將學長有力地回握。

是冷氣太強了嗎？我渾身發冷昏昏欲睡，卻見主將學長額角冒汗，茶几上的遙控器顯示室溫二十八度，主將學長不知何時把溫度調高了，我們坐在一起互相倚靠好幾個小時，彷彿很久很久以前日夜不分的老習慣。

□

多方勢力暗中角力的結果，蘇家劫難全貌離我愈來愈近了，我手邊累積不爲人知的蘇家因果檔案超過三位數，粗估被大苦因緣網羅的關係者超過五百名，其中若干屬於我的前世弟子，若加上各自的冤親債主與妖怪同夥，敵軍數量約在一千三至一千五左右，崁底村戶籍人口本來就破千，常駐人口約一半，但我這次會把蘇家女兒後代能邀來的都集中在崁底村保護，提早演習除夕夜各種戰術，對壘人數說不定能衝到五五波。

倒數三個月時，蘇靜池代表我對全村展開一對一私下會談，告知全盤眞相同時分配戰鬥位置，一開始自然是從心裡有數的核心圈親友找起，再藉由病毒式傳播快速深化概念。

不少人大爲恐慌，堅持計畫在除夕夜遠離崁底村的，我也不攔著他們，只是派人手暗中盯梢，很快地這群逃難者在外地甚至異國紛紛遭遇靈異騷擾，隨即又逃回崁底村尋求庇護，比任何人都積極配合決戰除夕夜的調度。

根據玫瑰公主的必勝哲學，比壞蛋更卑鄙下流就對了！先手打跪豬隊友避免其亂跑浪費人手去救，後續專心輸出沒煩惱！蘇雁聲和蘇亭山聯手的恐怖效果逼眞到害某些人眞的留下精神創傷，這是保護族人的必要之惡，我只能默默在心裡想好補償方式，但這段假襲擊的過程中也混了大約四分之一是眞正的冤親債主獵捕落單者，被我派出去的援手及時阻止，只能說還是惡鬼最了解惡鬼。

這樣的前哨戰已攻防了幾十回，我盡量讓敵方保持一個想法：蘇家開始警戒，但還摸不清楚他們的據點與合作模式，同時盡量用不正經商業廣告活動模糊崁底村的戰備程度。

自然農場的妖怪友善政策帶來意想不到的好處，不少非人主動提供珍貴情報或表態願意幫忙，畢竟崁底村一旦被和蘇家鬼聯合的那群妖怪佔領，就再也不是舒適方便的資源補給站了。

「幫忙」的範疇可以很模糊，拉關係講交情私下動武勸退也是一種，這部分我不太清楚，只能說妖怪界風向也很亂，但崁底村和山神的關係是非常特殊的一環，這些年還被我特意強化親密往來，再討厭人類的妖怪也可能賣我跟葉世蔓面子，尤其是他們的親友打算來山神麾下找工作或得罪了方丈還想跑，到時候手裡捏著一丁半點蘇家人情搞不好能救命。

妖怪們對葉世蔓的討好優待，有時根本就是狂熱粉絲，我懷疑跟無名氏魔王覺醒那時的魔音傳腦後遺症有關，老二雖然乖乖回阿賴耶識沉睡，但他那段時間對許多山神與附屬妖怪的影響，除非偶像崇拜破滅，否則無法可解。

我幾乎沒夢到妖怪部分的前世恩怨情仇，然而即便再友好的妖怪，對受神明庇佑的人類也極度提防，從白娘子從來沒告訴我們她的私生活這點可見一斑，你要和人類結婚也好，害人或替人類工作都行，唯獨不要牽連到其他非人，那是另一個，乃至好幾個異種社會的種族界線。

當掩不住的硝煙味漸漸浮上檯面，葉世蔓終於帶回關鍵情報，蘇福全與被他害死煽動的蘇家亡靈如何與妖怪搭上線，確定同盟的妖怪關係網。

「本來至少要花個三十年調查才有眉目，不過有些不是人的長輩難得爲我開綠燈，談了不少八卦，就是打通關係花了點時間。」葉世蔓在圓桌會議上提出名單。

「蘇家和蘇家雇的人得罪的妖怪裡，有些走投無路特別偏激且不顧矜持樂於與人類——死人也算——合夥分贓，這些妖怪也覬覦仇人的家族，看見蘇福全埋伏坑害蘇家人含外姓後代後，多的是狼狽爲奸的機會，蘇福全會那麼容易騙到受害者的魂，很多時候都是靠妖怪在中間花言巧語又給予養魂和躲避鬼差的資源。」

我對這樣的情況雖不意外，正式從葉世蔓口中獲得確認還是非常沮喪。

蘇家每代都會伴隨至少一個和妖怪對幹的能力者，不見得是蘇家人，也可能是往來密切的關係人士，這也是堂伯說我有族長資質的理由之一，就像爺爺把陳鈺抓來幫忙，堂伯勉強邀了葉伯充作專家顧問，我把刑玉陽帶來當工具人比什麼都實用。

蘇湘水、溫千歲、陳鈺，甚至葉伯，大概都是妖怪恨不得寢其皮、飲其血的復仇對象吧？最讓我煩惱的是，現在刑玉陽幾乎要加進這份名單了，還是金光閃閃的一筆。

「我變成唐僧肉的謠言是誰放的？」我要拿電蚊拍給那傢伙的屁股狠狠來幾下。

「我問白峰主，他說這種習慣很古老，古時候有些聖人或大修行者會拿自己的血肉布施非人，最常見的就是天葬，那些吃到肉的非人也是緣分深厚，甚至本來就是跟著修行的親隨，實力當然是槓槓的，被癟三雜魚看到就想成『吃這個會變強』的歪路然後愈傳愈亂，只要疑似修行者轉世的目標就會讓妖怪感覺有經驗值可以吸，金蟬子只是比較有名的例子，其他還有很多人類沒聽過但妖怪耳熟能詳的轉世名單。」他一說完，在場亡靈奪舍的術士和魔種轉世的少年都抱胸點頭，儼然一副看過不少例子的模樣。

「阿克夏記錄開閱者的超能力加上神明人脈，其實也不能怪那些妖怪栽贓造謠。」刑玉陽搓著我的頭感慨道。

「謠言來自一個蛤蟆雜碎，根本不懂妖怪漫長歷史的習俗傳說，單純是想報仇，但蘇福全和其他蘇家鬼利用這個小妖怪把姊姊和祭品連結起來，將謠言一層層往上推，引誘更多妖怪冒險進攻崁底村。」葉世蔓補充。

「大概和小時候想誘拐我的母蛤蟆有關，那隻母蛤蟆從來沒離開過崁底村，只要不害人，神明們乾脆睜隻眼閉隻眼，部分留在崁底村低調生活的妖怪變成那邊的內應毫不奇怪，說不定有些農場常客也是如此。」我說。

「『人類的』神明。」葉世蔓語氣嘲諷，媽祖娘娘的前乩童現在更接近妖怪代言人。

「是的，蘇家是物競天擇的勝利者，才能站在這一帶食物鏈金字塔頂端一百多年，正如我們不能也不會插手無法支配的地方，一旦踏出崁底村，蘇家的義務與保護強度便開始遞減。」蘇靜池持平道。

「幸好現在也有些哥哥認識的修道者願意幫忙，只要戰場不是在崁底村，我們能提前捕獲移交，或者將有前科的報給修道者去抓，也能達到削減敵方戰力和嚇阻效果。但這邊要非常小心，不能逼到狗急跳牆，畢竟那些鬼端著蘇家祖先的架子，在集結入村吃團圓飯前還不敢肆無忌憚對活人動手，這是我們的機會。」我下了個總結。

在那之後的忙碌程度，每天都像世界大戰已經開打似的，我馬力全開催動ＡＲＲ超能力，在某個不知所以的時刻，一堵藏在黑暗裡的高牆又崩塌了，我開始夢到妖怪的故事，當時我的頭髮和皮膚已經白得不像正常人了。

還好我並沒有因爲黑頭毛一根不剩就斷氣，外表變化雖然驚人，身體狀態倒是沒我早先擔憂的惡化迅速，只是蘇醫師警告我，按照目前的副作用推斷，接下來我可能失去眼睛顏色，類似白化症病患症狀，面對視力受損的風險。

刑玉陽趁四下無人時警告我該是喊停的時候，他看我的事總是比我自己還清楚。

「哥，你知道那隻母蛤蟆爲啥要誘拐我嗎？」我誠懇地對著臉很臭的他說。

「我不想知道這種雞毛蒜皮。」

「古早時期有個地方，小孩子老是走失，再也找不回來或溺死在池塘裡，蘇湘水爲民除惡，殺了作祟的公蛤蟆，母蛤蟆從外地一直追來崁底村，卻因爲妖力低落無法報仇，蘇湘水也任她在附近繁衍後代，只要不違反規矩就不管不理。我六歲那年，母蛤蟆本來是要把我牽去給她的小兒子當老婆。

「後來當然是沒戲唱，蘇湘水死後，她沒阻止兒子們和其他野心漸生的精怪聯合反溫千歲，然後又被殺光了。早年那隻公蛤蟆的兄弟來找她當內應，母蛤蟆沒答應，被打廢了一隻腳。她也不是想幫我，只是覺得我是蘇湘水欠她的東西，偏偏無法拿到手，只好一直盯著我，以免被別的妖怪搶走。」和我想像的復仇理由不太一樣，只能說妖怪的價値觀和人類落差巨大。「要是來佔領崁底村的妖怪成功，恐怕會把母蛤蟆當成我的同夥殺掉，偏偏她哪邊都不是，只是個想不開的孤僻老妖精。如果不是超能力，我永遠搞不清楚這件事，也沒有動機和力氣特地去查個水落石出。」

「妳想表達什麼？」刑玉陽問。

「蛤蟆精沒有人類的道德觀，把拐帶小孩當成有趣消遣，溫千歲掃蕩妖精也從來不會有心理負擔，因爲彼此都不把對方視爲對等的存在，事實上也的確不對等，無法有同理心。人類幼童無法抵抗妖怪的玩耍習性，這不是一廂情願就能改變的自然法則。既然用超能力看見這些，我不希望同樣的種族衝突繼續鬼打牆。」

我喘了口氣，拿起水杯潤潤喉。「現在放棄的話太可惜了，大苦因緣因爲是交錯重疊的

『網』，救贖關鍵往往就在附近的轉世者身上，這種例子還不少。」

「妳打算坑誰？」他太了解我了，直接打斷我那些正氣凜然的屁話鋪陳。

「打個比方，我不認識的、哥哥你的某某道長朋友，小年夜可能會路過找你聊天，母蛤蟆的前世好像暗戀他的前前前世，如果他友善地邀請母蛤蟆隨他去修行，我那投胎在敵對妖怪群裡的前世弟子之一就不會再造殺孽，也不會增加溫千歲動手滅他的殺意，讓這隻母蛤蟆間接造成師兄弟相殘的發展。別看溫千歲心狠手辣，他決定不殺的妖精也不會容忍敵人當成垃圾，溫千歲其實很尊重眾生，但他選擇站在人類這邊。」

講出來就連我自己都嫌囉嗦，但大苦因緣就是這麼坑爹，無論再瑣碎的恩怨情仇都能像融化又冷卻的塑膠一樣，錯綜複雜地黏著在一起，繼續攀衍更粗厚的因果藤蔓。

這一生目前爲止毫無交集的轉世者們將在戰爭中忽然被拉得極近，近到業力反噬、失控瘋狂的程度，不過，沒人說會動搖的業力只有蘇晴艾這條吧？

「蛤蟆精在這波業力海嘯中，僅僅是一道小波浪，但我必須是第一個說出故事的人。爲了那些來找我的人，以及追逐那些人的無數魂魄，這場盛大聚會，我不會缺席，我只怕自己的力量不夠，拜託你們支持我到最後。」我一直對親友保證會控制住ＡＲＲ超能力的耗損，如今幾乎確定是個謊言了，偏偏不可能瞞住刑玉陽，我只好單刀直入對他告解。

「鎮邦的事妳考慮了沒？」

「學長很支持我哦！他很明白，如果我半途而廢，心結一定是大到噎死自己，和他這輩子就眞的不可能了，還不如置之死地而後生。」我老實說。

馬尾男子抱胸沉思，看起來想回嘴卻找不出更好的說法。

「要是薇薇還在，一定會說我現在的造型超狂，白髮魔女之類哈哈！」我抓抓頭髮自嘲。

「倘若運氣不好，不會覺得遺憾嗎？」刑玉陽問。

「怎麼可能不遺憾！」我抓著他的衣袖衝口而出，「我們都失去過重要的東西，可是主將學長——他這輩子的經歷很珍貴，雙親健在，平安健全地成長成聰明認眞又有正義感的好人，談過戀愛交過女朋友，工作一帆風順，不知花了多少點數才有這樣的投胎成果，那傢伙前世可是下過地獄啊！」

「薇薇沒能得到的『普通人生』，多麼希望學長別因爲我而錯過，我好怕自己變成他的遺憾……」

刑玉陽一言不發將我攬入懷中，我第一次也是最後一次在他懷裡痛哭失聲。

□

年關將近，崁底村迎來最後一批觀光潮，形形色色的新面孔，觀光客滿到一個極致，無形中對我迎接前來避難的同伴起了掩護作用。

暫時遷入崁底村的外家親戚比我想像的多，肇因他們受到的威脅與靈異侵犯也比預期的要嚴重，來的大多是女性，不知是否夫家或自家祖先也有大小眼的問題？

時間延到不能再延，我發動閃電戰抓住了四十三個包含外姓後代在內的蘇家鬼，移交給鬼差或修道者鎮壓，客觀來說是很厲害的數字了，但成功逃跑的更多，對我們眞正得應付的冤親債主數量仍然相當不理想，只能寄望其他戰術能發揮最大功效。

蘇亮春並不在捕獲名單內，我暫時沒能救出阿卿嬸嬸。

除夕前兩天，進出崁底村的主要道路因管線施工挖路暫時停止通行，這項工程是事先設計的排外手法，阻止外人誤入即將變得非常危險的崁底村。其餘鄉道和產業道路也派人日夜輪班把守，村裡停止一切觀光活動，取而代之的是開啓密密麻麻的監視器與對付附身者的各種裝置，最鐵齒的人都在自然農場接受過震撼教育，妖怪演員裡屬白娘子的演出效果最好。

我將ＡＲＲ超能力夢見的所有因果檔案委託敏君學姊寫成劇本再製成短片對村人公開，明明指定用電腦３Ｄ動畫套套模組與配音，盡量省錢製作概念影片即可，結果成品出來居然變成眞人偶像劇，我特地發包給敏君學姊和她的藝文朋友的經費根本不可能夠，我給自己人賺外快的扣打就那些。

作爲同人誌作家的敏君學姊有個瘋狂粉絲，正是刑玉陽的同父異母妹妹錢朵朵，我想破頭都沒料到，最後居然是她爲了實體化偶像作家的劇本，出錢出力還開了間經紀公司，直接把大苦因緣的因果循環拍成精彩煽情的狗血連續劇。

驗收成果時，大夥都看得入迷了，我對刑玉陽提過的「說故事」戰術，看來效果不錯。

「確定要在村裡架投影機和白布排場次二十四小時播映？」堂伯再度確認。

「當然，用生命換的情報，不做最徹底的利用我會死不瞑目。」我的玩笑話剛說完立刻被眾人一輪圍剿，要我少做不吉利發言。

蘇晴艾花了十個月陸續催生的阿克夏記錄影片，加上柔道社中文系鬼才學姊的藝術加工以及神海集團總裁私生女的「鈔」能力，每一部都是心血結晶，露天免費放映，堪稱史上最猛的儺戲。身兼召喚、安撫、祭祀等諸功用的戲劇，爲了招待憤恨扭曲的蘇家鬼魂，既是娛樂也是文宣戰，我早知用嘴巴對怨靈說教行不通，哪有空一個個重複解釋前世今生，自己看影片去吧！

「前世小祕密公開放送，指名道姓的羞恥play，結尾還重點提醒報仇以外別忘了報恩，恩人轉世是誰，讓怨靈混亂加內鬥，連我都想不出這麼缺德的點子。」蘇亭山大力讚賞。

「亭山先生別客氣，是你說名字加髒話招魂很有用啓發了我。」路上被叫名字都會回頭了，看見自己的同人小電影那還得了？就算第一時間看到的影片不是自己的，沒關係，還有重播嘛！

自家祖輩被寫進劇本的後代子孫看完影片後參與度暴增數級，還有好多人跑來問我那個蘇福全是不是眞的下地獄？如果被他們抓到一定要架油鍋來炸鬼！我只能回說油鍋是一定要架的，不過炸雞排和薯條當大家的行動糧就好。

我不指望這些花招能消弭怨靈與妖怪曾經受過的冤屈執著，但任何有機會遲滯對手腳步的手段我都必須嘗試，能夠讓對方轉念則更好！不行的話至少也得轉移注意力。

包括我的雙親在內，許多人悄悄地被冤親債主和自己的迷惘逼死了，我不相信靠一個超級英雄就能拯救大家，能做的只有開放智庫和糧草武器，選擇躲藏的人能受到保護，躲膩了想出來打怪隨時歡迎。

主將學長堅持留在村裡出一份力，作爲交換條件，我請他將父母送到許家接受保護，換成我是蘇福全和被他腐蝕的惡鬼們，也一定挑重要角色的親友下手。

前天敵方爲了從崁底村逼出驚慌失措的落單者發動了幾次附身滲透，正好被我方拿來練手，一開始有些忙亂，在幹部支援下按照SOP處理妥善，給那些尚有疑慮的人打了劑強心針。

鬼附身和妖怪作祟之所以恐怖，說白了就是沒防備加上旁人大驚小怪，如今我可是提前用應對天災、傳染病和武裝團夥的規格將整個村子緊急動員組織起來。然而，保護活人只是這場戰爭裡的部分重點，如何不讓小潮自殺化身鬼王把許多人拖下地獄才是我想取得的終極戰果。

「假設困在大苦因緣的魂魄惡質到必須靠地獄解決，敵方進村後情況不容樂觀，有可能由劫掠迅速升級到謀殺破壞，也就是說，敵人的軍隊會失控分裂，觸及更多我們的防禦缺口。」蘇靜池用指背敲敲會議資料說。

「還有一件事，就算數量相當，我們這邊有效戰力也不夠，比如說老人和老人的怨靈造成的威脅完全不一樣，崁底村還有慢性病人與小孩要顧。」蘇雁聲加入討論。

「今晚已是小年夜，無法修正的弱點就算了，專心應對明天挑戰，消耗戰不知會持續幾天幾夜，認眞過頭撐不久反而不好。」我說。

「正確的說法是今天晚上子時十一點就算開戰了，下午全體得就定位進入臨戰狀態。」刑玉陽一板一眼提醒，他主動請命看守村口的三叉路，至少怨靈經過他時必須演一下善良無害的祖先，惡行惡狀的正好給刑玉陽找到藉口開揍。

畢竟人家不姓蘇，只是被聘來淨化路煞兼誦經祈福的修道者，以免闔家團圓前夕有髒東西進村擾亂安寧。我想眞正的路煞應該是刑玉陽才對。不把敵人放進來就無法反擊，即便如此，刑玉陽這塊驚堂木還是有必要擺出來立威。

「最好那些惡鬼選擇低調回來吃頓年夜飯，對方安分我們就沒必要動手。」我喝著牛奶說。

內心還眞有點奢望敵方看到我們嚴陣以待的態勢，自覺成功率不高放棄，可惜太多BOSS提前告訴我大苦因緣是必然發作又不循常理的魂魄瘋狂暴走，蘇福全編織的復仇幻影只是一條導火線，讓那些業力交纏的魂魄順著找向我。

如今我已經感覺這股脈動的增強，隨著抵抗資源與力氣用盡，聚集在崁底村的相關者之間愈來愈多人受傷甚至死亡，漸漸絕望崩潰，無名氏魔王和小潮預估的蘇家劫難就是這樣，反過來說，若能防守成功就不會出現大問題。

「臨時動議～」明明沒必要舉手發言，術士就是要獨領風騷。

「說。」

「我替蘇家邀來一個重量級幫手。」

「誰？」神明已經確定不會幫忙，或者說在事態嚴重失控前選擇旁觀。

「上上任蘇家族長，蘇洪清。」

「爺爺!?他沒投胎嗎？他在哪？之前爲什麼都沒出現？」我撲過去抓住術士搖晃。

「他在陰間某處等投胎，之前妳教我查蘇家值得留意的可疑之處，我當然不可能漏過這號人物，去年好不容易才透過新線人找到他。蘇洪清本來不想理會活人的事了，我也努力談判好幾次，外加動了些不能說的手段，陰間才有條件地放他回來幫自己人。」術士表示他想給我一個驚喜，事情沒談成之前選擇保密。

「爺爺想投胎嗎？」我聲音有點僵。

像薇薇那種賴皮鬼果然才是特例。爺爺爲了蘇家鞠躬盡瘁一生，甚至連兒子媳婦被殺都忍下來放逐孫女，只爲了逼出我繼任族長的潛力。坦白說，現在才講他恨蘇家都不奇怪。

「可以這麼說，蘇洪清也有虧欠和想補償的對象，他原本打算拉著那些人投胎轉世遠離這次的漩渦。所以蘇洪清開了一個條件，妳不可以和他接觸，這是爲了你們兩個好，否則他恐怕不能維持理智甚至喪失投胎資格。」術士指著我，然後評論道：「聽起來倒有機會掙脫大苦因緣，卻不夠狠心要自投羅網。他能加入對我們來說的確非常有利，可惜只有十二個時辰。」

「二叔是湘水公之後唯一任內壽終正寢的蘇家族長，在蘇家人鬼之間威信舉足輕重。」蘇靜池道。

「伯伯你怎能不把自己算進去？」

蘇靜池苦笑。「小艾告訴我們的情報裡，提到蘇洪清的前一任派下員是猝死對吧？二叔倉促繼任時還差點不知道有冤親債主的事，還是多虧遺孀轉告內幕。」

「伯伯你要我別打聽太多，我有聽你的話，而且也沒夢過他。」只知道蘇家從來沒有人提起過爺爺和蘇湘水中間的族長，等等，爺爺死後也很少人提起他了，莫非一旦蘇家族長換人，上一任族長的話題就變成某種禁忌？

「那位遺孀就是協助蘇洪清在蘇家站穩腳跟的人物，如同我輔助妳一般，二叔稱她『大嫂』，那女人的丈夫，上任不到五年就犧牲的族長，是蘇洪清的大哥，當時蘇家最傑出的人物，但很少有人知道，他的下場極慘，對外宣布是急病去世，其實是懷孕的妻子親手殺了他，胎兒也因此流產。」蘇靜池說。

我說不出話來，如果不是到了緊要關頭，蘇靜池恐怕也不想揭露醜聞。

「亭山公會商請二叔回歸，是否擔憂那位文武雙全卻英年早逝的逸才會出現在敵人之中？」蘇靜池額角冒出冷汗問。

蘇亭山掠過留長的鬈髮，「如果情況眞的演變到這一步，蘇洪清不希望別人對付『蘇嵐』，這是他欠遺孀的恩義，也是一筆人情債，還了對他投胎有益，想把前前前任蘇家族長化作的惡鬼逮去地府管訓的意思，是半公務性質才獲得特許。」

「原來如此。」沒想到我要叫大伯公的人居然會是潛在威脅。

「所以是時辰到了爺爺的魂就會出現嗎？」我興致勃勃地問。

「那倒不是，我們必須準備一具『尸』給蘇洪清的魂魄附身。」

「屍體？」我大驚失色。

「剛好相反，必須是活人。聽過『尸位素餐』這句成語嗎？」術士托腮笑。「尸這個字古時候指宗廟祭祀時扮演祖先的活人，坐在位子上不能亂動，專門負責被祭拜。明天那群來吃團圓飯的鬼怪打算附身我方的人，雖然扭曲古禮，還算師出有名，萬一被得手了，就『好好招待』囉！」

「所以我們迎接爺爺時，也要找個替身讓他代打？」我馬上反應過來。

「然也。」

「那要找誰？」我惴惴不安地問。爺爺是武鬥派，肯定要找個能打的替身，蘇雁聲獨生子蘇永森雀屏中選的機率好像不低，但這個任務風險太高了。

瘦削中年男人捕捉到我打量的目光，立刻用超高ＩＱ解讀並接口：「不用顧忌，那是我兒的榮幸，他不答應就綑過來。」

「雁叔叔，永森雖然很樂意配合，但我不想讓年輕人做這件事，禁止討價還價。」這個堂弟不知怎地對我死心塌地，根本是一見面就猛搖尾巴嗚嗚叫討摸的人型台灣土狗，我只好丟回去給改過自新的蘇雁聲調教，要求他必須用愛的教育，對彆扭的蘇雁聲來說絕對是某種處罰，在那之後父子關係改善不少，只是一牽扯到我的話題總是又恢復鐵血狀態。

「呵，小艾妹妹想替你家留種，你就感激答應吧！小鬼！」蘇亭山對蘇雁聲嘲弄道。

「才不只是這樣！誰都不能死！純說實力，蘇永森也不夠強。」我說完皺眉，這個替身人選還眞成了難題，即便村子裡不缺柔道高手，身分上也不好對全族交代，「尸」的任務說穿了就是族長的特權與義務，隨便找人代理難以服眾，失敗風險也高。

「那倒是，我們小族長就是說話實在。」蘇靜池拍了拍瞬間萎靡的堂弟肩膀。

「我當過乩童，對附身不牴觸也不陌生，更不算外人，眞要出事時還有山神隨從這道免死金牌護著，不如就我來，反正本來也是當遊兵到處支援。」三天兩頭在村裡的柔道場將摔蘇永森當熱身運動的葉世蔓比比自己，就那件堂弟欺負我的陳年舊事，他眞是記仇記到姥姥家了。

術士搖頭，指向坐在角落沙發旁聽的主將學長。「蘇洪清指名要他，這是他開出的第二個條件，不是以蘇家前族長的身分而是外賓回歸，務必低調。」

低調點更容易放開手腳，道理我懂，但人選跳到主將學長實在太具衝擊性了！

「此外，蘇洪清說反正以後不是外人，拿來用一下還好。」術士補充八卦。

頓時眾人的曖昧目光像膠水似塗滿我全身，一層又一層。

「行。」主將學長乾脆應了。

「學長你在說什麼！不行！」

「雖然我想用自己的意志戰鬥，如果妳爺爺能帶來更多優勢，沒道理不配合，而且才一天一夜，我不覺得整個戰鬥過程會這麼短。」他這樣說。

主將學長私心太明顯了！他要趁機上位製造大義名分再把我套牢，爲什麼沒人表示異議？

「我想說爺爺偏心，可惜現在不是開玩笑的時候，能夠保持清醒保護姊姊也不錯啦！」葉世蔓馬上看出替身跟保鑣任務性質衝突的關鍵，沒堅持到底，反正他更喜歡留在我身邊。

「爲什麼非主將學長不可？」我有點口渴，肚子從早上起床就不太舒服，我沒吃固態食物，打算靠牛奶補充營養。

「道理很簡單，選最強的增加勝率，另一方面，防止最強的軀殼被蘇嵐附身。」

「學長的不鏽鋼體質附不上去吧！」我繼續爭辯。

「先叫其他鬼怪飽和攻擊，當那根壓垮駱駝的稻草就好，小艾妹妹怎會天眞到期待複數敵人都乖乖分散找等級差不多的對手慢慢磨？血肉之軀再怎樣都有極限。」術士馬上提供賤招。

「你還眞有經驗。」刑玉陽瞪他。

「過獎過獎，另外蘇嵐的招式習性還是他弟弟最清楚，這兩兄弟都是不下你跟丁鎭邦的武術高手，而且其中至少有一個不在乎殺人或攻擊要害致殘，中下駟還是別去搞笑了。」術士半是警告道。

就怕不鏽鋼磨穿了會有很可怕的東西跑出來，蘇亭山應該很清楚主將學長前世不簡單，與其讓他開場就爲我奮戰到極限，主將學長先待機不失爲更安全的選項。

「還不確定大伯公變成惡鬼……」我囁嚅。

「你懷疑蘇嵐就是蘇家鬼的『頭』？」刑玉陽無視我，直接逼問這次擔任陰間接頭人的術士。

「我和老弟的後代不熟，但蘇洪清說那傢伙不管是能力和性格都厲害得邪門，如果不是他本來人格就有問題的話，冤親債主根本害不死他。」難得當傳聲筒的術士說。

「是喔？有多邪？」葉世蔓不以爲然。

「二叔曾經說過，如果蘇嵐沒死的話，也許今天總統或幾個將軍就姓蘇了，蘇嵐不但是野心家，遊說魅力極強，更喜歡藏在枝頭鳥背後，當時台灣本土與國際局勢動盪不安，蘇嵐和美國政商關係良好，國民政府相當顧忌他，也仰仗他安撫島內知識分子反抗情緒，明裡暗裡給了蘇家不少特權，因此蘇嵐被全族當成救世主一般的存在。」蘇靜池輕輕補充那段被刻意淡化的歷史。

了解，我是史上最軟貧的蘇家族長，難怪族中老人看到怒笈大滿貫會那麼絕望。別說毫無侵佔族產的動機，蘇嵐根本是讓族產翻幾十倍的大功臣。

「蘇嵐這個人……」術士慢條斯理地補充，「三個字，輸不得。不指他指別人當族長的話，那個族長恐怕就不是被冤親債主幹掉了，不過讓他當族長會很盡責，就是這種邪門，蘇嵐是典型的反社會人格，蘇家連人畜都該是他的財產，何況房屋土地。」

「所以溫千歲知道蘇嵐的魂魄是個威脅卻沒警告我們？」仔細想想，王爺的確從來不分享蘇家人的事。

「恐怕是。不過也得有這種領袖才讓蘇家撐過改朝換代種種衝擊剝削，湘水公當時年事已高很少插手族內的事，號稱退隱，經常雲遊在外，想來是專心處理女兒後代與鬼神方面的麻煩。蘇嵐則是他留在崁底村的劍，劍折了才由二叔這張盾繼續補上。」蘇靜池道。

「伯伯，你清楚爺爺那個時代的內幕，蘇嵐到底怎麼想？爺爺爲何非得親手對付他？」

「他對蘇家是眞正意義的復仇，報復主要對象是蘇湘水和那個不自由的時代而非蘇福全，前面說過蘇嵐是野心家，但蘇湘水可不會容許他越界，此刻蘇嵐是最有可能攻擊小艾的存在，他想超越蘇湘水遺留的一切，證明自己不只是工具。」

我比了個暫停的手勢，頭側一抽一抽地刺痛，肚子裡翻江倒海，放下剛喝完的牛奶杯子，打算先去廁所，豈料才走了兩步就嘔了出來，我下意識用雙手去接，眼前一黑，只覺掌心傳來濕熱，我接住了自己的嘔吐物，但有些從指縫漏下，鼓膜砰砰作響。

兩秒後我才看見手裡紅紅白白，混著一片片鮮血，部分已經和嘔吐物混成粉紅，喉頭傳來甜腥味。

別人是鮮紅滿襟，噴得藝術，流得帶感。偏偏我是吐奶和吐血一起毫不淒美，又臭又髒地癱坐在地板上。

《玫瑰色鬼室友·禍潮湧現》上冊　完

玫瑰色鬼室友

My Dear Ghost Roommate

國家圖書館出版品預行編目資料

玫瑰色鬼室友. vol. 8, 禍潮湧現 / 林賾流 著.-- 初版.--台北市：魔豆文化出版：蓋亞文化發行，2021.01
面； 公分.--（Fresh；FS184）
ISBN 978-986-98651-8-0(上冊：平裝)

863.57　　109021473

fresh FS184

玫瑰色鬼室友 vol.8 上 禍潮湧現

作　　者　林賾流
插　　畫　哈尼正太郎
封面設計　莊謹銘
責任編輯　盧琬萱
主　　編　黃致雲
總 編 輯　沈育如
發 行 人　陳常智
出 版 社　魔豆文化有限公司
發　　行　蓋亞文化有限公司
地址：台北市103大同區承德路二段75巷35號
電話：02-2558-5438　傳真：02-2558-5439
電子信箱：gaea@gaeabooks.com.tw
投稿信箱：editor@gaeabooks.com.tw
郵撥帳號 19769541　戶名：蓋亞文化有限公司
法律顧問　宇達經貿法律事務所
總 經 銷　聯合發行股份有限公司
地址：新北市新店區寶橋路二三五巷六弄六號二樓
電話：02-2917-8022　傳真：02-2915-6275
港澳地區　一代匯集
地址：九龍旺角塘尾道64號龍駒企業大廈10樓B&D室
電話：+852-2783-8102　傳真：+852-2396-0050
初版一刷　2021年1月
定　　價　全套兩冊不分售・新台幣 439 元
Published and printed in Taiwan

ISBN 978-986-98651-8-0

魔豆